두 줄기의 강

두 줄기의 강

발행일 2021년 6월 25일

지은이 허문준
펴낸이 손형국
펴낸곳 (주)북랩
편집인 선일영
편집 정두철, 윤성아, 배진용, 김현아, 박준
디자인 이현수, 한수희, 김윤주, 허지혜
제작 박기성, 황동현, 구성우, 권태련
마케팅 김회란, 박진관
출판등록 2004. 12. 1(제2012-000051호)
주소 서울특별시 금천구 가산디지털 1로 168, 우림라이온스밸리 B동 B113~114호, C동 B101호
홈페이지 www.book.co.kr
전화번호 (02)2026-5777
팩스 (02)2026-5747

ISBN 979-11-6539-836-1 03810 (종이책) 979-11-6539-837-8 05810 (전자책)

두 줄기의 강

허문준 장편소설

북랩 book Lab

작가의 말

『로미오와 줄리엣』은 원수지간 집안의 처녀 총각이 만남으로써,
『춘향전』은 양반의 자제와 기생의 딸이 만남으로써,
이루어질 수 없는 사랑의 조건을 설정하였습니다.
두 작품은 그러한 조건을 설득력 있게 제거함으로써,
동서고금 불멸의 사랑이야기로 자리 잡았습니다.

『두 줄기의 강』에서는 '다 큰 딸을 가진 34세의 이혼녀'와
'24세의 잘생긴 춤꾼 청년'이 만납니다.
그들이 어떻게 사랑하게 되고 사랑의 허들을 어떻게 뛰어넘는가를 들여다보며
마음을 졸이느라 책장을 덮지 못하고 밤을 새운다면,

그리고 그들의 이별을 보면서 그들과 함께 절망의 절벽에서 뛰어내릴 수밖에 없다면,

이 소설은 성공한 사랑이야기가 될 것이고,

그렇지 않다면,

길바닥에 던져지는 찌라시에 불과할 것입니다.

2021년 7월

허균준

목차

• 1 •

불광동에서 반포까지

1

눈이 부셨다. 셔터를 올리고 조그만 타원형 창밖을 내다보는 혜린의 눈에 하얀 솜 같은 운해가 햇빛을 반사하며 눈부시게 빛나고 있었다. 때로는 구름 속으로 때로는 구름 위로 비행하고 있었으나 비행기가 움직이는 것은 비행기의 엔진 소리로 알 수 있을 뿐, 정지한 동체에 구름만 움직이는 것 같았다.

8년 전 그날도 반대 방향으로 날던 비행기의 창을 통해 오늘같이 내다보고 있었다. 그때의 창밖의 모습도 오늘과 같았다. 다만 처음 가는 LA 공항에서 만나기로 한 사람의 이름 석 자만 가지고 불안 속에 구름을 보고 있었을 따름이었다.

혜린은 춘몽같이 지나간 세월을 더듬었다.

혜린은 휴전이 된 다음 해 전쟁의 상흔이 가시지 않은 서울에서 오 남매 중 막내로 태어났다. 오빠는 둘째로 1남 4녀의 딸 부잣집이었다. 아버지는 자식들을 남달리 아꼈는데 아들의 이름은 종가의 항렬에 따라 동원이라 하였다. 여식들은 지혜 '혜'자 돌림을 하였는데 혜정, 혜숙, 혜원, 혜린이었다. 아버지는 나이 들어 얻은 막내에게 정이 많았으나 못살던 시절 형제 많은 집에서의 막내 옷은 언제나 언니들에게서 물림한 헌 옷이었다. 그뿐만 아니었다. 막내에게 돌아가는 남다른 애정과는 달리 장녀, 장남에게 집착하던 면학 열기가 막내까지 계속되기에는 거리가 멀었다. 혜린은 헌 옷을 입었지만 학교 성적의 구속에서 풀려나 마음 편하게 자랐다.

아버지는 한전에 다녔는데 그럭저럭 중산층 가정을 꾸렸다.

혜린은 언니 오빠들 덕분에 공부 부담에서 자유로웠다. 좀 부족한 성적표를 가져오더라도 부모님의 막내에 대한 애정이 그것을 덮어주었다. 그 때문에 언니들보다 자유로운 분위기에서 하고 싶은 것을 할 수 있었다.

혜린은 여느 여자애들같이 인형을 좋아했는데 취학 전 생일날 아빠가 남대문 도깨비시장에서 사다 준 바비 인형이 시작이었다. 인형 옷도 여러 벌 사 모아서 혼자서도 잘 놀았고 다른 아이들하고 놀 때도 바비를 갖고 가서 자랑하곤 했다.

혜린은 개도 좋아했다. 어릴 때 집에서 누렁이를 키웠는데 어느 날 집에서 사라진 누렁이가 며칠 후 새끼줄을 목에 매고 집으로 돌아왔는데 혜린은 눈물 어린 포옹을 한 기억을 잊지 못했다. 좀 더 커서는 스피츠를 얻어 키웠을 때도 엄마와 언니들을 제쳐두고 개를 안고 살았다.

혜린의 키는 중간쯤이었고 성적도 중간쯤이었다. 교우관계는 특별히 인기가 있지도 않았고 그렇다고 왕따도 아니었다. 앞장서는 성격이 아니었기 때문에 여럿을 만나는 것보다 한 친구를 만나는 것을 좋아했다. 혜린은 공부와 관련된 책보다 만화나 명작소설 같은 책들을 재미있게 읽었는데 중학교 다닐 때 읽은 『좁은 문』은 마음속 깊이 남아 있다. 궁금증도 많았고 공상도 많이 했다. 때로는 엉뚱한 언행을 하기도 해서 주위에 놀라움 반 즐거움 반을 선물하기도 했다. 어찌 보면 만화 속의 말괄량이 얼굴 같기도 했고 때로는 햄릿의 고민을 대신하는지 심각하기도 했다. 그리고 그러한 엉뚱함은 책들이 만들어준 공상의 세계와 현실 세계의 헷갈림에서 나타나는 현상 같기도 했다.

한번은 과학 시간에 별들에 대한 공부를 했는데 선생님은 태양계에 대해서 설명했다. 혜린은 태양계라는 새로운 세상에 신기하기도 했지만 태양계 넘어서는 무엇이 있는지 우주의 끝은 무엇인지 궁금했다. 선생님은 그것에 대해서는 더 이상 가르쳐 주지 않았는데 혜린은 묻지도 못하고 속으로만 풀지 못한 의문으로 남겨두었다.

혜린이 중학교에 들어서자 사춘기의 여학생들에게는 이성의 존재가 관심의 대상이었고 또 여드름이 먼저 난 애들의 입에서 남학생들 얘기가 나오기도 했다. 혜린의 관심 대상이었던 『좁은 문』 속의 제롬이 현실 속의 남학생으로 바뀌긴 했지만 그들을 만나기에는 기회도 없었고 마음 쓸 새도 없었다.

1970년의 한국은 산업화의 한가운데 서 있었다. 1961년 군사혁명으로 집권한 박정희 정권은 경제 개발 정책을 추진하며 그때까지 지구상의 최빈국이었던 대한민국을 발전시키는 데 국력을 모았다. 70년대에 들어서는 초고속성장으로 한강의 기적을 이루었는데 71년 수출 10억 달러 돌파, 70년대 중공업화, 73년 100% 식량 자급자족을 이룩하고 79년 1인당 GDP 1,000달러, 수출 100억 불 달성을 목표로 매진하고 있었다. 한편으로는 67년 박정희가 3선이 된 후 독재 정치를 강화하고 있었는데 72년에는 10월 유신을 발표하고 유례없는 폭압 정치를 했다. 67년 동백림 사건, 70년 전태일 분신 사건, 73년 김대중 납치 사건 등 사회적 부작용이 곳곳에서 분출하였다.

혜린은 서대문에 있는 S 여고에 배치되었다. 가까운 곳의 학교를 원했으나 불광동 지역의 인구가 빠르게 늘어나 관내 학교 입학 경쟁에서 밀리면서 먼 데로 통학하게 되었다. 혜린은 입학하면서 한 아이와 친해졌는데 같은 반이면서 불광동에서 서대문까지 통학을 같이하는 영선이란 친구였다. 혜린은 학번이 중간이었으나 영선은 키도 크고 걸때도 웬만했다. 처음 본 것은 학급 편성 때였는데 통학 때 불광동 버스 정류장에서 또 만났다. 그렇게 해서 두 여고생은 자별하게 친해졌는데 매일 만나고 매일 헤어지다 보니 서로에 대해 많이 알게 되었고 서로 간에 비밀이 없어지니 친해질 수밖에 없었다.

불광동은 북한산의 서쪽 끝에 있는 비탈에서 통일로가 있는 평지에 이르는 지역이었는데 동네의 가운데를 질러서 북한산에 수원을 둔 불광천의 상류가 흐르고 있었다. 그 불광천은 역촌동, 신사동을 지나 증산동을 거쳐 난지도 근처 한강으로 흘러들었다. 통일로 주변의 평지에는 번듯한 단독 양옥들이 있었지만 산

쪽으로 올라갈수록 집들이 작아지고 다닥다닥 붙어 있었다. 혜린의 집은 큰길에서 멀지 않았고 영선의 집은 좀 더 올라갔다. 혜린의 큰언니는 그 전에 그 동네에서 선을 보고 결혼을 해서 시집이 있는 멀지 않은 신사동에 살았다. 언니는 첫 아이 가질 때도 가까운 친정에 와 있기도 했다. 둘째 언니도 혜린이 고등학교 1학년 때 결혼했는데 형부의 직장이 강동구에 있어 서울의 반대쪽인 천호동에 자리 잡았다. 바글대던 집에 언니들이 빠지니 빼곡하게 자던 방도 넓게 쓰게 되어 혜린도 작은 방을 얻었다.

영선은 개성이 강하고 파쇼 있는 리더십을 갖고 있었는데 그러한 성질 때문에 비슷한 성격의 친구들과는 사귀지를 못했다. 혜린과는 성격상 궁합이 맞았다. 서로 다른 면이 보완재가 되었다. 영선은 남자에 대한 관심은 적은 편이었는데 남는 에너지가 예쁘장하고 여성적인 혜린에게 쏠려 혜린의 보디가드 같이 행동했다. 영선은 혜린에게 연예계 소식이나 여성 패션에 대한 얘기도 심심찮게 했다. 혜린은 차츰 여성복, 모자, 신발, 액세서리 등에 탐닉하게 되었고 영선이랑 시내 백화점도 다니고 고급 양장점이 있는 이대 입구나 명동을 쏘다니기도 했다. 액세서리 구경을 하기 위해서 남대문 시장도 구경했는데 거기서 싸구려 반지도 샀다. 이런 일들은 영선이 앞장섰는데 그녀의 정신 연령이 혜린보다 높았기 때문이다.

2

혜린의 엉뚱함은 공상과 장난기와 내성적 성격에서 간헐천같이 불규칙적으로 분출되었다. 그 한 가지 사건이 그러한 배경으로 나타났는데 그것이 그녀의 운명의 뇌관이 될 줄은 아무도 알 수가 없었다. 그것은 잘못 걸려온 전화로 시작되었다.

그녀가 고등학교 2학년 때의 일이다. 집으로 오는 전화 소리를 듣고 수화기를 들었다.

"여보세요."

"여보세요. 은행나무가든인가요?"

"아닌데요."

"아, 전화가 잘못 걸렸군요. 미안합니다."

하고 전화를 끊었다. 5분쯤 지나 또 전화가 왔다.

"아, 여보세요, 은행나무가든 아닌가요?"

"아닌데요. 왜 그러시는데요?"

"예약할 일이 있어서 그러는데요, 제 수첩에 적어 놓은 번호가 잘못된 것 같네요. 미안합니다."

그렇게 해서 전화는 끊어졌다. 한 주가 지나갔다. 언니가 전화를 바꿔 주었다. 지난주에 남자한테 전화한 적이 있냐고 하면서. 혜린이 수화기를 받아들고 누구시냐고 물었다. 남자는 일주일 전 전화를 잘못 건 사람이라며 혜린의 목소리가 매력적이라면서 시간 나면 얘기라도 나누고 싶다고 하였다. 혜린이 그럴 시간 없다고 전화 끊겠다고 하니까 자기 소개를 얼른 하면서 생각나면 전화해 달라고 하였다. 자기는 공무원이라면서 이름과 전화번호를 알려 주었다. 혜린은 생각도 없이 메모를 해 두었다. 전화를 끊고 보니 그 남자의 목소리가 누군가를 닮았다고 생각되었는데 혜린이 좋아하던 국어 선생님의 목소리였다. 선생님이 시를 읊던 생각이 났다. 바리톤 저음으로.

혜린은 영선과의 수다 중에 문득 잘못된 전화 걸어온 아저씨를 생각했고 그의 얘기를 했다. 영선은 갑갑하던 참에 잘 됐다고 하면서 혜린에게 전화 걸어서 만나보자고 했다. 혜린이 용기를 내어 미지의 아저씨에게 전화를 했고 시내의 빵집에서 만나기로 약속했다.

혜린은 그 아저씨의 이름이 배명세란 것과 직업과 적당히 나이

든 아저씨란 것밖에 몰랐고 명세는 혜린의 전화번호와 목소리밖에는 어떤 정보도 없었다. 단지 노총각이라 불릴 수 있는 나이여서 결혼을 생각하던 중에 혜린이 대학생이거나 대학을 갓 졸업한 처녀로 상상하게 만들었다.

약속한 대로 명세는 신문지를 말아 들고 혜린은 책을 들고 만났는데 흔히 선을 보거나 미팅 파트너를 만났을 때의 실망같이 양쪽은 다 같이 실망했으나 명세의 실망은 야바위에 넘어간 정도였던 게 상상했던 결혼 상대가 아무리 사복을 입었지만 양 갈래 머리에 아직 여드름도 가시지 않은 얼굴이었던 것이다. 거기에 그치지 않고 그 실망이 갑절이 되었던 것은 경호원같이 뒤따라오는 덩치 큰 여학생을 확인하고 나서다. 여학생들은 기대는 하지 않았지만 명세가 선생님만큼 꼰대 티를 내고 있어서 실망은 마찬가지였다. 벌레 씹은 표정으로 서로를 확인하고 인사를 나누었다.

"대학생인 줄 알았는데 아니었군요. 고등학생이에요?"

"네. 실망했어요? 고등학교 2학년이구요, 얘는 서영선, 내 이름은 최혜린이에요."

명세는 나무로 된 빵 그릇에 빵을 담아 왔다. 우유도 세 잔을 들고 왔다. 명세가 우유만 마시고 손을 놓고 있을 때 누 여학생은 빠르게 빵 그릇을 비웠다. 명세가 더 시켜 먹으라고 했다.

"나는 공무원이라 시간이 잘 나지 않아요. 내가 최혜린 씨를 결혼 대상자로 착각을 했지요. 미안한 얘기지만 우리 간에 목적 없이 만난다는 게 낭비인 것 같네요. 다음에 서로 연락을 안 했으면 좋겠어요."

"…."

두 여학생은 퉁바리를 맞았고 선생님께 훈계를 듣듯이 대답도 못 하고 듣고 있었다. 30분도 채 안 되어서 명세는 일어섰고 그녀들도 따라 일어났다. 빵집 문을 나서자 명세가 인사를 하는 둥 마는 둥 가버리고 그들만 남았다. 그녀들은 빵을 얻어먹은 이익보다 자존심을 상한 손실이 컸기 때문에 말없이 걷다가 서로를 위로하며 헤어졌다.

배명세는 서울 변두리 대학의 법대 출신으로 한 번 본 행정고시에 실패하고 방향을 바꾸어 관세직 말단 공무원으로 응시하여 합격하였다. 서울 본부 세관으로 발령받아 안양 세관에 배치되었다. 1년 근무를 한 후 서울 세관으로 전임되어 그때까지 근무 중이었다. 당시의 세관 사정을 보면 수출입량의 증가, 해외 전출입자들과 여행자들의 급증 등으로 처리 물량에 비해 인력 부족으로 통관 지체가 만성이 되어 있었는데 세관의 역할인 관세 부과, 관세 감면, 분할 납부, 세액 심사, 금수 품목 적발 등이 세관원의 손안에 있었고 관세가 한때 내국세의 삼 분의 일에 달할 정도로 급증하였다. 물량을 따라가지 못하는 인력으로 불법 부정이 난무하고 있었다. 수입업자들에게는 시간이 돈이었기 때문에 통관 기간을 줄이고자 급행료는 통상적인 것이었다. 오퍼상이나 종합 상사나 무역 회사들은 관세청에 줄대기가 업무의 하나였고 명절 날의 인사는 빠져서는 안 되는 정기 행사였다. 명세는 매우 현실적인 사람이었다. 그의 눈에는 돈과 권력만 있었는데 그 외의 가치는 의미가 없다고 생각했다. 현재의 지위를 확보하는 데도 특별한 천재성도 없었고 출신 학교의 배경도 없었지만 그의 속물적인 가치관과 처세술이 한몫했다.

그런 명세에게 혜린과의 통화는 의미가 없었다. 명세는 한 가지 목표인 돈과 출세에 집중하여 생활하였기 때문에 결혼 상대도 권세가나 재력가의 규수를 희망하고 있었다.

혜린은 고2의 학년말 성적으로는 원하는 대학 진학이 어렵게 보였는데 고3이 되자 대학을 놓쳐서는 안 된다는 위기감으로 다른 친구들에게 떨어지지 않게 공부를 했다. 온 사방이 경쟁자들

같았는데 영선만은 예외였다. 영선은 공부에는 초연해 있었는데 스포츠에만 관심이 많았다.

명세는 그즈음 혼기가 찼지만 선보는 일도 잘 되지 않고 있었다. 만나는 사람마다 원하는 조건 중 하나씩 모자랐다. 얼굴이 마음에 들면 집이 가난했고, 집안이 괜찮으면 성격이 공주 같았고, 다른 건 다 좋은데 연상이고, 그럭저럭 만족할 만하면 그쪽에서 싫다고 했다. 그는 기분 전환이라도 할 겸 작년에 만났던 혜린과 영선을 생각했고 부담 없이 만날 생각을 하고 혜린에게 전화를 했다. 혜린은 작년의 자존심 상했던 기억에 시뜻하게 받았으나 명세가 적당히 구슬려 혜린과 영선을 다시 만나게 되었다. 고3 스트레스에 시달리던 두 여고생은 아저씨와 낯이 익어지자 구세주라도 되는 듯 애교 있게 매달렸다. 서로 간에 현실의 갑갑한 속박에서 벗어난 듯 밝은 얼굴과 헤픈 웃음과 함께 활기찬 대화를 나누었다.

“아저씨, 얘는 어때요? 아저씨 마음에 들죠? 얼굴은 좀 그렇지만 몸매는 완전 글래머예요.”

“하하, 이 학생 글래머인 것하고 나하고 무슨 상관있는데?”

“남자들은 글래머를 좋아하잖아요.”

“얘는. 아저씨, 저는 똥배가 나왔구요, 얘는 허리가 25예요. 완전 모델이에요."

"학생들, 고3이나 되면서 왜 그런 말들을 해? 좀 건전한 얘기 없어?"

"그럼 아저씨가 얘기해주세요. 아저씨 첫사랑 얘기."

"그런 것보다 인생의 목표는 뭐다, 나의 희망은 이런 것인데 집에서는 반대해서 문제다, 이런 것 말야."

"우린 그런 거 없는데, 그럼 아저씨 꿈은 뭐예요?"

"음, 나는 훌륭한 공무원이 돼서 국민에 봉사하고 나라에 도움이 되는 거지."

"정말요? 친구들은 안 그러던데요. 부정부패는 공무원들이 다 한다구요."

"아냐, 그건 극히 일부만 그렇지."

"아녜요 아저씨, 선생님도 그러고 우리 아빠도 공무원은 다 도둑놈들이래요."

"맞아요."

명세도 그렇다는 말이다. 명세는 뜨끔한 구석이 있어서 할 말을 잃고 코너에 몰렸다. 말괄량이 고3 여학생 앞에서 둘이서 협공하는 데 손을 들었다. 그 둘은 명세를 두고 고3 스트레스를 풀고 있었다. 명세는 수세에 있으면서도 수다스러운 대화 속에서 골치 아픈 업무와 진척 없는 결혼에서 탈출한 듯하여 같이 즐거웠다. 고3이지만 육체적으로는 발육을 다한 성인이었고 단지 사회 생활의 경험이 부족한 차이밖에 없었다. 그 차이란 작으면서도 컸다. 꿈과 현실의 차이는 하늘과 땅의 차이였는데 모르긴 하지만 숱한 사람들이 그 경계를 넘으면서 반항하고 방황하고 외로움을 겪었다. 그 진통을 넘어서야 현실 세상에서 고통받는 어른이 되는 것이었다.

그 경계를 앞에 둔 두 여고생과 경계를 넘은 한 노총각은 서로의 필요성에 의해 간혹 만나 스트레스 해소 파티를 했다. 경계의 전후에 스트레스는 손쉽게 잊혀졌다. 비용은 명세가 썼고 여고생들에게는 큰돈이었지만 명세에게는 큰 부담이 안 되었다.

그들은 만남의 장소를 빵집에서 음식점으로, 또 다방으로 옮겼다.

하루는 한식집에서 고기를 구워 먹다가 명세가 소주를 시켰고 처음에는 명세만 마시다가 여고생들도 한 잔씩 채워주었다. 영선이 식사를 끝내고 집에 바쁜 일이 있다고 하며 먼저 가버렸다. 혜린은 본인의 주량도 모르고 소주가 뭔지도 모르고 두 잔을 마시고 눈꺼풀이 내려오길 몇 번 하더니만 그 자리에 곤드라졌다.

명세는 혜린을 흔들어 깨웠으나 일어날 기색이 없었다. 명세는 혜린의 집도 모르고 혜린의 집으로 전화할 수도 없어 난감해하다가 할 수 없이 깨워서 보내야겠다고 생각하고 근처 모텔을 찾았다.

모텔 방에 들어와서 혜린을 침대에 눕히고 명세는 방안의 의자에 앉았다. 그때 시간이 9시였으니까 얼마 늦지 않았으므로 혜린이 깨기를 기다리며 TV 뉴스를 보다가 깜빡 잠이 들었다.

명세가 눈을 뜨니 시계는 11시가 넘었는데 혜린은 아직 술에서 깨어나지 못해 꿈나라 속에 있었다. 밖에서는 조용한 가운데 간혹 남녀 간의 사랑의 목소리가 들리고 모텔 방이란 닫힌 공간이 주는 선정적 분위기는 노총각의 음욕에 불을 당겼다. 그 화기 속에 명세는 욕정의 화신이 되었고 혜린이 눈을 떴을 때는 방어의 기회도 없이 주위의 아무런 도움도 받지 못하고 처녀성을 유린당하고 말았다. 혜린은 입술 한 번 준 적이 없는 숫처녀였다. 혜린은 그런 예기치 않은 일에 정신을 가눌 수가 없었다. 어떻게 해야 될지도 모르고 그저 눈물만 났다. 이때까지 살아온 인생에 가장 큰 충격이었다. 인형 좋아하고 만화 좋아하고 강아지 좋아하고 소설도 읽고 시도 쓰던, 남학생과 얘기도 해보지 않았던 혜린이었다. 인생의 등산을 첫발도 내딛기 전에 낭떠러지에서 떨어진 셈이었다. 날이 갈수록 처녀성의 상실에 대해 충격과 죄의식을 느꼈고 자신의 실수에 후회하였다. 그러나 외부적인 변화는 전혀 없었다. 겉으로 표현할 어떤 것도 없었다. 영선에게마저 입을 다물고 있었다. 마치 명세의 표정과 같이. 혜린은 남몰래 눈물을 흘렸지만 세상은 아무렇지도 않은 듯 해는 뜨고 지고 달은 차고 기울었다.

뜨는 해는 시계를 돌리고, 돌아가는 시계는 혜린의 상처를 아물게 했다. 그 뒤로 명세도 자신의 행동에 후회를 하고 혜린에게 미안해했으나 서른을 눈앞에 둔 노총각은 가는 봄이 아쉬웠고 혜린은 무언지 몰라도 명세가 자신의 운명에 움직일 수 없는 길잡이가 된 듯 그에게 기대는 마음이 생겼다. 명세는 결혼을 생각하면 혜린이 부담스러웠으나 생리적 욕구는 혜린을 모텔로 끌어들였고 혜린의 저항은 날이 갈수록 줄어들었다.

혜린은 1차 대학 입시에는 떨어졌다. 2차에 합격했는데 D 대학 의상학과였다. 영선은 K 대학 체육교육과에 들어갔다. 이즈음 혜린의 집도 옥인동으로 이사를 해서 영선과도 멀리 떨어져 살게 되었다. 전화로나마 안부를 묻고 있었다.

옥인동은 시내의 주택지라 불광동에서 이사 오기에는 자금 부담이 컸으나 아버지 근무처 거래 은행의 지점장 도움으로 그 당시 얻기 어려운 은행 대출을 받아 버젓한 서울 성안 시민이 되었다. 명동 한전 본사에 다니는 아버지, 을지로에 있는 회사에 다니는 오빠, 신촌에 있는 대학교에 다니는 혜원 언니, 종로구에 있는 대학교에 다니는 혜린, 모두에게 다니기 편한 위치였다. 불광동에서 매일 혼잡한 버스에서 출퇴근이나 통학을 하던 가족들에게는 꿈만 같았다. 또한 청와대 근처라 개발 제한 지역이어서 옛 동네의 정취를 담고 있어 특히 엄마가 좋아하였다. 그 동네에는 슈퍼, 세탁소, 미용원, 이발소, 작은 빵집, 중국집, 책방, 약국, 동네 병원 등 작은 가게들이 옹기종기 골목을 채우고 있어 눈을 감아도 집을 찾을 수 있는 동네였다. 근처에 재래시장이 있어 없는 것 빼놓고는 다 있었다. 혜린의 집은 개량 한옥이었는데 불광동 집과 비슷한 구조라 쉽게 적응할 수 있었고 엄마는 이사하는 날부터 들턱을 내느라 떡을 돌리고 이웃에 인사하기 바빴다.

혜린은 예쁘장했지만 키도 중간이었고, 공부도 뛰어나게 잘 하지도 않았고, 성격도 소극적이어서 눈에 띄는 아이는 아니었지만 남모르는 성격이 있었는데 자신이 하고자 하는 일에는 소리 없이 목표 달성에 집착했다. 그것은 그녀의 행동에도 나타났는데 인형 옷 모으기같이 의지와 고집을 갖고 했다. 그것은 욕심이라기보다는 성취욕 같은 것이었다. 그리고 자신이 목표를 둔 것에 대해서는 묘하게 우주가 돕는 듯 행운이 따랐다. 혜린이 인형을 좋아할 때 바비 인형이 생겼다든지 강아지를 좋아할 때 애완견이 생겼다든지 하던 것들이었다. 길게 보면 인형 옷과 패션 탐닉과 의상과 합격 같은 것도 마찬가지였다. 또 다른 성격인 공상을 좋아하던 습관은 무엇으로 나타날지에 대해서는 아직 현실화된 것이 없었다.

혜린은 입학식을 할 무렵 생리가 끊어졌다. 임신임을 직감했다. 결혼도 하지 않았고 대학교 1학년생으로는 임신해서는 안 될 시기였다. 명세 씨는 어떻게 생각할까? 그 두 사람은 장래를 약속한 사이도 아니었다. 그들 사이에 욕망은 있었지만 사랑이란, 혜린은 어린 나이로 확신할 수 없었지만, 아닌 것 같았다. 그도 그런 것 같았다. 아직도 익지 않은 과일을 따서 샴페인을 터뜨릴 수는 없었다.

우선 확인이 필요했다. 혜린은 약국에서 임신 테스트기를 샀다. 약국에 들어설 때에는 주저했지만 용기를 내어 약사의 눈길을 피해 구입하였다. 임신이 아니기를 고대하며. 그러나 그런 소망도 헛되이 임신이 사실임을 알려 주었다. 한 달을 혼자서 고민하다가 명세에게 알렸다.

"아저씨, 아무래도 몸이 이상해요."

명세는 혜린의 표정과 말 속에서 그 의미를 직감하고 긴장했다.

"달마다 있을 것이 없어요."

"언제부터?"

"두 달 됐어요."

"그러면 테스트라는 것 해봤어? 약국에서 파는 모양이던데."

"했어요."

"결과가 임신이래?"

"네."

명세의 얼굴에 먹구름이 끼었다. 갑자기 눈앞이 캄캄해졌다. 이를 어떡해야 하나?

"혜린아, 그러면 병원에서 진단을 해보자."

하면서 며칠 뒤 산부인과에 가서 확인한 결과 임신 3개월이었다. 의사는 "축하해요, 임신이에요"라고 말하면서 너희들 사정은 다 알고 있다는 표정을 지었다.

명세는 상황이 자기가 원하지 않는 길로 꼬여 가는 것을 느꼈다. 원하지도 않은 임신, 원하지도 않은 결혼, 인생이 원하지도 않은 방향으로 이렇게 빨리 진행되다니. 2년 전의 통화가 후회되었다. 첫 만남, 두 번째 만남, 세 번째 만남, … 첫 정사, 두 번째 정사, 세 번째 정사, … 여러 번의 피할 수 있는 기회가 있었음에도 만나고 헤어지지 못하고 또 만나고, 섹스하고 참지 못하고 또 섹스해야 했는지. 냉정하게 절제할 수는 없었는지. 차라리 헤어지지 못했는지. 후회가 층층이 쌓였다. 명세는 성공의 첫 단추부터 잘못 끼워지는 것 같았다. 칠판에 백묵으로 쓴 판서를 지우개로 지우듯이 현실을 지우려고 했다. 그리고 원하는 글을 다시 쓰고 싶었다.

"혜린아, 아이를 떼자. 지금은 때가 아닌 것 같아. 이후로도 얼마든지 가질 수 있잖아."

혜린은 답을 할 수 없었다. 명세의 말이 서운했다. 혜린은 대답은 못 하고 눈물만 흘렸다. 임신은 사랑의 결실인데, 그것이 축복받지 못하면 사랑은 어디에 있지? 그것을 흘려버릴 것 같으면 사랑도 흘려버려야 할 것이다. 그러나 혜린의 마음속에는 다른 무엇이 있었다. 뱃속의 생명은 두 사람의 행위에 의한 것이 아니다. 그것은 그러한 불장난의 결과가 아니고 조물주가 점지한 것이다. 나는 이 생명을 보호해야 한다. 명세가 나에게 소중하듯이 이 생명도 나에겐 소중하다. 엄마란 뱃속의 생명에 대한 무한 책임을 가져야 한다는 생각이 들었다. 나의 분신인데, 내 몸의 한 부분이고, 내 영혼의 나눔인데 내가 포기할 수는 없어. 혜린은 결론을 내리고 명세를 만난 자리에서 말했다.

"아저씨, 몇 날을 생각해 봤는데요, 나는 이 생명을 포기할 수 없어요. 내가 한 행동에 책임을 져야 하는 것은 당연하구요, 그보다 생명보다 귀한 것은 없다고 생각해요."

"혜린아, 현실을 생각해 봐야지. 우리가 결혼할 얘기도 하지 않은 지금, 예상치도 않았고 원하지도 않았던 것을 포기하지 못하다니. 바람 부는 대로 물 흐르는 대로 살아갈 거야? 인생은 치밀하게 계획하여 살더라도 목표 달성이 어려운데, 생각 없이 떠밀려 살면 안 되잖아?"

"아저씨는 인생을 업무 추진하듯이 생각하는데요, 그렇지 않잖아요? 살다 보면 얼마나 많은 예상하지 못했던 일들이 생겨요? 나는 인생을 그렇게 계산적으로 살아서는 안 된다고 생각해요."

"그러면 여자가 임신 관리를 해야 하는데, 최소한 나에게 사인이라도 보냈어야 했잖아?"

"사인요? 언제는 아저씨가 내 말대로 했어요? 아저씨 맘대로 했잖아요. 괜찮아, 괜찮아, 책임질게, 하면서요."

이제는 명세가 책임론까지 들고 나왔고 혜린은 평소와 다르게 명세의 무책임을 되돌려 쏘아붙였다.

"아저씨가 아무리 그래도 나는 포기하지 않을 거예요. 아저씨를 포기하더라두요."

혜린은 명세에게 이렇게 주관을 내세우고 고집한 적이 없었다. 명세는 흠칫 놀랐다. 아이 앞에서 엄마는 이렇게 강한가. 명세는 아무런 대꾸도 못 했고 고민은 나날이 깊어 갔다. 여기서 눈 딱 감고 헤어져 버려? 그러면 그녀가 알아서 해결하겠지. 그리고 내 인생을 새롭게 시작하는 거야. 세상에는 결혼할 여자들이 많으니까. 젊을 때의 실수는 누구나 한다잖아. 그러나 명세의 굳은 의지도 혜린의 앙다문 입술 앞에서 허물어지고 말았다. 남녀 간의 문제에 남자의 결정권이 아무리 크다 해도 임신과 출산에 대한 권리는 여자에게 있었다. 명세가 큰소리쳐도 연상 남자의 위엄을 가졌다 해도 목마르지 않은 소에게 물 먹일 수는 없었다. 명세는 몇 번이나 혜린과 헤어질 것을 생각했다. 낙태만 시키면 해결될 일이었는데 혜린이 저렇게 고집부리고 있으니 어쩔 도리가 없었다. 이대로 헤어지면 부도덕한 파렴치 공무원으로 자신의 현재 관세직 자리도 위태해질 것이라고 생각하니 그렇게 포기할 수는 없었다. 세월은 물처럼 흘렀고 그 기간 명세는 코 펜 송아지처럼 혜린이 당기는 대로 끌려갔다. 혜린의 입덧에 맞추어 가면서.

혜린은 1학기를 마치자마자 휴학계를 내고 출산 계획을 짰다. 명세는 한순간의 착오가 본인의 성공 장애가 된 것을 후회하였으나 이미 엎질러진 물이었다. 어쩔 수 없이 결혼식을 서둘러 했다. 배가 부른 어린 신부와 노총각 공무원의 결혼식은 언밸런스하고 별난 것이었다. 임신은 두 부부의 건강 표시였으므로 뒤에서 수군대기도 했지만 결혼과 함께하는 임신의 행운을 축하했다. 그 결혼식은 처음에는 명세와 명세의 부모가 반대했으나 배부른 신부 앞에서는 속수무책이었다. 명세는 인생의 세 번의 기회 중 하나를 잃었다고 생각했다. 혜린이 명세의 짐이 되었다기보다는 명세의 현실적 목표를 도와줄 후원자가 되지 못한다는 아쉬움이었다. 그러나 명세의 속을 하느님이 알았는지 세관 업무의 짭짤함이 명세의 욕망을 채워주었다. 관세직만 유지될 수 있다면 공무원 하급직이라도 좋았다. 명세는 봉급 외의 수입으로 이재에 몰두했다.

3박 4일의 제주도 신혼여행은 통상의 제주도 관광 코스대로였다. 혜린에게는 처음 오는 제주도였고 신혼여행이었지만 무거운 몸이 즐거움을 희석시켰다. 성산포 일출봉을 배경으로 명세와 함께 찍은 사진도 앨범에 인증 사진으로 남아 있지만 혜린의 기억 속엔 특별한 감동은 없었다.

그러고는 반포 아파트에서 신접살림에 들어갔는데 이 아파트도 명세의 공무원 생활 4년 만에 마련한 것이있다. 반포는 신개발지역으로 한강대교를 건너서 가야하는 서울의 외곽이었지만 월급으로는 생각도 못 할 일이었다. 세관은 세무서보다 더 수입이 좋았다.

몇 달 지나지 않아 혜린은 딸을 낳았다. 고3 여학생이 엄마가 되기까지는 순식간이었다. 대부분의 사람들이 10년간, 아니 짧게 잡아도 5년은 걸릴 일이 시간의 축지법을 쓴 듯 1년 만에 이루어졌다. 혜린은 스무 살에 엄마가 됐다.

혜린의 출산 소식을 듣고 영선이 아기 옷을 들고 찾아왔다. 영선도 혜린의 품속에 쌔근쌔근 잠들어 있는 갓난아기를 보고는 참 세월이 빨리 간다고 느꼈다.

"혜린아, 고생했지? 축하해, 엄마 된 거."

"초산이라 걱정했는데 다행히 순산했어."

"아기가 널 닮았다. 아이 이뻐. 내가 안아 봐도 되니?"

하면서 아기를 받아 안았다. 불편했는지 아기가 깨고 울었다. 혜린이 다시 받아 젖을 물렸다.

"얘, 너는 인생을 그렇게 빨리 살아도 되니? 어쨌든 해야 할 일들을 해서 좋겠다. 아직 우리 친구들 중에는 결혼한 애도 없는데."

"너는 애인 안 생겼어?"

"미팅이라고 몇 번 갔는데, 잘 팔리지도 않고 내가 고를 만한 인간도 없어."

"학교생활은 재미있니?"

"내가 스포츠를 좋아하잖니. 그래서 과를 잘 선택한 것 같아. 실기 시간은 시간이 금방 가버려."

명세와 혜린은 결혼을 하고도 부부애는 두텁지 않았다. 그렇다고 부부 싸움을 하는 것도 아니었다. 부부 싸움조차 없는 것이 문제였다. 서로 간에 별 간섭도 대화도 없었다. 혜린은 육아에 바빴다. 명세는 오로지 이재에만 전념하고 있었다. 그에게는 술도 이재를 위한 술, 교우 관계도 이재를 위한 교우 관계, 건강도 이재를 위한 건강만 필요했다. 다른 취미 생활은 인생의 낭비라고 생각했다. 일은 열심히 했다. 자본주의의 신봉자였고 이재에 관련된 책들도 섭렵했다. 그 책 중에는 손자병법도 있었는데 이재를 옛날의 병법으로 해석한 책이었다. 명세는 이재의 손자나

된 듯 돈 세상을 누비고 다녔다. 명세는 그중에서도 부동산에 관심이 컸다.

자연히 부부 관계도 의무적이었다. 명세는 딸을 잘 키워주기를 바랐고 다음 아이가 아들이기를 원했고 자신의 미래를 위해 현모양처로 살아주기를 희망했다. 혜린은 어린 나이에도 불구하고 남편의 주위 사람들로부터 사모님이란 말을 자주 들으며, 명절이면 현관을 가득 채우는 선물 상자를 보며 모르긴 하지만 남편의 현직이 대단한 것으로 알았다.

딸아이의 이름은 지은이라 지었다. 혜린도 지은을 키우느라 밤낮없이 바빴다.

지은이 돌을 지났다. 혜린은 조금 숨을 돌리자 자신의 나이가 아직도 스물한 살임을 알고 이렇게 인생을 보내서는 안 되겠다고 생각했다. 혜린은 복학 신청을 했다. 입학한 후 겨우 한 학기를 마치고 임신으로 휴학했던 학업을 계속하기로 했다. 경제적인 여유는 있었으므로 대학 생활을 시작하는 데 본인의 의지밖에는 문제가 될 것이 없었다. 명세는 혜린이 임신 시에는 다시 휴학한다는 조건만 달고 복학 결정에 동의하였고 지은에게 돌보미를 붙이는 등 재정 지원을 해주었다. 혜린은 주위의 후배들이 권유

하는 미팅이나 동아리 모임 등은 사양하고 지은의 육아와 자신의 의상학 공부에만 전념했다. 의상학은 혜린의 적성에 맞은 듯 육아를 병행하면서도 몰두할 수 있었다.

명세는 돈을 잘 벌었다. 혜린과는 한 번도 상의하지 않았으나 부동산 경기가 널뛰기를 했는데 명세의 투자가 파도를 잘 타는 것 같았다. 어떻게 알았는지 금융권 인사도 사귀고 어려운 대출도 해냈다. 그는 현실주의자라기보다는 속물주의자라는 편이 더 어울렸다. 월급 봉투는 10원 한 푼도 손대지 않은 채로 내놓았고 외박으로 분위기가 싸늘할 때나 이재에 좋은 일이 생기면 혜린을 데리고 외식도 근사하게 했다. 남들은 생각지도 못한 자동문이 달린 철판구이 집이라든가 처음 가보는 초밥집에도 갔는데 그럴 때마다 명세의 어깨는 쫙 펴졌다. 간혹 국내에서는 보기 힘든 외제 고급 물건을 가져오기도 했고 장식장에는 이름도 모르는 양주가 가득했다. 혜린이 쓰지도 않는 피아노도 들여놓았다. 옷은 항상 공무원 표준복으로 수수하게 다녔고 차도 없이 출퇴근은 대중 교통을 이용했고, 저녁 시간에는 택시를 이용해서 룸살롱을 찾는 데서 그의 이중생활이 드러났다.

그의 사생활은 자유로웠다. 아마 대한민국에서 가장 자유로운 유부남이라고 해도 될 성싶었다. 늦은 귀가가 일상이었는데 손님 접대라는 핑계는 대부분 접대를 받는 것이었고, 상가 문상도 많았는데 그날은 외박이었다. 와이셔츠에 립스틱 자국이나 분칠을 해오기도 했고 향수 냄새도 묻혀 왔다. 혜린은 그러려니 했다. 명세는 경제적인 책임으로 남편의 의무를 다한다고 생각했고 그만한 의무에 대해 아내는 현모양처로 보답하기를 바랐다. 명세의 일방적 요구였지만 암묵 중에 합의사항이 되었다. 예를 들어 남편이 술이 취해 밤늦게 오면 잔소리 없이 잠자리를 펴주고 아침에 해장할 수 있게 콩나물국이나 북엇국을 따끈하게 끓여 놓아야 했다. 그 밖에도 어깨가 아프면 안마도 해 주어야 했고 외박, 출장, 휴일 외출, 늦은 귀가에 질문이나 잔소리가 없어야 했다. 육아를 전담해야 하는 것은 당연한 일이었다. 명세는 혜린이 아들을 낳아 주기를 원했고 그것 때문에 부부 싸움도 했는데 싸움이라기보다는 일방적인 공격이었다. 그러나 아들은 혼자서 낳을 수 없었고 명세 기분대로의 부부 관계를 가져도 기다리던 임신은 되지 않았다. 원하지 않을 때는 그렇게 쉽게 되던 임신이. 혜린의 남편에 대한 태도는 기계적인 행동밖에 없었는데 그 대신 지은에 대한 애정과 학교 공부에 빠져 있었다.

영선은 졸업을 하고 교사 임용 고사를 쳐서 파주에 있는 여자 중학교 체육 교사로 발령받았다. 영선의 성격은 학생들의 체육 교사로 안성맞춤이었다. 그녀의 강단 있는 리더십은 남자 선생보다 나았고 그녀도 그런 생활에 만족하고 있었다. 그러나 불광동 집과의 거리가 멀어 문산읍의 작은 아파트에서 자취 생활을 했다. 생활이 너무 단조롭고 선배 선생님들 외에는 친구도 없어 퇴근해서 잠들게 될 때까지 텔레비전밖에는 시간 보낼 것이 없었다. 그런 권태를 벗어나고자 동네를 바장이다가 탁구장을 찾았으나 상대방을 구해야 되는데 여자 상대는 구하기 힘들었고 남자 상대와 치다 보면 그걸 기화로 추근대는 통에 탁구장 출입을 그만두었다. 그래서 혜린에게 전화를 종종 하였고 한번 든 수화기는 내려놓지 않았다. 늦게서야 공부에 열심인 혜린을 보고 참 유별난 인생을 산다고 생각했다. 간혹 지은이가 보고 싶어 주말에 혜린을 찾아갔는데 명세의 눈치는 볼 필요도 없었다. 왜냐하면 명세와 영선은 혜린과의 연애 시절부터 알고 있는 사이였고 지은을 혜린보다 더 좋아했기 때문이다. 지은은 자라면서 영선을 이모라 불렀는데 세 명이나 되는 친이모들보다 더 친했다.

3

"차렷. … 경례."

속초 K 중학교의 하루는 늘 비쩍 마른 꺽다리 반장의 구령 소리로 시작했다. 이 학교는 산 좋고 물 맑은 곳에 있었는데 구체적으로는 속초의 설악산을 배경으로 푸른 동해 바다를 눈앞에 둔 아름다운 경치 속에 있었다. 힘찬 구령 소리의 주인공은 현상배라는 아이였는데 카리스마가 있어 다른 친구들이 편하게 맞대할 수 없었다. 매서운 눈초리는 상대를 소리 없이 제압하였고, 한 번 주먹을 휘둘렀다 하면 무엇이라도 부러져야 했기에 선배 일진들도 부딪치려고 하지 않았다. 1학년 때 이미 2, 3학년 선배들을 무릎 꿇렸다는 소문이 자자했다. 반장 선거는 하나마나였다. 상배의 보이지 않는 압력이 다른 후보들의 출마를 포기하게 했기 때문이다. 그의 이름과 폭력성에서 별명을 '현상 붙은 사나이' 또는 '현상금'이라 했다. 키로 보나 주먹으로 보나 날카로운 눈매의 카리스마로 보나 그 아이는 동년배들 사이에는 남달리 눈에 띄었다.

상배는 점심 도시락을 싸지 않았다. 매일 도시락 당번이 돌아가며 상배의 것을 준비했다. 아버지가 선주인 아이와 시내 주유소를 하는 집 아이에게는 적당한 용돈을 우려냈다. 걔들에게 돈을 빌리는 것에서 시작했다. 몇백 원에서 시작했다가 몇천 원까지 올라갔다. 처음에는 빌려줬던 돈을 돌려달라고 했다가 상배가 인상을 쓰고 몇 번 미루다 보면 돌려달라는 애들이 오히려 입장이 궁색해지게 되었고 차츰 빌려준 돈이 회수 불능이라는 것을 알게 되고 그런 행위가 일방적인 갈취로 습관화되는 것이었다. 그걸 피하려고 빌려줄 돈이 없다고 하면 어떤 수를 써서라도 협박을 당해야 하니까 아예 상배에게 세금 바치듯 돈을 준비해야 했다. 상배는 돈을 빌릴 뿐만 아니라 빌려주기도 했는데 일주일이 지나면 갑절로 받는 고리대금을 하였다. 갚지 않은 채로 또 일주일이 지나면 네 배로 받았는데 돈을 갚지 못하면 물건으로 대환했다. 학용품이나 점퍼 모자 가죽장갑 같은 것이 대상이었다. 응하지 않거나 반항을 하는 애들에게는 긴 다리로 배를 내질러 뒤로 나자빠지게 했다. 한번 차인 아이들은 뒷말이 없어졌다. 중학교 3년 동안 상배가 반장인 반에 배치되면 1년간은 그 고통을 감내해야 했다.

반원 전체에 공포만 주는 것은 아니었는데 반원들의 피해는 상배가 개입하고 보호했다. 한 번은 선배 한 사람이 자기 반 아이에게 공갈치고 돈을 빼앗았다고 하여 상배가 선배를 찾아가 논을 찾아온 적도 있었다.

상배는 중학교 2학년 때 짝사랑을 하였다. 상대는 음악 선생님이었다. 그녀는 노처녀로 전체 선생님들 중에 몇 안 되는 여자 선생님이었다.

그녀가 여드름이 벚꽃같이 활짝 피는 사춘기 남학생들에게 연모의 대상이 된 이유는 여럿 있었다. 우선은 희소가치였는데 속초란 도시에서는 드문 백안의 미인이었다. 그리고 음악 시간에 들을 수 있는 그녀의 노랫소리는 꾀꼬리를 넘어 천사의 음성이었다. 그리고 마지막 일격은 서로의 대화가 끊겨 있는, 다시 말하자면 범접할 수 없는 그녀의 신비주의였다. 여드름쟁이들 사이의 연모하는 마음은 '소리 없는 아우성'이었다.

그들 중에 상배가 있었다. 상배는 2학년이 되자 정영희 선생님을 보게 되었는데 첫눈에 반했고 날이 갈수록 짝사랑은 깊어져 갔다. 정 선생님은 속초에서는 볼 수 없는 먼 나라 사람이었다. 상배는 선생님이 천사 같았다. 그녀는 밥도 안 먹고 화장실도 가지 않는다고 생각했다. 늘 이슬만 먹고 노래만 부를 것 같았다.

그러던 어느 날 음악 시간이었다. 모두들 어수선하게 기다리던 중 한 녀석이 칠판에 WXY를 세로로 크게 쓰고 양쪽에 S 곡선을 길게 그려 놓았다. 지우기도 전에 선생님이 들어왔다. 선생님이 칠판에 그려 놓은, 간단하면서도 효과적인 관능적 나체화를 보고는 아름다운 초승달 눈썹을 찌푸리고 반장을 불러 지우게 하고 낙서한 사람을 조사해서 교무실로 보고하라고 했다. 그 사이 아이들은 킥킥댔는데 그 그림의 화가인 코밑이 시커먼 녀석은 오금이 저렸다.

상배는 정영희 선생님을 찾아 교무실로 들어섰다.

정 선생님은 책상 앞으로 간 상배를 보고 말했다.

"무슨 일이지?"

"2학년 5반 반장입니다. 선생님, 오전 수업 시간에 있었던 칠판 낙서 때문에 왔습니다."

"아, 그래. 누가 그랬는지 찾았어?"

"네.… 제가 그랬습니다."

상배는 거짓말로 대답했다. 선생님은 일어서서 오른손으로 상배의 뺨을 쥐고 흔들면서,

"녀석, 키 큰 사람 치고 싱겁지 않은 사람 없다더니."

하면서 웃었다.

상배는 그때 선생님의 눈과 마주쳤다. 선생님은 부드러운 눈빛

으로 '이 녀석아, 난 네가 안 한 걸 알고 있어. 하는 짓을 보니 반장이 될 만하군. 없던 일로 하자꾸나'라고 속삭이는 것 같았다.

"돌아가서 앞으로 그런 일이 없도록 해."

"네."

상배는 절을 꾸벅하며 교무실을 나왔다. 상배의 눈앞에서 정 선생님의 얼굴이 지워지지 않았다. 다시 펴진 초승달 눈썹과 한쪽 볼에 보조개를 만들며 웃는 모습이 오래 남았다. 왼손으로 선생님이 잡았던 뺨을 쓰다듬었다. 상배는 낙서한 친구 덕분에 정 선생님 손길의 영광도 얻었지만 반으로 돌아와서는 그 친구에게 정학 처분될 것을 선생님께 두 손을 싹싹 빌어 모면했다고 으름장을 놓으며 한 달 용돈은 될 만한 돈을 요구했다. 상배는 훗날 그 돈으로 남수가 늘 갖고 싶어 하던 운동화를 사주었는데 상배의 머릿속에는 교무실로 가기 전에 이미 계략을 세워두고 있었다.

상배는 그날 저녁 몇 번이고 선생님이 쥐었던 왼쪽 뺨을 쓰다듬었다. 그것은 벌이 아니라 선물이었다. 선생님의 그 하얗고 작은 손으로 잡았던 뺨이 아프기는커녕 짜릿한 감각으로 남아 있었다. 아, 좀 더 세게 잡아주었으면 하면서 잠을 이루지 못했다.

가까이 다가왔던 선생님의 얼굴, 미국 영화 어느 여배우의 모습에 눈동자만 갈색 눈동자로 바뀌어 반짝이던 선생님 얼굴, 그리고 화내지 않고 보조개를 만들며 웃는 모습이 선생님도 상배를 좋아하는 것 같았다.

그날 밤 상배는 꿈을 꾸었는데 꿈속에 정 선생님이 나타났고 선생님은 상배의 뺨을 쥐고 흔들었는데 얼마나 감미로웠는지 온몸이 저려 왔다. 그 순간 선생님이 '이 녀석 정신 차려' 하면서 뺨을 때리는 것이었다. 상배는 깜짝 놀라 깨어났는데 팬티가 축축하였다. 상배는 인생 첫 번째 몽정을 하였다. 그 뒤로 수음을 할 때마다 정 선생님과의 첫날밤을 연상했다.

혜성이 태양 주위로 근접했다가 다시 먼 우주로 달아나듯이 상배의 뺨과 정 선생님의 손의 접촉을 최단거리로 하여 둘 사이는 멀어져 갔다. 선생님은 일상의 선생과 학생의 거리만큼으로 유지함으로써 신비주의는 계속되었다.

상배의 집은 편부 슬하의 절름발이 가정이었다. 상배가 초등학교 2학년일 때 어머니가 외할머니 생신으로 외갓집이 있는 양구를 가다가 변을 당했다. 광치령 고갯길을 넘어 S자 내리막길을 내려가다 버스의 브레이크 파열로 속도를 줄이지 못하고 깊은 계곡으로 굴렀는데 떨어지는 도중 나무의 저항으로 마치 파친코의 쇠 알이 못과 못에 부딪히며 내려가듯 급경사를 굴러가다 중간쯤 멈추었으나 버스는 마치 찌그러진 알루미늄 캔같이 되었고 대부분 탑승객들은 사망했다. 상배의 어머니도 사망자 명단에 들어 있었다.

어머니의 시신은 속초 시립 공동묘지에 묻혔다. 아버지는 하룻밤 새에 홀아비가 되었고 상배 남매는 엄마 없는 반쪽 고아가 되었다. 상배는 사태의 심각성도 제대로 느끼지 못하고 울다가 장례를 치렀다. 엄마의 죽음이 실감이 나지 않았다. 자다 일어나 엄마를 찾았다. 엄마 자리가 빈 것을 확인하고서 죽음을 알았다. 주위가 캄캄했던 슬픈 시절이었다. 그 후로 엄마 생각이 나면 무덤을 찾았고 내려다보이는 동해 바다를 바라보며 엄마 생각에 눈물을 닦곤 했다.

상배에게는 아버지 쪽으로 친척이 없었는데 아버지가 6.25전쟁 때 함경도 원산에서 월남하다 가족을 잃고 어릴 때부터 고아로 자랐기 때문이다. 젊은 시절 속초에서 어머니를 만나 결혼하여 그곳이 고향이 되었다. 엄마가 돌아가신 후 상배는 아버지를 도와 엄마의 집안일 몫을 대신하기 시작했다. 배 일에서 돌아오는 아버지의 손에 들린 생선을 받아 구이를 하거나 찌개를 끓여 밥상을 차렸다. 남수는 제 일은 제가 챙겼고 형을 도왔으며 미영은 상배가 챙겨주었다. 상배는 학교에서는 대장 노릇을 하였으나 집에서는 동생들을 챙기고 아버지를 도왔다. 그들 남매는 띠앗머리가 남달라서 동생들은 형을 따랐고 형은 동생들을 아꼈다. 그때 상배는 초등학교 3학년, 남수는 1학년, 미영은 6살이었다. 아버지는 말이 적었으며 집에 있을 때는 밀려있던 집안일을 했다. 자주는 아니지만 간혹 동네 이웃들이나 선원 친구들과 술을 마시면 취할 정도로 마셨고 집으로 와서는 행패를 부리고 소란을 피웠다. 없는 살림을 부수고 말리는 상배를 때리기도 했다. 상배가 중학교에 다니자 키도 아버지보다 크고 나서는 상배의 완력에 힘이 달린 아버지의 주사가 줄어들었다. 집에서 식사를 할 때는 소주로 반주를 했는데 술을 마시고 나면 말이 없어졌고 혼자서 담배만 피웠다. 다행히 집에서는 과음을 자주 하지는 않았다. 아버지는 간혹 외박을 하였으나 재혼할 생각은 하지 않는 것 같았고 주위에서도 아이 셋 달린 가난뱅이 홀아비는 입에 오르는 신랑감이 못 되었다. 그러나 아버지는 본인의 무학을 아이들에게 남겨주어서는 안 된다는 신념이 있었다. 아버지는 주로 오징어잡이 배의 선원 일을 했는데 그 배의 일이 없으면 이 배 저 배를 돌아가며 탔으며 자식들이 뱃놈이 되는 것을 경계하여 선착장 근처에는 오지도 못하게 했다. 그들 가족이 빈곤의 바람 속에서도 견디어 낸 것은 상배를 중심으로 한 가족애가 버팀목이 되었다.

4

혜린은 지은이 보랴 공부하랴 눈코 뜰 새 없이 바빴는데 세월은 흘러 지은이가 걷고 말하고 재롱부릴 때쯤 졸업반이 되었다. 혜린의 꽃띠는 그렇게 흘러갔다.

명세도 이제는 신참의 때를 벗고 계장 자리를 차지하고 있었다. 명세에게는 영문 번역을 의뢰하는 윤 선생이란 사람이 있었는데, 명문 대학 영문과를 나와 조그만 출판 업체를 운영하는 사람이었다. 나이는 명세보다는 세 살 아래였는데 업무 외에도 인간적으로 교감이 있어 친하게 지냈다. 본명은 윤승현이었고 명세가 윤 선생이라고 불렀다. 명세의 업무상 부탁할 일들이 많았고 두 사람은 간혹 술도 같이 했다.

한번은 두 사람이 2차를 하고 집으로 온 적이 있었다. 혜린은 지은을 재워놓고 간단한 술상을 내놓았다. 그 자리에서 윤 선생의 소개를 받았는데 남편을 많이 도와주고 있다고 했다. 남편과는 나이 차이가 있어 보였는데 얼굴이 하얗고 귀태가 났다.

지은이 술자리 소리에 깼는지 우는 소리에 혜린은 자리에서 일어났다.

그 뒤 보름이나 지났을 무렵, 명세에게서 전화가 왔는데 윤 선생을 보낼 테니까 집에 놔둔 서류 봉투를 챙겨주라고 하였다. 얼마 후 윤 선생이 왔다. 혜린이 서류 봉투를 받고 일어서는 윤 선생에게 커피를 권했다.

"커피 좋아하시는지 모르겠어요. 일제 커핀데 부드러워서 여자들이 좋아하던데요."

"저도 커피 좋아합니다. 향이 좋군요."

"아기 아빠를 많이 도와주신다죠?"

"그냥 도와드리는 게 아니라 제 일을 하는 거죠. 계장님이 절 도와주시는 거죠."

"영어를 아주 잘하신다면서요?"

"영문학을 공부했으니까요. 처음에는 직장 생활을 했는데 적응이 잘 되지 않았어요. 그래서 빈둥거리다 책이나 만들자 하면서 지금 일을 하고 있습니다."

"결혼은 하셨다면서요?"

혜린은 남편이 말해 준 사실을 확인이나 하듯 하나하나 물으며 말문을 이어갔다.

"네. 7년 됐나?"

"저는 너무 일찍 결혼해서 청춘을 애 키우는 데 다 보내 버렸어요, 호호."

"지금 다시 공부하신다면서요?"

"네, 지각생이죠. 그래도 공부하는 게 좋아요."

"전공은 무엇인데요?"

"의상학이에요. 어릴 때부터 인형 옷 갈아입히기를 좋아했어요. 의상 디자인은 예술같이 새로운 것을 만들어내는 것이거든요. 윤 선생님 사모님은요?"

"저랑 같은 학교 미대 나왔습니다."

"화가시네요. 좋으시겠다. 사모님이 그림 그리시면 집안 분위기도 좋겠네요."

"그렇지 않아요. 아내는 서양화를 하기 때문에 꿈은 유학을 가서 공부를 더 하고 싶어 하는데, 아이도 낳고 경제적 여건도 되지 않아 불만이 많습니다."

두 사람의 커피잔은 비었지만 얘기는 계속됐다. 혜린이 윤 선생의 잔이 빈 것을 보고 한 잔을 더 타 주었다. 돌보미가 지은을 봐주는 덕분에 그들의 얘기는 시간 가는 줄도 모르고 계속되었는데 일상의 궁금증으로 시작한 대화가 감성의 영역까지 뻗쳐 나갔다.

"윤 선생님은 문학을 하시니까 생활이 감성적이겠군요. 세상을 보는 눈도 시인의 눈으로 볼 수도 있고 사람들의 생활도 소설의 소재로 보이고 그렇겠군요."

"그럴 때도 간혹 있죠. 계절이 바뀌면 마음이 움직일 때가 있죠. 그러나 현실 생활에는 별 도움이 안 되고 오히려 방해가 되기도 하죠."

"저도 중학교 때 만화도, 소설도 많이 읽었고 고등학교 때는 시도 써봤어요. 아무에게도 보여주진 않았지만요."

"학교 공부를 하는 사람이면 누구나 사춘기를 지나며 감상에 젖기도 하면서 시도 쓰지요. 나도 그랬구요."

"윤 선생님은 어떤 시를 좋아하세요?"

"좋은 시들은 많죠. 시인마다 감성이 다르고 사상이 다르니까요. 한국인이라면 미당 시를 많이 읽고, 읽으면 깊은 뜻은 제쳐두고라도 토속적 정서에 저절로 공감대가 생기잖아요? 릴케의 시는 인간의 언어로 만들어진 역사상 가장 아름답고 심오한 삶에 대한 질문이라고 하죠."

"윤 선생님 좋아하는 시 한 번 들려주세요."

윤 선생은 사양을 하다가 릴케의 산문 한 구절을 기억해 냈다.

"어떻게 살아야 할지 모를 때면, 둘이 있어도 외롭다.

고독하다는 말에는 살고 싶다는 장래 희망이 있고,

충분히 고독했다는 말은 어떻게 살아야 할지 충분히 고민했다는 말이다."

윤 선생의 암송을 들은 혜린은 인생의 태엽을 거꾸로 돌리듯 고등학교 시절로 돌아와 있었다. 순수한 소녀의 모습으로. 굴러가는 쇠똥에 웃음을 참지 못하고 구름 사이로 흘러가는 달을 보고 이유도 없이 눈물 흘리는 소녀의 모습으로. 혜린은 그 시절이 그리워 눈시울이 붉어졌다. 그때는 이런 시도 읽곤 했는데. 예민했던 감수성이 다시 살아나려고 했다. 내밀하고 수줍은 정동(情動)이 달아올랐다. 그때가 그리워. 잃어버린 시간을 찾고 싶어.

정신을 차리고 앞을 보니 윤 선생이 미소를 지으며 혜린을 바라보고 있었다. 그의 눈에는 애 엄마가 아닌 여고생 최혜린이었다.

그 뒤로 두 사람은 주위 사람의 눈을 피하며 만나기 시작했다. 혜린은 수업이 일찍 끝나는 날을 기다려 출판사로 찾아가기도 하고 출판사가 아닌 외부에서도 윤 선생을 만났다. 혜린은 상실한 청춘의 미련이, 피지도 못하고 시들어가는 꽃망울의 안타까움이, 승현에게는 불행한 부부 생활이, 잃어버린 이상의 절망이 서로를 끌어당기는 자력이 되어 오가는 마음이 그리움을 뱄다. 그러나 가정을 가진 두 사람은 적당한 거리를 지켰고 그 거리는 안타까움만 더했다. 한 사람이 다가가면 한 사람이 물러섰고 물러섰던 사람이 다가가면 다가갔던 사람이 물러섰다. 그들 사이의 안타까움은 윤 선생의 문학적 소양이 채워 주었다. 시의 은유로 마음을 전했고, 소설의 주인공을 통해 하고 싶은 얘기를 했다. 그들 사이에는 라일락 색의 유리가 있어 서로를 동화 속으로 이끌었다. 두 사람의 불륜은 정신적인 것이었다. 순수한 불륜이었다.

그들의 애정극에 배경이라도 된 듯 때맞추어 승현은 그의 아내와 합의 이혼했다. 그의 아내는 승현과의 결혼 생활은 화가가 되기 위한 그녀의 인생에 장애물로 비쳤다. 그녀는 가정이란 짐을 냉정하게 벗어버리고 홀몸과 빈손으로도 갈망했던 프랑스 유학을 떠났다. 윤 선생은 일곱 살 된 휘준을 맡았다. 그는 부모님께 휘준의 양육을 의뢰했다.

혜린과 승현의 애정이 지속되던 어느 날 명세가 업무차 L 호텔 투숙 중인 외국인을 만나고 나오던 길에 로비 커피숍에서 두 사람이 앉아 얘기를 나누고 있는 것을 보았다. 명세는 그의 아내를 그 자리에서 만날 것은 상상치도 못하고 멈칫했다가 상대가 윤 선생이란 것을 보고 속으로 배신감이 끓어올랐으나 그 자리에서는 못 본 척하고 지나갔다.

그날 저녁 명세는 혜린에게 L 호텔 로비에서 두 사람을 본 사실을 말하고 어떻게 된 일이냐고 따졌다. 혜린은 몇 번 만났으나 탈선은 아니었다고 말했다. 명세는 혜린의 뺨을 후려쳤다. 혜린의 고개가 돌아가고 코피가 흘렀다.

"얌전한 고양이가 부뚜막에 먼저 올라간다더니…."

다음날 명세는 저녁 약속도 취소하고 승현의 출판사로 찾아갔다. 승현이 반갑게 맞으며 자리를 권하고 명세와 마주 앉았다. 명세는 속에서 끓고 있는 분노를 감추고 말을 꺼냈다.

"윤 선생, 똑바로 얘기하시오. 집사람과 무슨 관계요?"

"네? 사모님과 무슨 관계라니요?"

"이 친구가 내가 사람답게 대해주니까 아주 우습게 봐. 내가 다 알고 있으니까 있는 대로 다 말해."

명세는 세 살 나이 차에도 이때까지 말을 낮추어 쓴 적이 없었는데 말투가 거칠어졌다.

"사모님과는 아무 일 없습니다."

"이 친구가. 어제도 L 호텔에서 둘이서 만났잖아."

"정말로 사모님과는 아무 일 없습니다."

"언제부터 만났어?"

"한 달 전 댁으로 자료 받으러 갔을 때부텁니다."

"그때부터 지금까지 만나면서 아무 일 없었다니 말이 돼?"

명세는 벌떡 일어나 승현의 멱살을 잡고 주먹으로 힘껏 얼굴을 쳤다. 승현은 옆 의자에 쓰러지며 의자와 함께 나뒹굴었다. 옆에 쌓아두었던 인쇄물이 와르르 쏟아졌다. 사무실의 직원이 황급히 나와 그들을 말렸다.

"개자식, 다시 그런 짓 하면 간통죄로 처넣어 버리겠어."

명세는 침을 뱉으며 사무실을 나왔다.

자기 눈의 대들보는 보지 못하고 현모양처를 지키지 못하는 혜린에 대한 배신감으로 그녀를 더욱 싸늘하게 보게 되었다.

두 달이 지나 윤승현은 주변 정리를 하고 아들을 부모님께 맡긴 채 미국으로 떠났다.

승현이 미국으로 떠나는 날 혜린과 영선의 전송을 받았다. 혜린은 눈물로 범벅이 된 얼굴로 기약도 없이 승현을 떠나보냈다. 김포공항 어디선가 허스키 보이스의 '공항의 이별'이란 노래가 흘러나왔다.

영선은 혜린과 승현이 만나는 자리에도 종종 합석을 했다. 영선은 본인의 이성 관계는 비워둔 채 혜린의 연애사에 열중했다. 대리 만족이라고 해야 하나. 영선이 남자에게 무관심했다기보다는 본인의 눈은 높고 성격은 남성적이라 상대남에게 호감을 주지 못해 짝이 잘 이루어지지 않았다. 그러다 보니 마음이 약한 혜린은 영선에게 기대게 되고 영선은 기꺼이 받아들였다. 영선은 영선대로 선을 보고 있었으나 맘에 드는 상대가 없었다.

혜린은 늦게서야 대학을 졸업했다. 엄마 학사는 값진 것이었다. 명세는 아내의 학사증이 본인의 앞길에도 도움이 된다고 생각하는지 투자 효과를 생각해서인지 싫어하지 않았다. 지은은 초등학교 입학을 앞두고 있었고 엄마의 졸업을 축하했다. 명세는 바쁘다는 핑계로 오지 않고 영선과 혜린의 언니들이 와주었다.

영선이 1년 전에 선을 봤던 남자에게서 다시 연락이 왔는데 영선은 망설였다. 그동안 다른 상대들도 마음에 들지 않기는 마찬가지였으나 이 남자는 나이는 많았지만 이해심이 많은 성격과 함께 박사 학위를 받고 대학 전임 강사로 나가고 있어 받아들이기로 했다. 영선의 결혼식 날 혜린은 영선의 언니같이 하나하나 챙겨주었다. 그리고 두 사람은 결혼 후에도 우정은 변치 말자고 약속했다. 영선은 아까웠지만 파주의 중학교 교사직을 그만두었다.

5

상배가 중학교 3학년으로 올라갈 무렵 아버지는 배 일을 그만두고 가족을 데리고 서울로 이사를 했다. 아버지의 선원 생활이 뿌리 있는 것도 아니었고 서울에서의 노동이 배 일보다는 나을 것 같았고 그보다 아이들의 교육이 속초보다 도움이 될 것 같았기 때문이다. 떠나기 전날 가족들이 어머니 산소를 찾았는데 아이들이 절을 올리고 상배는 무덤에 엎어져 엄마를 부르고 울었다. 상배를 따라 동생들도 울었다. 등을 돌려 바다를 바라보던 아버지의 어깨가 들썩이고 있었다.

서울로 이사한 곳은 신월동의 버스 종점 근처 연립 주택이었다. 상배네 집은 1층이었는데 5층까지 차곡차곡 쌓여 사는 이웃들이 눈에 설었고 좁은 집에 들어서면 숨이 막혔다. 속초의 그 넓은 하늘과 바다는 좁은 골목과 답답한 연립 주택으로 바뀌었다.

아버지는 인력 시장을 찾아 막노동을 시작했다. 비 오는 날은 공치는 날이었고 새벽같이 일어나 가더라도 지명받지 못하면 다시 빈 걸음으로 돌아와야 했다. 하는 일은 대부분 건축공사 노가다였다.

상배는 중학교 3학년으로, 남수는 1학년으로, 미영은 초등학교 5학년으로 학적을 옮겼다. 서울 아이들이 낯설었는데 다들 얼굴도 하얗고 입은 옷도 맵시 있게 보였다.

상배 아버지의 일당으로는 네 식구가 살아가면서 서울 물가를 따라가기 힘들었다. 아버지는 부업으로 음식점 배달도 했다. 상배는 아버지의 힘든 일을 돕기 위해 신문 배달을 했다. 새벽 일찍 신문을 돌리고 아침밥을 하고 동생들 학교 갈 준비하느라 바빴는데 이제는 동생들이 제 일은 제가 챙겼고 남수가 저도 신문 배달하려는 것을 못 하게 했다. 온 식구가 빈곤과의 투쟁을 했는데도 적자 가계는 막을 수 없어 아버지는 연립 주택을 담보로 은행 대출을 받았다.

아버지는 막노동 중에 알게 된 미장공과 친해져 미장공의 조수로 일했다. 일 년이 지나서는 미장일을 혼자 할 수 있어서 미장공으로 일하게 되었는데 기술을 가졌다는 것이 막노동 때보다는 일당도 늘었고 일할 기회도 많았다. 그러나 아버지의 수입이 증가하는 속도보다 아이들의 성장에 따른 지출 속도가 더 빨랐다. 어느새 은행 담보 대출의 한계에 다다랐다.

상배는 인문계 고등학교 진학을 포기했다. 아버지의 만류에도 불구하고 공업고로 진로를 바꾸었다. 엔지니어들의 인기가 좋았고 대학은 공대가 커트라인이 높은 편이었다. 상배는 공고를 졸업하여 취업을 하고 집안일을 돕다가 기회가 되면 공대로 갈 꿈을 품고 있었다.

상배는 Y 공업고등학교에 진학하였다. 상배는 주먹도 세고 카리스마도 있었지만 그 나이 또래에 드물게 웅숭깊은 데가 있었다. 집에서는 동생들에게 먹는 것, 입는 것은 양보하고 어려운 일은 도맡아 했다. 아버지를 늘 도와드렸다. 상배의 모범적 행동은 동생들도 본받아 상배네 집은 가난에서 헤어나지 못했지만 가족애는 어느 가정에 뒤처지지 않았다.

상배는 입학을 한 지 한 달이 지나 신입생들이 얼굴을 익혀가고 새로운 위계 질서가 형성될 무렵 2학년 선배가 보자고 하여 교사 뒤쪽 으슥한 곳으로 따라갔다. 그곳에는 7, 8명 되는 학생들이 모자도 삐딱하게 쓰고 교복 상의 단추도 끄른 채 담배를 피우고들 있었다.

"야 신삥, 너 키도 크고 주먹깨나 쓰게 생겼다. 우리 형들이 예쁘게 봐서 널 우리 클럽에 넣어 줄 테니 어때, 응?"

"잘됐네, 쟤도 오늘 왔으니까 신고식 겸해서 둘이서 힘자랑 해 봐."

상배 앞으로 걸어 나오는 녀석을 보니까 땅딸하게 생긴 게 맷집이 좋게 생겼다. 상배가 싸울 채비도 하기 전에 그 녀석이 돌진했다. 상배는 피하면서 돌려차기로 옆구리를 질렀다. 그 녀석은 나뒹굴다가 바로 일어나 다시 레슬링 준비 자세를 잡았다. 상배는 저 녀석과는 붙어서 싸우면 진다는 생각을 하자마자 틈새를 두지 않고 그 녀석이 달려들어 상배의 허리를 틀어잡고 꺾기 시작했는데 주먹을 쓸 틈이 없었다. 안다리로 걸어 둘은 땅바닥에 넘어져 뒹굴었다. 키가 큰 상배는 붙어서 싸우는 게 불리했고 허리를 꺾여 힘을 쓸 수가 없었다. 그 녀석 옆으로 시멘트 계단이 있는 것이 눈에 들어왔고 상배는 몸을 굴려 올라탄 그 녀석의 머리를 계단 모서리에 힘껏 쳐 박았다. 모서리에 옆머리를 부딪친 그 녀석이 '악' 소리를 내자 주위에서 여럿이 달려들어 둘을 떼어 말렸다. 그 녀석의 옆머리에 피가 흘렀고 두 녀석은 연신 코에서 단내를 내며 상대를 쏘아보는 것을 주위의 선배들이 불붙은 담배를 한 개비씩 나눠주며 악수를 시켰고 두 녀석은 서로 성명을 나누고 그 클럽의 회원이 되었다. 서울은 주먹 세계도 속초와는 달랐다. 방금 힘을 겨룬 친구도 레슬링을 했다고 했다. 만만치 않은 세상이었다.

상배는 따로 무도를 배운 적이 없었으나 싸울 때는 집중력과 끈기가 있었고 상대를 꼬나보는 눈초리에는 상대를 제압하는 결기가 서렸다. 그 눈초리에서 순간적으로 상대방의 약점을 간파하고 공격 포인트를 잡았다. 어지간해서 싸움에 지지 않았는데 뒤통수를 쳐서라도 이기려는 독기가 있었다. 그래서 고등학교 때의 별명은 '악어'였고 잘생긴 얼굴을 보고 '꽃뱀'이라고도 했다.

6

상배는 고등학교 때 딱 한 번 연애를 했는데 그것이 정말로 연애인지 아니면 우애인지 잘 구분할 수가 없었다.

고등학교 새 교복의 다림질도 채 구겨지지 않았을 때였다. 클럽 선배가 서대문에 있는 적십자병원에 입원해 있는 선배의 어머니에게 박스로 포장된 짐을 전해 달라는 부탁을 했다. 부탁한 일을 마치고 돌아오는 도중 배가 고파 저녁 식사 겸해서 우동집으로 들어갔다. 들어서니까 넓지도 않은 실내에 학생들이 많았다. 자리가 없어 공동으로 쓰는 긴 탁자의 빈틈에 끼어 앉았다. 학교 근처의 학생용 간편 식사나 간식을 파는 식당이었다. 우동을 시켜놓고 보니까 옆자리에는 교복을 입은 여학생 네 명이 간식을 먹으면서 떠들고 있었다. 한참 우동을 먹고 있는데 건너 쪽에 있던 여학생이 접시에 남은 찐빵 두 개가 든 접시를 밀어줬다. 허겁지겁 우동 먹는 걸 보았나 보다.

"배가 고픈 것 같은데 이것도 드세요."

하면서 찐빵이 든 접시를 남기고 모두 일어서서 나가 버렸다.

상배가 우동을 다 먹고 여학생들이 남긴 찐빵을 먹고 있을 때 조금 전 찐빵을 건네주던 여학생이 헐레벌떡 와서 앉았던 자리를 뒤지다가 상배 발밑에 떨어져 있는 빨간 손지갑을 발견했다. 바쁘게 나가다 떨어뜨린 것 같았다. 그 여학생은 상배에게 지갑을 주워달라고 부탁했고 상배는 그것을 주워 그녀에게 주었다.

"고마워요."

하며 상배가 일어나는 걸 기다려 말을 건넸다.

"배지를 보니까 이 동네 학교가 아니네."

"예."

그녀를 보니 고학년인 것 같았다.

"어디서 왔어요?"

"영등포에서요."

"지금 그리로 가세요?"

"아뇨, 신월동으로 가요."

"나는 여의도로 가니까 버스 정류장까지 같이 가요. 몇 학년이에요?"

"1학년이요."

"음, 난 3학년이니까 누나네."

봄이 되어 정동길을 걸으면 누구나 시인이 된다. 혼자서는 시인이 되고 둘이서는 연인이 된다. 산들산들 명지바람은 춘정을 일으킨다. 돌담길 너머에서 넘어온 꽃눈깨비가 그들 머리 위에 흩날렸다. 봄의 절정을 즐기려는 인파가 봄을 휩쓸기도 하고 봄에 휩쓸리기도 하며 흘러가고 있었다. 상배와 그녀는 본의 아니게 봄을 즐기는 상춘객이 되었다. 여학생은 단정한 옷맵시에 무거운 가방을 든 모습이었고 남학생은 책도 몇 권 들어있지 않을 듯한 가방을 옆구리에 끼고 상의의 윗단추는 끄른 모양이었다. 모범 여학생과 뒷골목 반항아는 어울리는 짝은 아니었으나 좋은 그림은 되었다. 그들은 한 발짝 떨어져서 걸었는데 주로 여학생이 묻고 상배가 대답했다. 무슨 일로 왔느냐, 자주 오느냐, 학교는 어디냐 등에서 시작해서 음악은 어떤 것을 듣느냐, 좋아하는 시는 있느냐, 여자 친구는 있느냐까지. 여자 친구는 없다는 대답이 끝나자 돌담길이 끝나고 버스 정류장이 눈앞에 나타났다. 거기에 노선 안내판이 서 있었고 신월동으로 바로 가는 버스는 없고 영등포 가는 버스가 여의도를 거쳐서 갔다. 두 사람은 그 버스를 같이 탔고 여의도까지 왔다. 버스에 흔들리며 같이 오는 도중에도 얘기를 나누었고 서로 이름과 학교 소속을 묻고 받았다. 그녀가 여의도에서 내리고 상배는 영등포에서 신월동 가는 버스로 갈아탔다.

그녀의 이름은 김수인이었는데 며칠이 지나서 상배는 느닷없이 그녀로부터 편지를 받았다. 그렇게 해서 서로 누나 동생으로 편지를 주고받았고 봄이 갈 무렵의 어느 일요일 그들은 도봉산으로 등산을 갔다. 상배는 친구에게 빌린 등산 장비를 가지고 왔으나 수인은 평상복에 책이 들어 있는 가방을 든 채였다. 엄마에게는 도서관에 간다고 했다고 한다. 상배는 어릴 때 설악산 기슭에서 많이들 놀았으니까 등산에 어려움이 없었는데 수인의 힘들어하는 행동에 속도를 맞추어야 했다. 수인의 책가방은 상배의 배낭에 넣었다. 망월사에서 점심을 지어 먹고 자운봉은 쳐다만 보고 마당바위를 거쳐 도봉동으로 내려왔다. 오르막에서 또 내리막에서 상배는 손을 잡기도 하고 팔과 어깨를 잡아 당겨주기도 했다. 도봉동 버스 종점 근처의 음식점에서 저녁을 먹고 버스를 기다리는 등산객의 장사진에 붙어서 버스가 오길 기다렸다. 큰 산 뒤로 해가 지니 갑자기 주위가 어두워지고 산자락 바람이 쌀쌀하게 불었다. 얇은 옷을 입은 상배가 떨면서 곱은 손을 넣고 있던 주머니에 또 다른 차가운 손이 들어왔다. 수인의 손이었다. 두 사람은 말없이 서로를 쳐다보며 서로의 손을 잡았다. 꼭 잡았다가 깍지를 끼기도 하다 보니 어느새 두 손이 따뜻하게 되었다. 대화는 없었지만 오래된 연인 같은 마음이 되었다.

수인은 등산을 마지막으로 대입 공부를 하는지 연락이 끊어졌다. 상배는 누나가 보고 싶었으나 고3 누나의 공부를 방해하지 않기 위해서 연락하지 않았다.

그다음 해 봄이었다. 상배는 2학년으로 올라가고 수인 누나에게서 난데없이 연락이 와서 E대학 입구에서 만났는데 그 학교는 수인 누나가 입학해서 다니는 곳이었다. 상배는 오랜만에 만난 누나가 반가웠으나 왠지 거리가 생긴 것 같았다. 얼굴은 옛날 그 얼굴이었으나 화장도 하였고 교복 대신 입은 양장은 무척 세련돼 보였고 맵시를 내어 체형도 날씬해 보였다. 만난 곳은 경양식 집이었는데 장소도 음식도 누나도 눈에 설었다. 철 지난 점퍼를 입은 자신이 그 장소에 어울리지 않았고 초라해지는 것 같았다. 그녀는 옛날 그대로의 행동으로 대했으나 상배는 꾸어 온 보릿자루같이 앞에 놓인 음식만 쳐다보았다. 수인이 포크와 나이프를 들자 따라서 서투른 솜씨로 먹으면서 그녀가 묻는 말에 대답만 하고 있었다.

대학생이 된 수인 누나를 두 번째 만나는 날이었다. 마침 중간고사도 끝나는 날이어서 긴장도 풀려 있었다. 수인은 대학가의 한 술집으로 상배를 데려갔다. 막걸리와 파전과 감자탕을 시켰다. 누나와는 처음 같이하는 술자리였는데 상배는 고등학생이었지만 술 마시는 것은 수인에게 뒤지지 않았다. 두 사람은 이런저런 얘기를 하며 적당량을 넘어 취할 만큼 마셨고 상배는 자신의 열등감을 감추기 위해서, 수인은 대학이란 꿈이 양배추 속같이 찾아도 찾을 것이 없는 것에 대한 실망에서였다.

허기도 가시고 취기도 올라 두 사람은 술집을 나와 바깥바람을 쐬며 걸었다.

"상배야, 네 팔짱 끼어도 되지?"

하며 수인은 상배의 팔짱을 끼었다.

"누나, 오늘 기분이 좋은 것 같네요. 술을 많이 마셨어요."

"아냐, 허세야. 나는 내가 얼마만큼 술을 먹는지도 몰라. 아직 술이 어떤 것인지도 모르고 선배들이 주는 대로 마시다 보니 이만큼 는 거야. 그런데 술을 마시니 기분이 좋아지더라. 대학교 들어올 때까지의 구속에서 해방된 기분도 들고. 너도 술 잘 마시던데 언제 그렇게 배웠어?"

"미성년자지만 남자들은 친구들 만나면 간혹 술을 마셔요."

"미성년자? 하하. 내가 미성년자에게 술을 마시게 하고 팔짱을 끼고, 하하하. 나쁜 누나네."

수인의 발걸음이 꼬였다. 비틀거리는 그녀를 상배가 부축했다.

"상배야, 너는 키도 크고 잘 생기고, 나한테 동생보다는 보이프렌드가 딱 맞는데…. 내가 대학생이 되고 나서 미팅도 여러 번 했는데 마음에 드는 남자애가 하나도 없어. 나는 꼭 만날 줄 알았는데 너 같은 애가 안 나타나는 거야. 이제 네가 동생이 아니라 남자로 보이니까 어떻게 해? 어떻게 해야 하니?… 여대생과 남고생. 무슨 신파극 제목 같네. 그 남고생이 왜 그렇게 멀리 보여? 우리가 처음 만났을 때는 안 그랬는데. 오붓한 오누이였는데. 봄바람이 부니 누이 눈에 콩깍지가 들어갔나 보다."

"누나, 술을 많이 마신 것 같아요. 얼른 집으로 가요."

"노, 아니야.… 상배야, 그런데, 그러면 안 돼. 우리는 만나서는 안 될 사람들이야. 너하고 나하고는 갈 길이 다른 사람들이야. 너한테 기울어지는 내 마음을 바로잡아야 돼. 내일이면 늦어. 내일이면 자기가 되고 모래면 여보가 돼. 상배야, 늦기 전에 이 누이의 마음을 바로잡아 줘."

수인 누나는 발이 꼬이듯 말도 꼬였다. 상배는 너무나 변해버린 수인 누나를 이해하기 힘들었다. 그렇게 단정하고 차분하던 누나가 취해서 떠드는 말의 뜻을 알 수가 없었다. 상배는 차츰 무거워지는 누나를 지탱하며 밤길을 걸었다. 골목길이었다. 어둑한 골목길을 지나다가 수인이 걷기가 숨 차는 듯 상배의 부축한 손을 풀고 담벼락에 등을 붙이고 기대섰다.

"상배야, 이제 너를 보는 게 무서워. 흔들리는 내 마음 때문에. 내일이면 나는 그 덫에서 빠져나오지 못할 것 같아.… 넌 모르겠지만 너는 내 첫사랑이야. 고3 공부를 하면서도 널 생각했어. 그리워했다고. 너에게 연락을 하려고 얼마나 망설였는지 몰라. 네가 동생이었다는 게 얼마나 내 마음을 아프게 했는지 몰라. 첫사랑은 모두 실패한다더니만 우리가 그 앞에 서 있네. 상배야, … 사랑하는 상배 씨, 내 슬픈 사랑이 사라지기 전에 나에게 훈장같이 상처를 남겨 주세요. 남자의 상처는 아물게 마련이지만 여자의 상처는 평생을 가거든. 죽을 때까지 잊을 수 없거든. 내 입술을 뭉개주든지, 내 가슴을 짓이겨 주든지, 아니면 내 가랑이를 찢어 주든지, 아니면, 그것도 아니면, 내 뺨을 세게 때려 주든지. 오늘 밤 내 몸은 네 것이니까 네 마음대로 해. 그리고 내 몸에 오래도록 지워지지 않는 흔적을 남겨 줘. 이루지 못한 첫사랑의 아픔을. 혼자서만 앓는 짝사랑의 고통을. 그 아픈 흔적을 남겨 주세요. 문신같이…. 분홍 글씨처럼. 아프게, 아프게…. 그러고는 굿바이. 굿바이 하는 거야."

상배는 취한 중에도 누나란 여자를 어떻게 해야 할지 갈등을 하다가 수인 누나의 집도 집 전화번호도 알 수 없었으므로 모텔에 갈 수밖에 없었다. 방에 눕혀놓고 다시 방을 나설까 열 번이나 망설이다가 누워 있는 누나가 상배를 부르는 말을 듣고 수인에게 다가가 입술에 키스를 하고 수인의 옷을 벗기고 자신의 옷도 벗었다.

상배는 거의 눈을 붙이지 못하고 새벽 일찍 모텔 문을 나섰다. 그것이 마지막이었다. 서로 간에 연락은 두절됐다.

상배에게는 미영이 친구에게서 오는 편지를 쌓아두기도 했으나 이 세상에 예쁜 여자는 많아도 마음을 움직이는 여자가 없었다. 음악과 영화에는 취미도 없었지만 가수나 배우 중에도 예뻐 보이는 사람이 없었다. 주위에서 그녀들이 예쁘다고 숨넘어가는 친구들의 마음을 이해할 수가 없었다. 그렇다고 상배가 남자가 아닌 것은 아니었다. 그의 마음속에 동경하는 여자가 있었다. 간절히 찾는 여자가 있었는데 눈이 좀 작아도 코가 좀 낮아도 따뜻한 미소, 부드러운 손길, 변함없는 정을 가진 여자였다.

• 2 •
태평양을 건너서

1

1970년대 후반 국내 정세는 혼란스러웠다. 76년에는 판문점 도끼 만행 사건이 일어나고 전쟁 위기까지 갔으나 김일성이 사과하고 위기를 넘기기도 했다. 위태위태한 남북 관계에도 불구하고 카터 미 대통령은 미군 철수를 발표하였고 명동 성당에서는 민주구국선언을 하였으며, 박정희는 수출 100억 달러 달성을 앞세워 9대 대통령으로 취임하였다. 그 와중에 터진 2차 오일 쇼크로 경제는 침체하였고 유신 독재는 긴급 조치란 칼을 휘두르며 극단으로 치닫고 있었고 학원을 중심으로 반독재 민주 항쟁의 불씨가 속으로 타들어 가고 있는 팽팽한 긴장 속에 하루하루가 지나가고 있었다. 대한민국의 운명은 바람 앞의 등불이었다.

명세는 국내 상황이 위태하여 언제 전쟁이 일어날지 걱정되었다. 주위에서도 그런 낌새를 느꼈고 친구들 사이에는 이민에 대한 얘기가 오고 갔다. 실제로 이민을 가는 사람들도 많았다. 가는 곳은 대개 미국이었고 그 중 LA가 중심이었는데 그곳의 코리아타운은 크기도 했지만 영어를 몰라도 생활에 지장이 없을 정도로 한국화가 되어 있었다. 어느 날 명세는 아내 앞에서 이민에 대한 얘기를 꺼냈다.

"지은 엄마, 우리도 이민 갈까?"

"갑작스럽게 이민은 웬 이민이에요?"

"아무래도 나라 돌아가는 꼴이 심상치가 않아. 북한 문제도 알려져 있는 것보다 훨씬 심각해. 휴전선 곳곳에서 알려지지 않은 총성이 매일 일어난다는 소문이야. 6.25 때도 그랬잖아. 북한도 남한의 혼란이 기회라고 생각할 수도 있어. 당신도 알다시피 전쟁 나면 끝장이야. 우리가 북한을 이긴다 해도 서울은 폐허가 될 거야."

"미군이 한국에 있는데 북한이 쳐들어오겠어요?"

"전쟁에는 계획적인 것도 있고 우발적인 것도 있어. 무엇이 불씨가 되는지는 알 수가 없지."

"나는 서울을 떠나고 싶지 않아요. 여기 아는 사람들 모두 두고 거기 미국에서 외롭게 살기 싫어요."

"미국에도 한국 사람들이 많이 살고 있어. 어쨌든 돌아가는 상황을 좀 더 두고 보자고."

보름이 지나고 명세는 혜린에게 다시 말을 걸었다.

"오늘 이민 상담소에 들르고 왔어."

"이민 갈 것도 아닌데 왜 그렇게 서둘러요?"

"아무래도 이민 가야겠어. 꼭 조만간 일이 일어날 것 같아. 주위의 소문들이 흉흉해. 이민 상담소에도 사람들이 줄을 섰어."

"아주버님과도 상의해야 되잖아요?"

"우선 우리가 먼저 가면 친척들은 쉽게 올 수 있어. 우리가 가는 것도 상담사 얘기를 들으니까 당신이 먼저 가는 것이 좋겠어. 혼자 가서 그곳 미국인과 위장 결혼을 하는 거야. 그리고 6개월이 지나면 영주권이 나온대. 그다음에는 나하고 지은이를 초청하면 되는 거야."

"안 가면 안 되는 거예요? 나 혼자 연고도 없는 미국에 영어도 할 줄 모르면서 어떻게 가요?"

"상담소에서 브로커를 미리 준비해서 이 일을 전부 해결해준대. 그냥 몸만 미국에 가서 브로커 말만 들으면 돼. 브로커는 물론 한국 교민이야. 상담소에 고용돼 있는 사람이지."

집안일은 명세의 결정이면 그대로 해야 한다. 혜린은 갑자기 알 수 없는 일에 대한 불안과 가족과 떨어져야 하는 소외감에 몸이 떨렸다. 남편은 왜 이런 결정을 하지? 이것이 이산가족이 되는 길은 아닐까? 영주권이 나올 때까지 무슨 변동이 있으면 어떡하지? 혜린은 미우나 고우나 가족은 헤어져서는 안 된다고 생각하고 있었는데 이런 일이 생길 줄은 생각도 못 했기 때문에 어떻게 해야 될지 막막했다.

명세는 작년에 분양이 되지 않던 잠실 주공 고층 아파트 4채를 분양받아 놓았는데 금년 들어 가격이 폭등한 후 한 채를 매도하였다. 그 돈은 이민 시에 급히 쓸 돈으로 보관 중이었다. 명세는 이민을 위해 혜린과 협의 이혼을 했는데 미국에서 위장 결혼으로 영주권을 받기 위해서 필요한 조치였다. 혜린은 이혼을 하자 혼자되는 것을 실감했다. 남편도 멀어지는 것 같았는데 명세는 감정이 없는 듯 당연히 해야 할 절차로 받아들였다.

다음날 영선에게 전화를 했다.

"영선아 나 이민 갈지도 모르겠다."

"어디로?"

"미국."

"왜 갑자기?"

"지은 아빠가 나라가 불안하다며 나 먼저 가라고 그러네."

"좋겠다, 얘. 명세 씨는 능력이 있어 이민도 가고 우리 같이 힘없는 사람들은 나라가 어찌 되건 이 안에서 살아야 되네."

"그런 게 아니고, 나더러 혼자 가서 영주권을 얻어 놓으라는 거야. 내가 영어를 할 줄 알아, 미국에 연고가 있어? 그리고 지은이를 놔두고 가기가 정말 싫어. 가족들이 헤어지는 것 같아."

"사정은 잘 모르겠지만 명세 씨가 방법은 잘 검토했을 테니까 계획대로 될 거야. 걱정하지 마. 지은이와 헤어지는 것도 서로간에 좋은 기회가 될 거야. 엄마 없이 있어 봐야 엄마 소중한 거 알지."

"영선이 너랑도 헤어지겠구나. 너랑 헤어진다니 눈물이 난다."

"다시 만날 때는 지금 흘린 눈물의 갑절로 반가울 테니 걱정 마."

영선에게도 혜린과의 이별이 가슴 아픈 일이었으나 우선은 혜린에게 위로의 말밖에는 딱히 다른 대답을 할 수 없었다.

혜린은 남편과 딸을 두고 홀로 비행기를 탔다. 이미 이민 브로커를 통해 LA에서 위장 결혼을 하게 돼 있었다. 긴 시간의 비행

중 눈도 제대로 못 붙이고 시차에도 적응 못 한 피곤한 몸으로 LA 공항에 내려 인파에 밀려간 로비에서 브로커를 찾았으나 만나지 못했다. 넓은 공항 로비를 아무리 둘러보아도 혜린을 찾는 사람은 없었다. 같이 왔던 탑승객들이 뿔뿔이 제 갈 길을 가고 혜린만 갈 길을 잃고 서 있었다. 낯선 땅 미국에서 혜린은 미아가 돼 버렸다. 영어 한 마디 못하면서 앞일을 생각하니 눈앞이 캄캄하였다. 그때 궁하면 통한다고 이태 전에 도미한 윤 선생이 LA에 있다는 생각이 났다. KAL 공항 안내소에서 한국 영사관을 물어 찾았고 영사관에서 그의 신상을 말했고 불행 중 다행으로 그에게 연락이 닿게 되었다.

"윤 선생님, 저예요. 혜린이, 최혜린이에요."

"누구요? 뭐라고, 혜린이라고? 어디야, 서울이야?"

"아니에요. 여기 LA예요. 미아가 됐어요. 도와주세요."

그렇게 통화가 되었고 한 시간이 지나 그를 만날 수 있게 되었다.

"혜린아, 반갑다, 반가워. 여긴 웬일이야?"

"저 혼자 왔어요. 얘기가 길어지니까 차츰 할게요. 윤 선생님은 잘 계셨죠?"

"그래. 난 잘 있어. 얼굴은 그대론데 피곤해 보이네."

이렇게 두 사람은 인연이 질겼던지 예상외의 2년 만의 재회를 하고 기쁨을 나누었다. 윤 선생은 코리아타운 근처 호텔에 데려가서 혜린의 체크인을 도와주고 같이 저녁을 먹었다. 오랜만에 보는 윤 선생의 얼굴이 그전보다 상해 보였다. 혼자서 사는 이국 생활이 힘든가 보다.

혜린은 이민 목적으로 입국했고 브로커를 통해 위장 결혼이 계획되어 있다는 것, 그리고 자신이 영주권을 얻으면 서울에 있는 가족들을 불러들일 계획이라는 것, 공항에 도착하면 브로커가 혜린을 인도하여 이민 수속을 도와주기로 했는데 나타나지 않았다는 것, 그래서 영사관을 통해서 겨우 윤 선생과 연락이 닿았다는 것들을 설명했다. 그러면서 윤 선생에게 도움을 요청했다.

윤 선생은 오퍼상을 하며 LA에서 혼자 살고 있었다. 식사 후 로비에서 맥주를 마시며 그동안 쌓였던 얘기를 나누었다.

다음 날 윤 선생이 찾아와 혜린의 주거를 보다 값이 싼 레지던스로 옮기고 LA에서 생활하는 데 필요한 조처를 해 주었다.

윤 선생은 혜린의 일을 앞장서서 도와주었다. 혜린의 메모로 브로커를 찾아내 연락하여 만났다. 브로커는 공항에 나갔으나 출구에서 서로 어긋나서 만나지 못했다고 변명했다. 예정된 변호사를 만나고 이민 담당 변호사는 한국계 대학생을 위장 결혼 대상으로 일을 진행했다. 쌍방의 결혼 사실을 확인하기 위한 인터뷰를 패스하고 법원의 판결을 받은 후 6개월이 지나서야 영주권을 발급받았다. 6개월이 다시 지나고 그 학생과는 이혼 소송을 하고 이혼하였다.

윤 선생을 만나 교민 횟집에서 저녁을 먹었다. 그는 혜린에게 유일한 길잡이로 애인 관계라기보다는 우정이 깊은 친구로 혜린의 주위에서 그녀를 지켜 주었다. 그가 그녀와 밤 늦게까지 자리를 같이 하더라도 꼭 자기 집으로 돌아갔다. 그는 건강이 문제였다. 서울서 보던 하얀 얼굴이 거무스름하게 보였다. 회를 먹으면서 대화를 나누는 중에도 곧장 소주잔을 비웠다.

2

혜린의 얼굴은 작고 얼굴선이 고왔다. 눈도 코도 입도 배우같이 크지 않았으나 달걀형 얼굴에 조화롭게 자리 잡아 편한 인상을 주었다. 선이 굵은 미인의 얼굴이 아니라 눈에 선뜻 들어오지는 않지만 볼수록 또 보고 싶은, 꼭 집어 말할 수 없는 매력을 지닌 얼굴이었다. 쌍둥이였더라도 혜린을 구분할 수 있었던 특징은 오른쪽 눈 아래에 있는 눈물점이었다. 혜린의 어머니는 눈물점이 있으면 인생에 울 일이 많다 하여 혜린이 초등학교에 들어가자 동네 점 빼는 집에 데려가 점을 뺐다. 세월이 흐르자 다시 나타났고 그것이 혜린의 팔자처럼 굳어졌다. 깨알 같은 점이었으나 보면 눈에 띄었고 감출 수 없는 얼굴의 특징이 되어 걱정하는 어른들도 있었으나 그녀의 친구들에게는 시새움의 대상으로, 이성에게는 인상적인 매력 포인트가 되었다. 손도 작은 편이지만 통통하기도 했고 따뜻하고 부드러웠고 메마르지 않아서 손길은 친근감을 갖고 있었다. 어릴 때부터 손이 따뜻하면 정도 많다는 소릴 듣고 자랐다. 키는 한국인 표준이었다. 마르지도 살찌지도 않은 몸매는 그녀의 성격과 함께 남들에게 눈에 띄지 않게 했다. 오지랖이 넓은 성격이 아니라서 여러 사람을 사귀지 않았으나 얼굴을 튼 사람에게는 관심도 많았고 자상했다. 그녀는 예쁘장한 얼굴과 함께 욕심이 많았다. 그러나 그 욕심은 잘 나타나지 않아서 남들이 경계할 대상은 아니었다. 그것은 욕심이라기보다는 성취욕이라고 표현하는 게 가까울 것 같다. 먹는 것도 맛있는 것도 찾지도 않고, 몸치장에 시간을 보내는 것도 아니었지만 옷에 대한 관심만은 어릴 때부터 있어서 전공도 의상학을 정했다. 공부는 뛰어나게 잘하지 못했으나 부지런하며 검소하였고 한번 마음먹은 것은 꼭 해내려는 성격이었다. 더불어 54년 오생(午生)으로 여자가 말띠면 팔자가 세다는 말들을 듣기도 했다.

혜린은 미국에서의 나날을 보내면서 놀고 지낼 수 없는 성질에 미국 온 지 한 달도 안 돼 봉제 공장에 취업했다. 교민이 하는 공장이었는데 열악한 공실에서 한국인, 흑인, 아시안, 히스패닉 등 미국의 하층 계급이 섞여 일하고 있었다. 공장은 자바시장(Jobber Market) 근처에 있었는데 코리아타운에서 차로 20분 거리였다. 자바시장이란 LA 패션디스트릭트로 동대문시장같이 수 천 개의 의류, 신발, 모자, 가방, 액세서리 도매상이 있고 그에 연관된 직조, 염색, 니트, 프린트, 봉제 공장 등이 들어선 미국 최대의 의류 산업 단지였다. 그곳에서 팔려나가는 물건이 미국 전체, 캐나다, 중남미 등 세계 각국으로 퍼져 나갔다. 그런데 그 자바시장의 상권을 거의 한국인이 쥐고 있었고 직간접으로 관여하고 있는 한국인은 2만 명에 달한다고 했다. 한국 사람이 의류업에 이렇게 두각을 나타내는 배경은 중국인, 일본인, 유대인 외에도 많은 나라 사람들은 몸에 맞는 기성복을 사 입는데 유독 한국인은 맞추어 입는다는 것이었다. 혜린이 취업한 공장은 작업 능력도 제각각이고 취업과 퇴직도 들쑥날쑥이었다. 혜린은 맡은 일에 충실하였다. 같이 일하는 한국 교민들과도 친하게 지냈다.

혜린은 코리아타운에 가족들의 합류를 예상하여 침실 3개의 집을 마련했다. 은행 모기지로 집을 샀기 때문에 모기지 이자 때문에 봉급만으로는 생활비까지 감당하기에는 힘들었다. 차츰 이민 올 때 지참했던 돈은 줄어들었다. 혜린은 공장 일만으로는 생활이 해결이 안 된다고 생각해서 다니던 공장의 일을 하청받아 가내 공업으로 공급하기로 했다. 빈 방에 공업용 재봉틀 3대를 들여놓았다. 처음에는 한국 교민 한 사람과 둘이서 일을 시작했는데 그 아줌마는 혜린의 부지런한 작업에 보조를 맞추지 못하고 중도 하차했다. 혜린이 열 벌을 할 동안 다섯 벌도 못 했기 때문이다. 한국 교민 중에는 대졸자들과 그 아래 학력을 가진 사람들이 있었는데 대졸자들이 대부분 실용주의적인 미국 환경에 적응치 못해 고생하고 그 아래 학력의 교민들은 그 수가 비록 적었지만 노동과 기술과 근면으로 미국 환경에 잘 적응하여 돈을 벌었다. 왜냐하면 미국이란 사회는 형식이나 배경을 무시하고 실용성을 인정하는 사회였기 때문이다. 혜린은 대졸자였지만 고졸자보다 더 부지런했고 그녀의 눈썰미와 대학 전공도 기술을 보태

주는 데 한몫했다. 혜린은 공장 다닐 때 봐 두었던 성실한 히스패닉 미싱공 두 사람을 공장보다 나은 조건으로 불러들였다. 원청 업체의 일이 대중없이 변동이 심했기 때문에 일이 없으면 공치고 일이 많으면 밤을 새웠다. 한국 여자의 꼼꼼함이 제품의 품질과 연결되어 히스패닉 아줌마들은 잔소리를 많이 들었으나 원청 업체에서는 혜린이 납품한 제품에 대한 거래선의 호평을 듣고 발주량도 늘렸다. 공치는 날은 없어졌고 늘 발주량에 밀렸으나 용량 외의 오더는 받지 않으려고 했다. 혜린은 봉제 공장에서 불량과 납기 지체는 신용에 극약이란 걸 알고 있었다. 혜린은 밤을 새워서라도 납품 약속을 지켰다. 혜린이 한 땀 한 땀 들여다볼 순 없었지만 공그르기를 할 때 실땀이 겉으로 나오지 않게 살피고 거죽에 얽은 흠이 생기는지 권당질은 하지 않는지 어떤지를 꼼꼼히 챙겼다. 품질검사는 혜린이 힘들긴 했지만 전수검사를 했다. 혜린은 히스패닉 아줌마들을 재우치며 일을 시켰지만 언니 동생같이 대했기 때문에 힘든 일도 해낼 수 있었다.

혜린은 살손을 붙여 일했다. 온종일 일에 붙어 있었는데 졸음이 올 때 잠깐 졸고 깨긴 했지만 잠도 4시간 이상 자지 않았다. 지은도 떨어져 있어 본인 한 몸 신경 쓸 일밖에 없어 하루 24시간을 남 눈치 볼 것 없이 맘껏 쓸 수 있었다. 나날이 주문량이 늘어나자 시설 용량도 모자라고 일손이 모자라 일에 쫓기었으므로 별도로 작은 공장을 계약하고 시설도 확장하고 인력도 보충하였다. 공장은 자바시장 변두리에 자리 잡았다. 공장 계약금과 시설 증설비는 그동안 하청업을 하면서 불려놓은 돈과 미국 올 때 가지고 온 이민 자금을 썼다. 시설을 늘려 놓으면 금세 용량을 채우고 또 늘려도 시설이 모자랐다. 재봉틀도 처음엔 중고품을 쓰다가 규모도 커지고 자금 사정도 원활해지자 신제품으로 도입하였다. 반년도 되지 않아 좀 더 큰 공장으로 이전을 하였고 공장 규모가 날로 커지자 봉제 하청만 하다가 원단 구매, 패턴, 그래픽, 커팅 작업까지 범위를 넓혔다. 패턴사, 그래픽, 디자이너, 샘플사 등의 전문직을 고용해 하청과 더불어 독립 제작에도 범위를 넓혔다. 새로운 패션은 신제품 샘플링과 의상 쇼를 통해 얻었다. 혜린의 타고난 감각으로 신제품을 선별하여 모방하는 것이었다. 모방하는 것도 쉬운 일이 아니었는데 혜린의 꼼꼼한 솜씨가 고급 짝퉁같이 만들어냈다. 하청을 시작할 때에는 남성복이건 아동복이건 가리지 않았는데 자사 제품을 내고 나서는 여성복으로 범위를 좁혔다. 그것도 패션에 민감한 옷으로 정했는데 그 분야는 경쟁도 치열하고 수요도 많았다. 혜린은 어차피 경쟁 속에 뛰어든다면 정도로 가야 된다고 생각했다. 작업 인원들은 히스패닉이 많았고, 흑인, 아시아계 소수민족도 일부 있었는데 미국 내에서는 인건비가 쌌다. 거래선이 부도난 것은 다행히 그해 한 건뿐이었다. 독수리가 상승기류를 타고 하늘 높이 솟아오르듯이 혜린이 감당 못 할 정도로 회사는 번창했다. 그 바탕에는 자바시장이 날로 번성했던 것과 어떤 일이 있어도 품질과 납기를 철저하게 준수하는 업무 처리에 있었다. 그것은 신용으로 이어졌고 신용은 매출과 이익을 증대시켰다. 혜린은 잠시 허리를 펴고 정신없이 지나간 1년을 돌아보았다. 혜린이 가진 것과 주위의 환경이 사개가 들어맞듯 딱 들어맞았다. 혜린이 LA에 터를 잡은 것도 시장의 성장세에 흐름을 탄 것도 시운이라 할 만했지만 가장 큰 동인은 혜린 자신의 자질과 근면성 그리고 주위에 개개는 사람 없이 혼자 사는 자유로움에 있었다.

개인사업자 신고 시 회사의 이름을 '천사의날개사'라고 했다. 천사가 입는 천의무봉이란 뜻에서 따왔다. 자바시장 내에서도 서서히 천사의날개 표가 날개를 달기 시작했다. 혜린은 눈코 뜰 새가 없었다. 시설 확장하랴 인원 모집하랴 수주받으랴 납기에 맞추어 납품하랴 품질 관리하랴 몸이 열이라도 모자랄 것 같았다. 주말에도 놀 시간이 없었다. 바쁘다는 미싱공들을 수당은 물론, 달래고 같이 일하며 부족한 일 양을 해냈다. 일요일에도 기계 정비, 재고 확인, 원단 발주 준비, 수주분 생산 계획 수립, 물량 정리를 하느라 몸살 날 틈도 없었다.

주말 저녁이 되면 윤 선생이 찾아왔다. 승현과의 연인 관계는 흘러간 옛 노래가 되었고 자연스럽게 의지할 수 있는 우정으로 발전했다. 승현은 인생의 선배로서 혜린을 대했고 혜린은 타향살이의 외로움을 나눌 든든한 의지처로 승현과 만났다. 그렇게 된 것은 혜린에겐 일 때문에 승현에겐 건강 때문이라는 환경이 작용한 점도 있었다. 애정이 우정으로 변하듯이 그의 건강도 변했는데 젊었을 때부터 억병으로 마시다 보니 지방간이 위험한 수준이라고 했다. 간 수치는 위험선을 넘었다. 얼굴빛은 눈에 띄게 검어졌다. 그래도 술을 끊지 못했다.

명세는 서울에서 LA의 아내 소식을 듣고 있었다. 혜린은 영주권을 취득하고 LA 코리아타운에 집도 준비했으며 위장 결혼자와의 이혼도 됐고 사업은 기반을 잡았다고 알리고 지은과 함께 빠른 시일 내 들어오라고 독촉했다.

그런데 명세에게는 새로운 문제가 생겼다. 대통령 시해 사건이 일어나고 군부가 합수부를 만들고 정부 위에 군림하였다. 다음

해 5월에는 광주사태가 터지고 그것을 진압한 군부는 7월 들어 공무원 숙정 작업을 단행했다. 명세는 그 폭풍에 휩쓸렸다. 알토란 같은 관세직 자리는 지키려고 했었는데 타력에 의해 불명예 퇴직이 되어버렸다. 그것으로 이민 갈 기회가 왔는데 또 다른 사정이 명세의 발목을 잡았다.

명세에게는 노부모가 있었다. 아버지는 치매 환자였고 어머니는 노쇠하였다. 명세에게는 형이 있었으나 얼마 전 위암 3기 판정을 받고 수술을 하였다. 그동안 형 집에 있던 부모님을 명세가 부양하지 않을 수 없었다.

명세는 공무원직을 물러난 후 관세사 사무실을 김포공항 근처에 열었다. 관세사는 일반 전형 외에 관세청 근무 경력이 있는 공무원에게 특혜를 주는 제도였다. 공무원은 어쨌든 철밥통이다. 북아현동 집에는 부모님을 모시고 간병인 겸 가정부로 50대 아줌마를 입주 고용하였다.

명세는 혜린에게 나라도 안정되고 사무실도 자리를 잡았다고 귀국할 것을 요청했다. 혜린은 기가 막혔다. 사람을 그렇게 곤경에 몰아넣고 못 본 체하다가 허리가 부러지게 일해서 이제 터전을 잡아 놓으니까 다시 돌아오라고 한다. 피땀 흘려 쌓아놓은 천사의날개사를 놓치고 싶지 않았다. 이제 막 탄탄하게 LA란 대지에 뿌리를 내린 참이었다.

혜린에게 또 다른 이유가 있었는데 명세를 만나고 지금까지 혜린 스스로 숨 쉬어 볼 틈이 없었다. 언제나 명세의 봉급으로 아이를 키우고 집안 살림을 하고 이기적이고 가부장적인 남편 뒤치다꺼리나 한 생활에 비해 그때보다 육체적인 부담은 더 크긴 했으나 자신의 의지로 만들어지고 커져 가는 사업에 대한 보람이 훨씬 더 컸다. 혜린은 이제는 더 이상 명세에게 매달려 살기는 싫었다.

혜린이 명세에게 이민 올 것을 요청했다. 명세는 이민 올 수 없는 사정이었고 양자의 사정에 의해 부부의 의견은 평행을 달렸고 세월도 그 균열 사이로 무심히 흘렀다. 그럴 즈음 남편에게 동거하는 여자가 있다는 말을 지은을 통해서 들었다. 돈 있는 남자가 홀아비로 산다는 것이 드문 일이기 때문에 혜린도 이해했으나 혜린이 들어오지 않는다고 다른 여자를 금세 받아드리는 명세가 야속했다. 지은이 초등학교 5학년 때 지은이 할아버지가 돌아가셨다.

혜린은 공장 운영을 그동안 자기를 도와주던 히스패닉계 가르시아에게 맡기고 자신은 디자인실과 관리부와 영업부만 맡았다. 전체 인원 150명 중 생산직이 110명이나 되니 가르시아의 업무

영역이 꽤 컸다. 혜린은 생산부서 업무는 최종 결재만 했다. 사업은 번창했고 뿌리는 죽죽 뻗어갔다.

혜린은 패서디나에 있는 저택으로 이사했다. 이곳은 백인들이 주로 살고 있는 고급 주택가로 LA의 위성 도시였다. 집은 방이 8개, 화장실 5개, 5대의 차가 주차할 수 있는 차고가 있는 전망 좋은 스패니시 풍의 이층집이었다. 건물은 오래되었으나 풀장이 딸려 있었고 건물 뒤로 펼쳐진 대지가 4에이커가 넘었고 그곳은 느린 경사가 진 산이었다. 산으로 올라가는 산책길이 있었는데 전체 길이는 500m 정도로 경사는 급하지 않았다. 건물 주위를 빼고는 거의 사람 손이 가지 않은 자연 상태 그대로였다. 거실에서 바라보면 스크린 같은 통유리 윈도우 밖으로 도시의 평원이 넓게 펼쳐져 있었다. 집들이 드문드문 있었고 그 집들의 주인은 패서디나란 왕국의 봉건 영주들이었다. 차고에는 새로 구입한 빨간 벤츠 컨버터블 한 대만 외롭게 대기하고 있었는데 그전에 타던 콜로라도 픽업트럭은 업무용으로 회사 사무실에 놓아두고 공용으로 사용했다. 차고가 휑하듯이 그 큰 집도 사람이 없어 휑하였다. 그녀는 호화로운 생활을 위해서 그 집을 산 것이 아니라 그녀의 아메리칸 드림 달성의 표상으로서, 또 앞으로 그녀가 품을 인연의 외연을 막연히 꿈꾸면서 그 집을 선택했다. 그런 뜻에서 그 집의 이름을 '드림하우스'라고 했다.

이사 올 즈음 골프 클럽을 잡았다. 새로운 골프 친구들도 사귀었다. 혜린의 체격은 한국인 표준 사이즈였는데 운동 신경은 유달리 발달해서 골프도 금방 적응했다. 클럽을 잡은 지 3개월 만에 필드에서 함께 플레이할 수 있었고 LPGA 한국 선수들이 LA 근처에서 시합이 있을 때 그녀들에게도 원 스팟 코치를 받았고 그들과 사진도 찍었다. 이제 혜린은 최혜린 여사가 되었다. 그러나 그녀 주위의 변화는 거의 없었다. 성형은 물론 화장도 짙게 하지 않았고 골프 회원권도 오성 호텔도 호화 여행도 고급음식점도 명품도 그녀의 관심 밖이었다. 그녀는 절제에서 만족이 비롯되며 모든 것에는 반대급부가 따른다는 것을 알고 있었다. 그녀의 외형 중 일부만 바뀌었을 뿐 그녀의 가치 세계, 본질은 흔들리지 않았다. 그녀에게 한 가지 해결할 수 없는 게 있었는데 그 넓은 집을 혼자 지켜야 하는 외돌토리 신세였다. 잠잘 때의 빈자리는 정 많은 혜린에게는 큰 괴로움이었다.

혜린은 저택의 고적함과 자신의 외로움을 나눌 식구를 받아들였는데 애견 센터에서 달마시안 강아지 수컷 한 마리를 분양받았다. 이름을 옛날 집에서 키우던 럭키를 생각해서 행운이란 말을 줄여 '운이'라 지었다. 운이는 잘 자라고 혜린을 엄마 같이 따랐다. 혜린만 보면 온몸을 뛰고 뒹굴며 야단법석이었다. 풀어 놓았을 때에는 혜린이 쉬고 있으면 어느새 다가와 장난을 걸었다. 혜린은 집에 없을 때 운이가 쓸쓸해 할 것 같아 본인의 처지를 생각하여 달마시안 한 마리를 더 분양받았다. 운이는 검은색 반점이었고 새로 들어온 놈은 갈색 반점이었는데 암컷으로 짝을 맞추어 주었다. 그 녀석 이름도 어릴 때 집으로 데려와 키우던 해피의 이름대로 행복이란 말에서 '복이'라고 지었다. 두 마리는 금방 친해졌고 혜린과도 친해졌다. 혜린이 시간 나면 산책길로 끌고 다녔는데 두 마리의 달마티안은 고기가 물을 만난 듯이 앞장서 나갔다. 달마티안들은 혜린의 산책이나 조깅의 동반자였고 외로움을 잊게 해주는 친구였다.

그 외에 매일 오는 가정부와 일주일에 한 번씩 오는 정원사가 집을 유지해주고 있었다.

3

상배는 공고를 졸업하기 전 창원에 있는 대기업과 시화공단의 중견 기업에 응시했는데 대기업은 떨어지고 시화공단의 알루미늄 공장에 합격하였다. 시화공단의 회사는 알루미늄 가공 회사로 알루미늄 빌레트를 가열, 압출, 교정, 절단, 열처리하는 공정을 거쳐 각종 알루미늄 제품을 만드는 공장이었다.

상배는 아버지 혼자서 힘들게 꾸려가는 가정 경제를 돕기 위해 착실하게 공장 생활에 적응하려고 노력했다. 한 달간의 연수도 열심히 받았고 현장 배치되어서도 주어진 업무에 열심이었다. 6개월쯤 지났을 무렵 현장 작업자 중에서 괜히 꼴사납게 젠체하는 선임자에게 조심하라고 겁을 준 적이 있었는데 그것이 말썽이 되어 상배는 공장에 시말서를 제출해야 했다. 그 녀석이 아니꼽기도 하고 회사 조직이 갑갑하기도 해서 해병대에 지원 입대를 해버렸다. 상배는 직장을 가짐으로써 아버지를 도울 생각을 했으나 그것도 마음대로 되지 않았다.

아버지는 미장공을 하면서 타일공을 겸했다. 그 당시 외장 타일이 마감재로 많이 쓰여 아버지는 늘 바빴다.

상배가 제대를 하고 시화공단의 그 공장에 복직한 지 얼마 되지 않아 상배는 친구들의 술자리에 합석했다. 같은 공고 동기들 모임인데 자주 만나지 못하므로 서로 간에 할 말들이 많았다. 7명 중에서 대학 진학한 친구가 두 명이고 나머지는 직장 생활을 하고 있었다. 그런데 한혜철이란 친구가 자기는 카바레에서 일하고 있다고 하면서 주변 애기를 늘어놓았는데 지방 방송은 자연히 꺼지고 모두들 집중해서 귀를 기울였다. 혜철은 자기의 '제비' 생활이 비장의 보배인 양 영웅담을 풀어 놓았다. 혜철의 흰소리에 이런저런 질문이 쏟아져 나왔고 혜철은 능력 강사같이 해답을 펼쳤다. 20대 초반의 힘과 꿈이 가득 부푼 가난한 청년들에게 돈과 섹스는 인생의 목표 바로 그것이었다. 혜철의 결론은 제비 생활은 꿩 먹고 알 먹듯이 재미 보고 돈 번다는 것이었다. 거기다 한 건 걸리면 복권 당첨되듯이 상류 인생이 보장된다는 것이었다. 그렇게 떠들어대는 혜철은 영웅으로 등극하며 부러움의 눈길을 모았다. 그러나 그날 술값을 낸 친구는 혜철이 아닌 다른 친구였다.

집으로 돌아온 상배는 혜철의 이야기가 귓가를 맴돌았다. 돈과 섹스. 한 손에 그것을 쥘 수 있는 그런 인생의 비결이 있었다니. 그것은 상배의 인생에서 간절한 해법이었다. 더구나 혜철은 그 길로 가려면 두 가지 조건이 필요한데 하나는 키가 크고 용모가 준수해야 하고 둘은 춤을 잘 추어야 한다고 했다. 하나의 조건은 충족할 것 같았다. 상배는 키가 컸고 얼굴은 밉상이 아니라고 생각했다. 상배는 섹스에 대한 욕망은 젊은 남자로서 당연하기도 했지만 그보다 돈을 손에 쥐고 싶었다. 어떻게든 아버지의 고생을 덜고 옛날 어머니 생전의 시절로 돌아가고 싶었다. 그리고 그 책임은 장남인 본인에게 있다고 생각했다. 그러기 위해서는 구조적으로 해결되지 않는 공장 수입에서 벗어나서 행운의 제비호로 갈아타고자 했다.

상배는 며칠 후 혜철에게 다시 한번 만나자고 했으나 왠지 혜철이 머뭇거렸는데 끈질기게 부탁해서 혜철이 한가하다는 일요일 점심 시간에 중국집에서 만났다. 거기서 혜철에게 춤 배우는 코스, 카바레에 취업하는 법, 손님 대하는 법 등에 대해 소상하게 얘기를 들었다. 그리고 앞으로의 일에 필요한 도움을 부탁하기도 했다. 그러기 위해서 무언의 압력도 넣었고 혜철이 먹고 싶어 하는 해삼이 들어가는 비싼 요리도 시켰다.

상배는 아버지 모르게 공장을 그만두었다. 그리고 퇴직금으로 댄스 교습소를 다녔고 시간 나는 대로 보일러공 보조로 부업을 했다. 상배가 들고 다니는 보스턴백에는 신사복과 작업복이 교대로 들락거렸다. 매일 제비 지망생과 보일러공으로 변신을 하며 시간을 아껴 생활하였는데 춤을 추다가도 어제 하다 만 아파트 보일러 수리가 생각나서 스텝을 잘못 밟기도 했고 보일러 수리를 하다가 지르박 박자에 발끝이 움직이기도 했다.

3개월을 마치고 혜철을 따라서 카바레를 구경하였다. 저녁에는 웨이터를 하면서 노는 날에는 댄스 플로어를 밟았다. 손님이 적어 웨이터 손이 남을 때 매니저의 묵인하에 정식 제비가 아니면서 무료 서비스를 했으나 아줌마들에게 춤 못 춘다고 핀잔받기도 했고 어떤 아줌마들에게는 눈에 들어 용돈이 들어오기도 했는데 받은 용돈은 매니저의 포켓에 넣어 주었다.

몇 달이 지나 혜철의 도움으로 D 카바레에서 근무하게 되었다. 그동안 나름대로 열심히 배우고 혜철의 카바레에서의 연습도 도움이 되었으나 춤의 숙련도란 이력이 필요한 것이었다. D 카바레에서도 아줌마들의 발등을 밟고 몸이 너무 경직돼 있다고 주의도 받으면서 매니저의 눈 밖에 안 나가도록 노력했다. 6개월이 지나니 대부분 고객들을 편하게 리드할 수 있었고 아줌마들의 유혹도 받았다. 1년이 지나니까 매니저에게 인정도 받았고 단골 고객도 확보하고 수입도 제법 늘었으나 지출도 따라서 늘었는데 의상 구입비, 늦은 밤에는 택시를 타야 했으므로 교통비, 그리고 그런 사회에서의 사치 생활에 들어가는 비용 등이 만만치 않았다. 그러나 혜철이 말하던 대박의 꿈은 무지개 너머 있는 건지 아직 시간이 더 필요했는지 소식이 없었다.

4

혜린은 지은을 통해 명세가 재혼한다는 소식을 들었다. 동거하던 여자가 아니라 새로 선본 스튜어디스 출신의 처녀라고 했다. 혜린은 명세에 대한 미련은 없었으나 지은은 빼앗기고 싶지 않았다. 줄다리기는 하였으나 엄마와 살겠다는 지은의 뜻을 따르고 위자료와 양육비를 받지 않는다는 조건으로 지은을 혜린이 맡기로 했다. 명세에게는 새장가를 가는 데 지은이 짐이 되었을지도 모른다. 혜린이 도미할 때 협의 이혼을 하긴 했으나 사실혼 관계를 유지해 온 셈인데, 명세가 재혼함으로써 실제로 서로가 남이 된 것이다. 부부란 보이지 않던 끈이 끊어졌다. 그동안 명세의 아내이고 명세의 딸의 엄마였던 본인의 신분이 소리 없이 풀어졌다. 혜린은 외톨이가 되었다. 그렇게 정이 많고 사람을 좋아하던 혜린에게 왜 사람들은 떠나가는가. 혜린은 소외감을 뼈저리게 느꼈다. 지은은 그해 LA로 와서 중학교에 입학해서 7학년이 되었다. 지은이 합류하자 집안에 활기가 돌았다. 그녀에게 지은은 큰 힘이 되었다. 아직 미국 생활에 서투른 지은을 데리고 틈나는 대로 시내 구경을 했고 여름에는 가내 풀장에서 수영을 했다. 지은과의 대화는 인정에 목말랐던 혜린에게 꿀물과 같았다. 큰 집에도 생기가 돌았다. 두 사람이 이룬 가정은 비록 빈약하긴 했지만 혜린에겐 낙원으로의 구원 같았다.

혜린에게는 친구가 별로 없었다. LA에서는 윤 선생밖에는 자주 만나는 사람이 없었다. 본인의 성격은 배려심도 많았지만, LA에서는 일에 쫓겨 생활하다 보니 친구를 사귈 시간이 없었다. 친한 사람이라곤 거래처 사장들이었는데 그들의 우정은 사업이란 다리가 끊어지면 같이 끊어졌다. 사업이 어느 정도 궤도에 진입한 후 인간관계를 넓히고자 지은과 함께 윌셔 거리에 있는 한국 교회에 나갔다. 교회의 연분은 어릴 때 언니들 따라 빵 타러 다니던 것이 전부였기 때문에 찬송가부터 모든 게 서툴렀다. 교회 봉사자들의 친절 속에 차츰 신도화되어 갔으나 친구를 사귈 기회가 없었는데, 그 이유는 그녀 자신도 소극적이었고 거주지가 교민들이 사는 지역과 달라서 다른 생활권에 있었기 때문이었다.

윤 선생은 교회에 나오지 않았다. 교회에 다녔으면 혜린과의 사이에 어떤 소문이 붙어 다녔을지도 모른다. 교민 사회에서의 입방아는 한국인의 정체성 그대로 관심에서 비방까지 생활화되어 있었다. 오히려 서울이 프라이버시를 지키기 쉬웠다. 그래서 혜린과 윤 선생은 오해받을 행동은 피했다.

혜린의 미국에서의 8년간 그녀는 그야말로 눈가리개를 한 경주마같이 앞만 보고 달렸다. 지치고 힘들더라도 이 먼 땅 미국에서 여자 혼자의 힘으로 성공해야겠다는 목표 의식 하나로 달려왔다. 먹는 것도 맛을 가리지 않았고 잠자리 불편한 것도 견디어 냈다. 커피 한 잔도 음미하며 여유 있게 마셔본 적이 없었다. 원래 술은 체질적으로 맞지 않았고 담배도 피우지 않았고 영화나 음악이나 다른 취미에도 관심을 두지 않았다. 시간이 생기는 대로 일을 했다. 그것보다는 해야 할 일이 늘 있었다. 몸도 아플 새가 없었다. 그런 생활은 8년 중 전반 5년간은 말 그대로였고 패서디나로 이사한 후에는 약간의 여유를 가졌다. 여기서 행운이 따랐다. 혜린이 정착한 곳이 LA였고 미국에서 가장 큰 의류시장인 자바시장이 LA 코리아타운에서 멀리 떨어지지 않은 곳에 있었고 마침 자바시장의 날로 성장하는 환경과, 타고난 재질에 의상학을 전공했을 뿐만 아니라 부지런한 성격까지 갖춘 혜린과는 딱 들어맞는 궁합이었다. 그뿐만 아니다. 가족과 떨어져 있으므로 외로웠지만 그 외로움에 동반한 제약받지 않는 시간과 그 시간을 마음껏 활용할 수 있는 자유로움이 그녀를 도왔다.

혜린은 윤 선생을 만날 때나 회사 일 외에는 거의 외부 출입이 없었기 때문에 미국에 온 지 8년이 흘렀지만 제대로 된 미국 구경을 하지 못했다. 매일 패서디나에서 자바시장까지 한 시간 거리의 출퇴근 시간 외에는 겨우 주말에 퍼블릭 골프장을 가거나 롱비치로 드라이브하며 바다 구경을 하는 것 정도였는데 LA를 떠나서는 지은이와 라스베이거스와 할리우드 구경 간 것뿐이었다. 벤츠 컨버터블도 바깥 구경을 못 해 몸살이 날 지경이었다.

5

8년 만에 고국을 간다고 하니 가슴이 설레었다. 서울이 많이 변했다는데 어떻게 변했을까? 명세와 부부가 되어 지은이를 키우면서 살던 반포 아파트는 그대로 있을까? 영선은 어떤 모습일까? 나만큼 나이가 들었겠지. 명세 씨를 만날까 말까? 그이의 신혼 생활을 방해해서는 안 되겠지. 오빠와 언니들은 잘 있겠지. 조카들은 많이 컸겠다. 그러고는 생각이 막혔다. 끝없이 이어질 것 같던 생각이 그 자리에서 멈추고 그냥 멍해졌다.

영선에게는 간혹 전화를 했지만 서너 달은 넘었던 것 같다. 지은이 태어나자 영선은 지은에게 이모라면서 친조카보다 더 귀여워해 주었다. 그래서 지은에게는 알고 지내는 유일한 엄마 친구다. 그러나 같은 서울에 있으면서 혜린이 미국 가고 나서는 만나지를 못했다.

영선의 남편은 H 대학의 인문학 교수였다. 현업과 연관이 있는 학과의 교수와 다르게 인문계 교수는 대부분 박봉에 여유가 없었는데 영선의 소비욕은 항상 한계선 위에 있었다. 영선은 운동 신경이 발달하여 때맞춰 일어난 골프 붐에 빠져 사시사철 새카맣게 타서 돌아다녔다. 한국의 급변하는 사정은 많은 사람들에게 혼란을 가져왔는데 급속히 늘어나는 개인당 GNP는 전 국민에게 고르게 나누어지는 것이 아니라 부동산이나 주식투자 등으로 불균형하게 분배되었다. 생각지도 못한 부를 취한 벼락부자들은 돈을 쓰는 방법을 제대로 몰라 사치와 향락에 빠져서 헤어 나올 줄 모르고, 분배받지 못한 사람들은 쓸 여유도 없으면서 그들의 생활 양식을 따라가기 바빴다. 정 교수 부부는 후자에 속했는데 영선은 유산계급의 생활을 늘 목말라했다. 본인의 취미 생활을 위한 지출을 정 교수의 수입이 따라가지 못했기 때문이다. 그렇다고 교수가 저녁 시간에 주유소 아르바이트를 할 수도 없었다. 영선 본인이 직장을 구하기에는 한국 사회는 냉정하였다. 경단녀의 자리는 슈퍼마켓의 도우미나 파출부 정도밖에 없었다. 중학교 교사직은 흘러가 버린 기회였다. 영선은 부자 친구가 좋았다. 혜린이 오면 운전 같은 몸으로 때우는 지원은 본인이 맡아 할 생각이었다.

영선이 늦게 잠자리에 들자 전화벨이 울렸다.

"야, 기집애야, 3월 17일 서울 가는 비행기 표 끊었어."

"야호—, 얼마나 있을 건데."

"한 일주일."

"야 이년아, 한 달 동안 푹 묵고 가. 우리 집에서 자고 먹으면 되잖아. 네가 원하는 건 다 해줄 테니 걱정 말고 와서 푹 쉬어."

"여기 일도 있고 정 교수와 너, 금슬 좋은 부부, 부부싸움 만들기 싫어. 네 집에서 가까운 호텔이나 잡아 놔."

"서울에서의 계획은 뭐야. 뭘 준비할까?"

"가면, 언니 오빠 집에도 가야 되고 조카들도 보고 싶어."

"명세 씨는?"

"글쎄, 안 만나는 게 예의겠지."

"윤 선생은 동행하니?"

"아니, 나 혼자야."

"애인 하나 붙여줄까?"

"얘는, 내가 이혼은 했지만, 그렇게 경우 없는 사람은 아니야."

"야, 너 같이 밝히는 년이. 이번에 탈선해. 넌 불륜의 선수잖아."

"호호호, 얘는, 너무하다."

영선의 말은 조용한 혜린의 마음에 파문을 일으킨다. 견고했던 혜린의 독수공방이 새삼스럽게 낯설게 보인다. 내놓고 말할 건 아니지만 혜린의 눈에 영선이 내미는 뱀의 혓바닥이 왠지 기다리기도 한 것 같이 느껴진다. 서울행 비행기는 8년간의 속박된 생활에서의 탈출구였다. 스님 같은 윤 선생과의 친구 관계로는 해결하지 못한 본능이 꿈틀대는 것 같았다. 현실과 내일은 잠시 내려놓자. 일주일간의 자유다.

창밖을 내다보는 혜린의 눈에 하얀 운해가 햇빛을 반사하며 눈부시게 빛나고 있었다. 때로는 구름 속으로 때로는 구름 위로 비행하고 있었으나 비행기가 움직이는 것은 비행기의 엔진 소리로 알 수 있을 뿐, 정지한 동체에 구름만 움직이는 것 같았다.

8년 전 그날도 반대 방향으로 날던 비행기의 창을 통해 오늘같이 내다보고 있었다. 그때의 창밖 모습도 오늘과 같았다. 다만 처음 가는 LA 공항에서 만나기로 한 사람의 이름 석 자만 가지고 불안 속에 창밖의 구름을 보고 있었을 따름이었다.

김포공항으로 영선이 나왔다. 혜린과 영선은 서로 간에 중년의 아줌마를 눈을 닦고 찾았다. 10년이 아니라 20년이 지난들 정다운 그 얼굴이 어디 가랴. 다들 적당히 나이가 들어가고 있었다. 그래도 반가웠다. 한눈에 찾은 친구를 껴안고 등을 두드리며 반겼다. 혜린이 밀고 온 카트에 짐이 많았다. 모처럼의 귀국이라 선물들을 많이 챙겼다. 영선의 차에 가득 싣고 예약한 호텔로 갔다. 체크인을 하고 방에다 짐들을 옮겨 놓았다. 영선에게 줄 선물을 빼 들고 로비에 내려와 커피를 마시며 수다를 떨다 영선의 차로 무교동 낙지집으로 갔다. 들어서니까 정 교수가 먼저 와 자리를 잡고 있었다. 오랜만에 낙지 볶음과 빈대떡을 막걸리와 함께 시켰다. 낙지 볶음은 한인 타운에도 있지만 오리지널과의 차이는 마니아들의 입맛으로는 천지 차다. 혜린은 오랜만에 매운맛을 제대로 봤다. 입속이 활활 타서 더 이상 먹기가 힘들었는데 정 교수가 냉수를 마시라고 한다. 혜린은 막걸리 대신 냉수 한 모금, 낙지 한 입 하면서 매워서 호호 즐거워서 호호 웃어가며 옛날 얘기에 시간 가는 줄 몰랐다. 8년의 시간 공백은 느껴지지 않았다. 옛날 그 낙지집에서 옛날 맛의 음식을 먹다 보니 지금이 옛날 같았고 반포로 가면 살던 집이 그대로 있을 것 같았다. 엄마 품속에 다시 안기듯이 푸근했다.

그 다음 날과 그 다음 날의 다음 날은, 송파동 오빠네 집, 강북 신사동 큰언니네 집, 신반포 둘째 언니네 집, 잠실에 사는 셋째 언니네 집을 순방하고 선물들을 풀었다. 조카들은 몰라보게 컸다. 이제 모두 다 청장년이었다. 8년의 세월은 세상을 다른 세상으로 바꾸어 놓았다. 특히나 젊은 사람들의 성장을 보면.

하루 날을 잡아서 오빠와 둘째 언니와 함께 벽제에 있는 부모님 묘소를 찾았다. 십 년 만에 오는 묘소 앞에서 큰절을 하고 엄마 아빠 생각에 통곡을 했다. 모든 자식들은 모든 부모들에게 불효자이니까. 잠시 무덤가에 앉아 부모님과 지냈던 옛날 얘기를 나누었다. 그동안 못했던 효도를 해보고 싶었다.

그 다음 날에는 영선의 친구들과 함께 모였다. 여섯 명이 모였는데 모두가 영선이 결혼 후에 만난 친구들이라 낯설었으나 영선의 오지랖을 매개로 친해졌다. 함께 식사도 하고 자리를 옮겨 수다도 떨었다. 그런데 혜린이 끼어들 수 없는 대화가 있었는데 서울의 아줌마들은 애인 없는 사람이 없다는 것이었다. 여자가 중년이 되면 아이들은 커서 품에서 나가고, 남편은 사회의 중추적

지위에 올라 수입은 늘고 나이 든 아내에게 관심이 줄고, 아내는 채우지 못한 성적 욕구와 아이들이 떠나간 빈자리와 눈앞에 다가오는 갱년기의 두려움으로 생기는 허전한 마음을 여유 시간과 경제적 여유가 불쏘시개가 되어 불을 붙이는 것이고, 돈이 필요한 젊은이들이나 시간 여유가 있는 바람기 많은 중년들과 불륜 관계를 맺는데 서로의 부족한 부분을 채워주는 알맞은 거래가 되었다.

현재의 애인이거나 지나간 애인들과의 얘기가 자랑 반 허물 반으로 아무런 거리낌 없이 말들이 오갔다. 그러면서 혜린에게도 화살이 날아왔는데, 혜린은 혼자 착실히 살고 있다고 있는 대로 말했다. 친구들은 유학생 엄마들이 미국에 따라가서 바람피우는 것을 다 알고 있다면서 혜린의 먼지를 털어내려 했다. 영선이 말추렴을 하며 혜린을 방호하면서 혜린이 서울에 애인 만들려고 왔는데 누가 소개시켜 줄 건가 물었다. 두 사람이 나섰다. 한 후보는 은행 지점장이고, 또 한 후보는 중소기업 사장이라고 했다. 혜린의 손사래에도 불구하고 떼밀리듯 만날 약속을 그 자리에서 했다. 혜린은 LA란 현실에서 서울이란 몽상의 세상을 헤매는 것 같았다.

미국으로 떠나기 전날 은행 지점장을 점심 때 만났다. 영선과 영선의 친구와 소개남과 혜린이 일식집에서 만났다. 혜린은 남모르게 기대를 하고 왔는데, 그 지점장이란 사람은 50대의 배가 나온 대머리였다. 아무리 돈 많고 지위가 높다 해도 연애 상대로는 부적격자였다. 예의를 지키기 위해 웃는 얼굴로 얘기를 나누다가 다음에 연락하자면서 헤어졌는데 혜린은 도저히 더 만날 수가 없었다. 속마음으로 알랭 들롱 같은 멋진 남자가 나타날 줄 알았다. 그 남자에게서 다시 만나자는 연락이 몇 번 왔다고 한다. 아무런 수확 없이 LA행 비행기에 올랐다. 꿈은 아름답고 디테일은 악마다.

6

회사로 출근하니 걱정했던 것과는 다르게 공장장, 관리부장, 영업부장, 디자인실장이 그동안 있었던 일을 밀린 결재 서류와 함께 보고하였는데 큰 문제 없이 잘 진행되고 있었고 혜린이 결정해야 될 몇 건에 대해서 결정을 내려주었다. 디자인실과 영업부, 관리부, 공장을 훑어보았는데 흐트러짐 없이 잘 운영되고 있었다. 혜린은 자기가 자리를 비워 미안하기도 했지만, 어차피 이 공장은 혜린의 손을 떠나서도 안정적으로 유지될 수 있는 체질을 갖추는 게 목표였기 때문에 앞으로도 그렇게 자립을 시켜야 한다고 생각했다.

윤 선생과 저녁을 같이 했다. 그는 저녁을 먹으면서도 반주를 했다. 혜린은 늘 그의 건강이 걱정이었다. 오퍼상은 사장 인건비만 남기는 장사였지만 건강은 그의 인생에서 가장 중요한 부분이 아닌가. 아들 휘준은 샌프란시스코 근처에 있는 스탠퍼드 대학에서 좋은 성적을 유지하고 있다고 했다.

"휘준이는 사귀는 여자 친구가 있나요?"

"아직 그런 소식은 없고 공부는 열심히 하고 있는 것 같더라고."

"변호사 공부하고 있어요?"

"응. 학부 졸업하면 로스쿨로 진학해야지. 그러려면 학부 성적이 좋아야겠지. 공부 끝내려면 한참이나 남았어."

"휘준이가 변호사가 되어 아빠 잘 부양했으면 좋겠다. 선생님은 술 그만하고 건강 좀 챙기세요."

"휘준이 잘 되면 그만이지. 내가 걔의 짐이 될 순 없지."

벌써 그들의 대화의 주인공들은 자신들을 떠나 자식들에게 넘어가고 있었다.

윤 선생은 서울로 출장을 다녔는데 유럽이나 미국의 스포츠 용품을 한국에 수출하기 위해서다. 그는 골프 의류를 주로 취급했는데 큰 유통업체가 아니고는 외국의 이름 있는 브랜드의 에이전트가 되기 힘들었으므로 윤 선생은 이태리의 잘 알려지지 않은 수제 골프화 업체와 미국의 중소 스포츠 의류업체의 에이전트쉽을 얻어서 한국에 판매하였다. 미국의 유명 브랜드의 제품은 한국 내에 총판을 통해 가격을 높여 독점 판매했으므로 미국 가격과의 큰 차를 이용하여 밀거래를 하는 오퍼상도 많았으나 윤 선생은 원칙을 벗어난 거래는 하지 않았다. 급성장하는 한국의 골프 붐으로 하루가 다르게 골프 클럽과 골프웨어의 수요가 급증하여 치열한 경쟁 중에서 능력껏 최선을 다하면 부의 축적도 할 수 있었으나 그의 소극적 자세와 병약한 체력으로 현 상태를 유지하는 것이 고작이었다.

혜린이 서울 갔다 온 지 한 달이 지난 후 윤 선생과 함께 서울행 비행기를 탔다. 영선의 마중을 받고 호텔에 짐을 풀었다.

윤 선생의 서울에서의 업무가 끝나고 영선이랑 혜린, 윤 선생은 혜린이 서울 올 때 거처를 마련하기 위해 집을 보러 갔다. 혜린은 영선이가 있는 청담동에 빌라를 한 채 구했다. 계약을 하고 한 달 내로 잔금을 처리하기로 했다. 혜린의 소유였지만 윤 선생도 서울 체제 시 사용할 예정이었다. 고급 사양에 거주자 부재 시 보안이 안전하고 사용이 편리했다. 한 동으로 독립되어 있었는데 12가구가 안전 보안 시스템으로 보호되고 있었고 경비원 2명이 24시간 교대 근무하고 있었다. 체류 시의 필요성에 따라 그랜저 한 대도 사두었다.

7

다음 달 다시 서울로 와서 빌라의 잔금을 지불하고 키를 받았다. 영선과 함께 우선 필요한 세간을 장만했다. 영선네랑 걸어서 20분 거리라 적적하지 않을 것 같았다.

지난번 약속했던 중소기업 사장을 소개받았는데 그 다음 날 만나자 모텔 들어가자고 하는 바람에 머리가 아프다고 그 자리를 피했다. 서울의 풍토는 혜린이 접근하기에는 이질감이 있었다. 사람 사이에 여유가 없었고 세상을 효율성만으로 사는 것 같았다. 돈과 시간으로 돌아가는 기계 속의 치차처럼 인간성은 메마르고 불륜조차 돈의 교환만 없었지 매춘과 차이가 없었다.

LA로 떠나기 전날 친구들은 저녁을 먹고 나서 카바레로 가자고 했다. 카바레가 뭔지 듣고 보니 댄스홀이라 했다. 나이트클럽이 술이 주 종목이라면 카바레는 춤이 주 종목이고 술은 보조역할이었다. 혜린은 춤을 추지 못했지만 친구 따라 강남 가듯이 따라갔다.

강남대로 변에 D 카바레가 네온사인도 화려하게 부나비들을 유혹하고 있었다. 일곱 여자가 입구에 들어서니 봉을 만난 듯 어서 옵쇼, 하고 합창을 했다. 귀청을 때리는 트로트 풍의 밴드 소리, 눈부신 사이키 조명에 혜린은 정신이 없었다. 여기는 바깥세상과는 단절된 별세계였다. 긴 테이블에 인도되고 술과 안주를 주문했다. 한 순배 술이 돈 후 음악이 바뀌자 모두들 우르르 플로어로 몰려간다. 혜린은 춤을 춰 본 적이 없었기 때문에 혼자 앉아 자리를 지키고 무대를 보니 모두들 모여서 몸을 흔들기도 하고 두 사람이 쌍이 되어 지르박 스텝을 밟기도 하는데 시끄러운 앰프와 사이키 조명 속에 야단법석이었다. 혜린은 정신이 하나도 없었다. 그때 웨이터 한 사람이 다가와서 춤출 사람을 소개시켜 주겠다고 했다. 혜린은 춤을 못 춘다고 했다. 조금 뒤 웨이터는 키 큰 청년을 데리고 와서 혜린에게 춤을 가르쳐줄 사람이라고 소개를 시켰다. 혜린은 주춤거리며 일어나 제대로 쳐다보지도 못하고 있었는데 그 청년은 혜린을 본 순간 깜짝 놀란 듯이 몸을 움츠렸다.

'선생…님.'

상배는 하마터면 말이 튀어나올 뻔했다. 순간적으로 난처한 상황에 몸이 얼어붙었는데, 혜린이 옛날 음악 선생님을 많이 닮아서였다. 간신히 다른 사람임을 알아차린 상배를 향해 혜린이 먼저 말했다.

"안녕하세요."

"안녕하세요."

천사 같은 정 선생님이 이런데 올 리가 없지. 그런데 이 아줌마는 어떻게 이렇게 닮았지. 정영희 선생님의 그때 모습에 나이만 덧씌우면 이 얼굴이 될 것 같았다. 그녀는 정 선생님과 닮아 잘 알고 지내던 사람같이 친근감이 느껴졌다.

상배는 손사래를 치며 춤을 못 춘다고 하는 혜린을 자기가 가르쳐 준다고 플로어로 데리고 갔다. 마침 빠른 곡이 끝나고 블루스 타임이었다. 혜린은 어찌할 바를 몰랐는데 그 청년이 손잡는 법부터 가르쳐주고 서 있는 자세도 가르쳐 줬다. 그리고 스텝은 남자가 이끄는 대로 따라서 하기만 하면 된다고 하였다. 플로어에서 손을 잡으니 그의 키가 180은 되는 것 같았다. 혜린은 고목

나무에 붙은 매미 같았다. 다리는 후들거리고 신을 밟기도 해서 도저히 더 할 수가 없는 형편인데도 그는 참을성 있게 반복하여 가르쳤다.

“사모님, 힘을 빼세요. 그리고 내 몸에 아랫배를 붙이세요. 가슴은 펴고 고개를 들어요. 편하게 따라 걸으세요. 음악 박자 맞출 생각 마시고 둘이서 함께 걷는다고 생각하세요.”

“네.”

들리지도 않는 대답을 하고 운명에 맡기자고 하며 힘을 뺐다. 차라리 그것이 나았다.

그 곡이 끝날 때까지 얼마나 긴 시간이었는지. 둘이서 테이블로 돌아왔다. 테이블에서 친구들이 환호하고 박수를 쳤다. 혜린이 앉자 그 남자는 따라서 옆자리에 앉았다. 혜린은 아직도 정신을 못 차린 상태인데 꺽다리 청년은 혜린에게 술을 따랐다. 혜린은 못 마신다고 잔을 빼자 보고 있던 영선이가 거들었다.

“혜린아, 받아. 그리고 네가 한 잔 따라드려.”

플로어의 어두운 조명과 갑자기 춤을 배운다는 당황스러운 분위기에서 상대를 얼핏 보았다. 한 잔을 채우니 그제야 그 남자의 얼굴이 보였다. 혜린의 시야에 들어온 얼굴은 짙은 일자눈썹 아래 빨아들일 듯한 검고 깊은 눈, 자로 그은 듯한 콧날…. 아, 그 순간 스포트라이트를 비추듯 그의 얼굴만 보이고 다른 모든 사람이 어둠 속으로 사라졌다. 두근거리는 심장이 뛰쳐나올 것 같았다. 첫눈에 생애 단 한 번의 순간이 지나가고 있었다. 그것은 순간이었으나 혜린의 마음속에는 렘브란트의 그림같이 빛과 어둠으로 확연히 구분되는 불멸의 장면이었다.

어디선가 소음이 밀려와 혜린의 몰닉을 깨뜨렸다. 친구들이 합창을 하고 있었다.

"마셔라. 마셔라."

스포트라이트는 꺼지고 주위가 다시 눈에 들어왔다. 영선이 혜린을 보며 엄지척을 하며 윙크를 보냈다.

혜린은 성원에 밀려 할 수 없이 반쯤 마셨다. 친구들이 플로어로 몰려나가고 둘만 남겨 두었을 때 옆의 남자가 말을 꺼냈다.

"사모님은 이런 데 자주 오시지 않나 봐요."

왠지 목소리마저 자극적이다.

"오늘 처음이에요."

혜린의 심장박동은 아직도 정상을 찾지 못하고 혈압이 오르는 듯 얼굴이 달아오른다.

"여기 오면 재미있어요. 갑갑할 때 기분도 풀어줍니다. 자주 오세요."

"춤도 못 추면서 어떻게 와요?"

"오셔서 날 부르세요. 내가 그 유명한 제비라는 춤 선생이에요."

제비? 제비족? 아, 이런 사람들이 제비로구나. 이거 위험한 것 아닌가? 그런데 너무 잘생겼어. 저 눈빛에 빠져들 것 같아. 어쩌지? 될 대로 되라지 뭐. 같이 있을 시간이 얼마나 될 거라고. 혜린은 술과 함께 집을 떠난 여정에 몸을 맡겼다.

"제비들은 나쁜 사람 아닌가요?"

"생각하기 나름이죠. 나쁘게 생각하면 나쁜 놈이고, 괜찮게 생각하면 괜찮죠. 사모님은 어떻게 생각해요?"

"생각하기로는 나쁜 사람 같기도 하고, 눈에 보이는 것은 그렇지 않은 것 같기도 하고…."

"그러면 생각은 하지 말고 눈으로 보기만 하세요."

"호호호."

혜린의 웃음이 터졌다. 여자의 웃음은 닫힌 문을 여는 신호다. 그런데 이 사람은 혜린더러 생각하지 말란다. 그래, 여기 와서 이것저것 생각하면 여기 있을 수가 없지. 보고만 있으면 돼. 휘황찬란한 불빛을 보고 귀를 째는 밴드 음악을 듣고 이렇게 잘생긴 총각 옆에서 얘기하며 술을 마시면 되는 거지. 그것은 혜린의 지난 8년 동안의 공든 탑 정신 자세인 성실을 역행하는 것이었다.

혜린은 이름도 모르는 남자를 만나 한 시간도 지나지 않아서 공든 탑이 파도에 휩쓸리는 모래 탑이 되어도 저항하는 감각을 잃었다.

"이름이 뭐예요? 아참, 내 이름은 혜린이, 최혜린 아줌마. LA에서 왔구요. 내일이면 떠나요."

"내 이름은 현상뱁니다."

"상배 씨는 언제 그렇게 춤을 배웠어요?"

"제비들은 돈 벌기 위해서 춤을 배웁니다. 엔지니어들이 돈을 벌기 위해서 기술을 배우듯이요. 1년 되었어요. 이제 지배인님도 인정해주시는 것 같아요."

"돈 많이 벌었어요?"

"아니요. 말로만 듣던 것하고 달라요. 한쪽 발은 늪에 빠져들어 가고 한쪽 발은 빠져나오려고 허둥대지요."

"상배 씨는 키도 크고 얼굴도 핸섬해서 스폰서 서는 아줌마들이 많겠네요."

"없는데요. 사모님이 스폰서 돼 주세요."

"그럴까요. 호호호."

혜린은 맥주 반 잔에 취한 것이 아니라 알 수 없는 힘에 의해 처음 보는 남자 앞에서 자신의 의지와는 다르게 말이 술술 나왔다. 자신의 발이 슬금슬금 늪에 빠져들어 가는 것도 모르고. 그 사이에 트로트가 끝나고 블루스가 흐르기 시작했다.

"사모님, 나가요. 다시 춤 공부하세요."

"그래요."

두 번째 유혹이었다. 그 유혹에는 혜린이 적극적으로 반응했다. 짙은 핑크빛 속에, 끈적이는 색소폰 소리에 두 사람은 빠져들었다. 고성능 앰프는 '댄서의 순정'을 토해내고 있었다.

"사모님, 마음을 편안하게 하고 온몸에 힘을 빼세요. 내가 리드하는 대로 몸을 맡기세요. 길면 길게, 짧으면 짧게, 밀면 뒤로, 당기면 앞으로. 그냥 걷듯이 하세요. 아셨죠?"

"네."

말은 쉽고 행동은 어려웠다. 그럴 때는 아무것도 모르고 몸을 맡기는 게 상수다. 혜린은 한 가지 명령, 힘만 뺐다.

"잘하시네요. 그렇게 하세요."

힘을 빼니 칭찬을 한다. 계속 힘을 빼자. 힘을 빼니 온몸의 감각이 제자리를 찾는다. 손이 있는 곳에 손이, 발이 있는 곳에 발이, 몸이 있는 곳에 제비의 단단하면서도 따뜻한 근육이. 혜린은 어느새 넓은 바다의 일엽편주가 되었다. 봄바람 속의 한 마리 나비였다. 출렁출렁, 너울너울, 슬로슬로, 퀵퀵, 슬로슬로, 퀵퀵. 한 마리 돌고래가 수면을 차고 오른다. 혜린은 돌고래의 머리를 탄 나비가 된다. 딱딱하던 제비의 몸이 전진과 후퇴와 회전을 거듭하면서 부드러워지고 혜린의 정신도 리듬을 타고 멀어졌다 다가왔다 하였다. 바닷가 동굴에는 바닷물이 차고 파도가 쳤다. 혜린은 세상에 없던 세상을 만나고 새로운 세상이 천국임을 느꼈다. 악마의 유혹은 이렇게 은밀하게, 달콤하게, 짜릿하게 다가왔다. 그녀는 뻑 갔다.

11시가 넘자 친구들이 일어섰다. 혜린은 그 테이블의 골든벨을 쳤다. 상배에게도 몰래 백 불짜리 지폐를 두 장 집어주었다. 알고 보니 오늘 혜린이 상배를 만난 뒤에는 영선의 장난이 있었다.

상배는 밤일을 마치고 3시가 넘어 귀가했다. 집은 신월동에 있는 연립 주택이다. 잠자리에 든 상배는 오늘따라 잠이 오지 않았다. 간밤에 보낸 LA 아줌마가 눈에 선했다. 짝사랑했던 선생님을 꼭 닮아 놀라게 했던 아줌마. 나이는 들었지만 타고난 미모에 세상사에 때 묻지 않은 고운 얼굴. 따뜻하고 부드러운 손. 묻지도 않았는데 술술 내뱉던 신상 명세. 서로가 경계하는 세상에서, 서로 상대의 비밀을 먼저 정탐하고 대인관계에서 유리하게 행하려는 불신 시대에 서울에서 이런 아줌마는 드물게 보았다.

대부분의 고객은 남편에게 외면당하거나 육체적 불만을 가진 유부녀나 독신자들이었지만, 그들은 거의 자신을 숨기고 값싸게 즐기려는 생각뿐이었다. 거래 상품은 육체적인 쾌락 외에는 아무것도 없었다. 9할은 춤으로 끝났지만, 나머지는 몸을 파는 경우도 있었다.

그 아줌마가 쥐어준 200불은 무슨 의미일까? 다음에는 몸까지 사겠다고 예약한 선급금일까? 아니면 단순한 고마움의 표시일까? 아니면 생초보에게 가르치느라 고생했다는 답례일까? 아니면 시중 물가도 모르는 LA 부자의 낭비 버릇일까?

상배는 이 아줌마가 자신이 찾는 아줌마가 아닐까 하고 생각했다. 잘하면 한 건 할 수도 있겠다고 생각했다. 처음 춤출 때와 두 번째 춤출 때의 아줌마의 반응이 달랐다. 뻣뻣하던 자세가 부드러워졌다. 춤추는 걸 보니까 남자에 대한 경험이 거의 없는 여자 같았다. 카바레도 처음이라고 했다. 유부녀일까? 솔로일까? 화장한 걸 보니까 바람기 있는 여자는 아닌 것 같다. 내일 미국 간다니 다시 볼 수 있을까? 볼 수 없을 것 같다. 친구들 모임에 이끌려 구경하러 온 거겠지. 팁으로 받은 돈의 액수나 오늘 술값 계산도 하는 걸 보니까 부자이긴 한 것 같다. 다음에 온다는 것은 자신의 희망일 뿐이라고 결론 내렸다. 한 줄기 지나가는 바람

일 뿐이야.

대한민국의 발전은 눈부셨다. 박정희 대통령의 개발 독재로 시동을 건 경제발전은 엄청난 추동력으로 경제를 일으켰다. 수출, 건설, 증산으로 한반도의 남쪽은 일과 돈으로 낮을 달리고 밤을 새웠다. 전 세계의 최빈국에서 한강의 기적을 일으켜 세계가 부러워하는 시선을 받았다. 경제성장은 중단할 줄 몰랐고 오일쇼크도 뚫고 일어섰다. 재벌을 중심으로 대기업이 국제시장에 모습을 드러냈다. 그것의 바탕에는 최근거리의 일본이 있었다. 한국의 기업들은 일본의 세계적인 대기업을 추종했다. 전자산업은 일본의 소니, 샤프, 도시바를, 자동차 산업은 토요타, 닛산, 혼다를, 제철업은 신일본제철을, 조선업은 미쓰비시중공업을, 반도체 산업은 닛폰전기, 도시바, 히타치를 따라 배웠다. 배움의 방법은 베낌이었다. 한국은 일본의 fast follower였다. 그들의 QC기법, ZIT기법을 배우기 위해 사내에 조직을 만들고 견학을 보냈다. 숱한 시행착오를 거치면서 끊임없이 베끼는 흉내쟁이였다. 모방은 창조의 어머니다. 어느새 몸집이 커진 한국 기업들은 일본 기업을 따라가서 넘어서기 시작했다.

일본의 모방은 산업경제에만 그치지 않았다. 숱한 사회, 문화적인 면에서도 비슷한 현상이 일어났다. 노래방, 목욕문화, 음주문화, 매스컴…. 그중 하나가 섹스문화였다. 그 당시 일본에서는 러브호텔이란 것이 성행했다. 러브호텔이란 업무상 출장자가 사용하는 비즈니스 호텔, 관광객의 숙박지인 투어 호텔이 아니고 섹스를 위한 호텔이었다. 본가 외에서 하는 섹스는 당연히 남의 눈을 피해 하는 불륜이었다. 한국의 숙박업도 그것을 따라 했다. 수많은 러브호텔이 우후죽순같이 일어섰다. 러브호텔은 불륜자들을 안전하게 보호했고 불륜은 일부 사회의 관행이 되었다.

상배의 일터는 천국이 아니었다. 자신은 원하지도 않는 여자들을 품에 안고 춤을 핑계 삼아 부비부비 서비스로 여자들의 스트레스를 해소해주는 서비스 보이였다. 맘에 없는 말을 하고 입에 맞지 않는 술을 마시고 내 기분보다 상대 기분에 따라 행동하는 것은 자존심 있는 남자로서는 참을 수 없는 수모였다. 일방적인 육욕은 넘쳤으나 진실한 사랑은 없었다. 서비스 노력을 돈으로 지불함으로써 거래가 되었다. 호스티스의 직업과 꼭 같았다. 그녀들도 멋진 연애를 꿈꾸며 단란한 가정을 그리기는 마찬가지일 것이다. 돈만 벌면, 한 방에 내 손에 목돈이 들어오면, 그

때는 모든 걸 털고 이곳을 나갈 것이다. 세상을 움직이는 것이 돈이라는 것을 공장 다닐 때보다 더욱 절실하게 느꼈다. 돈은 왕이었고 어떠한 골칫거리도 풀어주는 해결사였고 무소불위의 권력이었다. 팔려는 영혼은 흔하게 많았다. 돈만 한없이 주면 영혼은 한없이 취할 수 있었다. 서울 바닥에는 영혼을 잃은 노예들이 얼마나 많은가. 돈에 팔려 가는 자존심, 인격, 정조, 목숨이 넘실거렸다. 급속 성장과 자유시장경제가 낳아준 1980년대 대한민국의 민낯이었다. 대한민국은 천민자본주의의 성지였다. 돈 많은 외국인들에게도 욕망을 채우려 서울에만 오면 얼마든지 채울 수 있는 자유 민주 국가였다. 매춘은 성업 중이었다. 사창가는 정직한 시장이었고, 여관과 모텔의 콜걸, 터키탕의 때밀이, 이발소의 면도사, 안마 시술소의 안마사, 마사지 방의 마사지 걸, 티켓 다방의 레지, 여러 가지 형태의 2차 술집의 호스티스와 매미. 모든 곳에서 밤꽃은 피고 졌다. 밤의 시간이 짧으면 그 꽃들은 낮에도 피었다. 돈 많고 시간 많은 유한마담들이나 사막에서 땀 흘리며 보내는 큰돈을 주체하지 못하고 밤잠을 뒤척이는 유부녀들 중에서의 섹스 수요는 나날이 솟아오르는 러브호텔의 커튼 처진 주차장에 차들이 번질나게 들락거리게 만들었다.

상배도 1년이 지나자 이제 그곳 물에 잘 적응하였다. 이제는 매너도 늘고 여자 손님과의 대화도 부드럽게 이끌었다. 춤도 대부분의 손님을 잘 리드하였고 손님 따라 강약을 맞추어 춤출 줄도 알았다. 알곡과 쭉정이도 구분할 줄 알았다. 지갑 사정도 눈치껏 알았고 그에 따라 행동도 맞추었다. 수입도 늘고 다시 찾는 손님도 늘었다. 부담스러운 손님은 없지 않았으나 이제는 적당히 거절할 줄도 알았다. 건강은 크게 나빠지지 않았으나 한창때는 지났다. 불규칙한 생활, 어쩔 수 없는 음주로 아침 늦게 일어나는 습관도 생겼지만, 상배는 긴 인생을 바라보며 자신의 건강을 지키려고 노력했다. 과음(過飮)과 과음(過淫)은 피했다.

8

다시 LA로 돌아간 혜린은 기계 속의 부품으로 바쁜 생활에 묻혔다. 금년 여름 패션의 시장 예측, 가을 패션의 준비, 의상계와 모델계 소식, 의상 쇼 참관 등 바쁘게 움직였다. 그뿐만 아니다. 회사의 재무 상태뿐만 아니라 사원들 동정에도 신경을 썼고 클레임 접수 건, 재무 상황 검토, 불량 제품 분석 등 쌓인 일들을 해나갔다.

혜린은 바쁜 하루를 보내고 집으로 와 샤워를 했다. 하루의 피로를 씻어내는 시간이다. 개운한 마음으로 배스타월을 걸치고 침실로 들어왔다. 체경 앞에 서서 타월을 벗어 던지고 거울 속을 들여다보았다. 거기에는 최혜린이 서 있어야 하는데 낯선 사람이 서 있었다. 키는 같은데 늙은 여자였다. 머리카락은 힘도 숱도 줄어들고 샤프하던 얼굴은 턱살이 붙어 턱선이 무디어 보였다. 입술 선도 희미해지고 눈 밑에 잔주름이 생겼다. 목과 젖가슴은 탄력을 잃었고 유두만 어울리지 않게 포도알만큼 크게 보였다. 정선이가 늘 갈치배라고 부러운 듯 놀려대던 아랫배는 살이 오르기 시작하여 허리선이 무너지고 있었고 체모는 윤기를 잃었다. 변하지 않는 것은 눈물점뿐이었다. 저 여자가 누구지. 내가 아니야. 혜린은 지난 8년 동안 제 몸 돌볼 시간조차 없이 살면서 돈은 쌓아 올렸지만 젊음이 빠져나가는 걸 알지 못했다. 팽팽하던 젊은 시절의 타이어가 제 몸 생각하지 않고 구르다 보니 닳고 바람 빠진 헌 타이어가 되어 있었다. 혜린은 벗은 몸을 침대에 던지고 울었다. 아름답고 탄력 있던 내 모습은 어디 갔나. 사랑이란 꿈은 이루지 못한 채 사랑할 귀한 시간은 바람처럼 지나가 버렸네. 나도 모르게 청춘은 어디로 사라졌나.

눈물이 마르자 상배 생각이 났다. 키 큰 제비 상배, 얼굴까지 잘생긴 상배. 탄탄한 몸으로 혜린에게 춤을 가르치던 상배. 자신도 모르게 그의 육체에 빨려 들어가던 자신의 모습. 그 아이에게 남자를 느끼고 부끄러워하던 중년 여자 혜린. 자신이 추하게 보였다. 상배와 혜린은 어울릴 수 없는 다른 세상의 사람들이었다. 그 아이는 카바레란 곳에서 색소폰 소리 속에, 혜린은 LA에서 재봉틀 소리를 들으며 살아가는 것이 각자의 본분일 것 같았다. 그 사이가 너무 멀리 보였다. 떠오르는 상배의 웃는 얼굴도, 그의 목소리 '사모님'도 이제는 깨끗이 잊어야겠다.

9

두 달 만에 서울행 비행기를 탔다. 공항에는 영선이 마중 나와 있었다. 공항에서 오는 길에 저녁 식사를 하고 영선은 청담동 혜린의 새집에 데려다주었다. 마당이 없는 집이라 갑갑했지만 단기간 체류하기에는 불편함이 없어 보였다.

다음 날 잠실 혜원 언니네 집으로 가서 조카 선균이를 데리고 자연농원으로 놀러 갔다. 선균이는 뇌성마비로 온몸이 뒤틀려 있었는데 혜린은 아홉 명의 조카 중 제일 정이 갔다. 모처럼 선균의 얼굴에 웃음꽃을 피워주고 가벼운 걸음으로 청담동으로 돌아왔다.

며칠간을 영선과 함께 서울의 의상계를 둘러보았다. 동대문 시장의 여러 곳을 둘러보고 명동과 압구정동, 백화점 들을 둘러보았다. 그곳 상인들과 상담도 해보았으나 서울의 시장은 공급 과잉이었고 유행이 달랐고 무엇보다 서양인의 체형과 달랐다. 혜린은 서울의 소비 시장과 연결해 보려는 생각을 거두었다.

영선의 집에서 점심을 먹고 텔레비전을 보다가 영선이 혜린에게 제비 생각나지 않느냐고 바람을 넣었다. 그 제비를 본 지가 몇 달이나 지나 잊혀져 있었는데 영선의 부추김에 그의 모습이 떠올랐고 그의 품에서 춤을 배우던 기억이 떠올랐다. 혜린은 생각은 나지만 만나고 싶진 않다고 했다. 영선은 속에 없는 말 하지 말라고 하며 만나라고 추근거렸다. 혜린의 마음속에 숨어있던 욕망이 슬그머니 머리를 내민다. 여기는 LA가 아닌 서울이잖아, 라고 스스로 변명한다.

해가 지자 혜린의 자제력도 꺾여 두 사람은 D 카바레로 향하고 있었다. 웨이터를 불러 파트너를 부탁하니 제비 둘이 왔다. 한 사람은 부탁한 상배이고 한 사람은 상배와 같이 일하는 다른 제비였다. 잠시 동안의 기다림에서 혜린은 제비를 갈망하는 자신의 모습에 움찔했다. 가까이 다가오는 제비를 보며 가슴이 뛰었고 또다시 꿈속으로 빠져드는 느낌이었다. 낯선 듯 반가운 듯, 한 마리 제비는 그 눈빛 그대로 혜린을 보며 말했다.

"사모님, 오랜만이네요. LA 다녀오셨어요?"

"네, 그동안 잘 있었어요?"

말이 많을 것 같았는데 말이 나오지 않았다. 요즈음은 여름이 빨리 온다는 둥, 술집만 늘어난다는 둥 그런 얘기들만 오갔다. 그들은 테이블과 플로어를 왔다 갔다 했다. 춤이 만들어준 두 사람의 포옹은 지난 만남을 기억하게 해주었다. 혜린의 서툰 스텝에 상배의 참을성 있는 가르침은 반복되었다. 혜린은 춤보다 제비의 품속이 좋았다. 품속보다 슬금슬금 훔쳐보는 제비의 잘생긴 얼굴이 좋았다. 영선은 그녀의 짝과 함께 무엇이 좋은지 웃음도 많았고 말도 많았다. 그렇게 저녁 시간을 보내고 헤어질 때쯤, 영선의 제안으로 다음 날 낮에 시간을 내어 넷이서 남한산성으로 바람 쐬러 가기로 했다.

다음날 W 호텔 로비에서 만나서 상배와 상배 친구의 차에 각각 한 사람씩 나누어 타고 남한산성으로 향했다.

오월은 계절의 여왕답게 맑고 푸르렀으며 어디선가 라일락 향기가 날아오고 강렬한 햇빛이 눈에 부셨다. 혜린은 서울의 도로가 롱비치로 가는 드라이브 코스같이 시원하게 뚫리진 않았지만 옆에 있는 영 가이 때문인지 가슴이 설레었다. 선글라스를 낀 상배의 옆얼굴이 '페드라'를 절규하며 페라리로 질주하던 앤서니 퍼킨스를 떠올렸다. 사랑해선 안 될 새어머니를 사랑한 죄로 아버지에게 체벌당하고 그리스의 해안 도로를 질주하던 중 달려오는 트럭을 피하려다 절벽으로 떨어져 죽는 '죽어도 좋아'란 영화. 그 영화의 삼각관계인 아버지-새엄마-아들의 자리에 명세-혜린-상배를 대입해 보았다. 비슷한 모양이다. 명세와 혜린의 나이 차 아홉 살, 혜린과 상배의 나이 차 열 살 정도, 합하면 스무 살가량. 아버지와 아들의 나이 차가 그렇다면 얼마든지 가능한 일이다. 그러면 상배가 죽어야 종결되는 것인가? 상배가 '페드라' 대신 '혜린아'라고 절규하며 죽어야 하는가?

'페드라아—'

'혜리나아—'

자신은 그렇게 절규하다 상배가 죽는다면 페드라 같은 사랑에 빠질 것도 같았다. 죽은 상배를 가슴에 묻고 평생을 살 것 같았다. 배명세에게 당한 배반이 만든 외로움 때문이었을까? 다시 상배의 옆얼굴을 빤히 들여다보았다.

“사모님, 뭘 그렇게 쳐다보세요.”

상배의 말에 공상은 깜짝 놀라 달아났다. 공상에 광기가 들었군.

“선글라스 쓴 상배 씨가 영화배우같이 보여서.”

“후후후. 춤추면서도 선글라스 써야겠네요. 아줌마들 정신 빼앗으려면요. 누나, 이제 누나라 부를게요. 누나도 말을 낮추세요.”

어제저녁 팁 때문인가, 나긋나긋하다.

“그럴까?”

“네.”

“호호호. 상배 때문에 내가 젊어지는 것 같네.”

“누나는 젊게 보여요.”

“비행기 태우지 마. 상배는 애인 있지? 상배 애인은 상배만큼 예쁠 것 같아.”

“없어요. 애인이 생기면 이 일을 그만두어야 해요. 애인에 대한 도리겠죠. 그래서 자립할 만한 자금이 생기면 그만두고 그때 애인을 만들 거예요.”

“그럼 한창때 연애도 못 하겠네. 그러다가 아줌마들과 연애하면 어쩌지?”

"그렇진 않아요. 연애할 만한 아줌마도 없구요. 같이 잠을 자더라도 연애 감정은 생기지 않아요. 그냥 일한다는 생각이고, 그래요."

혜린은 자신도 그런 대상이라 생각하니 무언가 잘못된 길을 가고 있다는 생각이 들었다.

"그러면 나도 그런 손님이겠네?"

"따져보면 그렇죠. 오늘은 예외로 생각할게요."

어느덧 산성에 도착하여 상배 친구를 만나 막걸리 집을 찾아 들어갔다. 개방된 공간에서 두 아줌마와 두 총각은 세대를 초월한 대화의 초점을 찾아 얘기를 나누었다. 술이 들어가면서 음담패설까지 섞은 대화 속에 폭소를 터뜨리며 즐거운 시간을 보냈다. 언제 시간이 흘렀는지 음식점들의 불빛만이 더욱 밝아졌고 밖에는 어둠의 장막이 내려졌다. 그들은 자리를 일어서서 두 사람씩 차에 올랐다. 두 차로 따로 출발해서 두 아줌마를 각자 귀가시켜 주기로 했다.

먼저 상배 친구의 차가 올라왔던 성남 쪽으로 출발하고 상배는 올라왔던 길의 반대쪽인 광주 쪽으로 내려갔다. 사방은 어둠이 내렸지만 달빛은 교교히 밝았다. 길 따라 내려가다 상배가 잠시 쉬었다 가자며 길옆 개울 사이 공터에 차를 세웠다. 계곡 길을 따라가는 차들의 전조등 외는 달빛만이 훤하게 비출 뿐 사위는 조용하였다. 도심에서는 찾아볼 수 없는 분위기 있는 산속의 정경이었다. 혜린은 상배의 예상치 못한 주차가 궁금했다.

"여기 분위기 참 좋죠?"

"그러네. 잊혀졌던 어릴 때 생각이 나네. 밝은 달빛을 보니."

"이 자리는 누구나 사랑 고백이 나올 만한 자리 같네요…. 처음 누나를 보는 순간 깜짝 놀랐는데 누나가 중학교 때 짝사랑했던 음악 선생님과 꼭 닮았던 거예요. 이루어지지 못한 사랑이었지만 오래 간직하고 있었어요. 누나를 보면 선생님을 닮아서 그런지 낯설지가 않아요. 누나가 정이 들 것 같아요."

혜린을 유혹해서 한 건 올리려는 마음속에서 자신도 모르게 진심인 듯한 말이 나왔다.

"나는 상배 닮은 사람은 알지 못하지만 상배 얼굴이 잊혀지지가 않았어. LA에서도 상배 생각이 났어. 주책없이 자꾸 생각이 나더라. 상배의 잘생긴 얼굴이 떠오르고…. 상배는 부모님 중 어느 분을 닮았어?"

"아버지를 닮았다고 하는데 엄마 얼굴은 기억이 잘 안 나요."

"왜? 돌아가셨어?"

"네."

"그래? 어쩌나. 내가 괜한 말을 했네."

"아니에요."

"엄마가 보고 싶겠다."

"…."

"미안해."

"엄마가 많이 보고 싶어요. 초등학교 때 돌아가셨는데 왜 얼굴이 흐릿하게만 남아 있는지 모르겠어요…. 결혼하면 엄마 닮은 여자를 만나고 싶어요."

두 사람 사이에 말이 끊어지고 달빛은 휘영청 밝았다. 싸늘한 공기가 그들을 감쌌다. 숲으로 둘러싸인 주위는 오솔하여 무슨 일이 일어날 것 같다. 시간이 급류처럼 흐르는 것 같기도 하고 정지된 것 같기도 했다. 달콤한 침묵. 짜릿한 공포. 보이는 모든 것이 푸른 달빛에 잠기어 바닷속에 있는 듯했다. 혜린은 기어스틱 위의 상배의 손등에 손을 얹었다. 엄마를 그리워하는 상배의 외로움이 혜린의 모성을 움직였다. 크고 단단한 손에서 따뜻한 체온이 흘렀다. 상배는 혜린을 바라보고 그의 손등에 있는 그녀의 손을 되잡았다. 그의 손의 악력이 점점 커지자 잔잔하던 혜린의 손목을 흐르던 맥박이 뛰고 가슴은 두근거리기 시작했다.

"누나, 사랑해요."

상배의 얼굴이 클로즈업되고 달빛에 반사된 강렬한 시선이 그녀의 눈동자에 머물자 그녀는 마치 뱀을 만난 개구리처럼 온몸을 꼼짝할 수가 없었다. 부동의 자세에서 자신도 모르게 파르르 떠는 눈꺼풀을 내렸다. 훅하며 뜨거운 입김이 혜린의 얼굴에 닿는 것도 잠시, 뜨거운 감촉이 혜린의 입술을 덮었고 짜릿하게 흐르는 전기가 사지로 번져 나갔다. 그것은 그녀의 인생에서 처음으로 다가온 감각이었다. 심장은 맥놀이 하듯 뛰었고 현기증으로 주위가 빙글빙글 돌았다. 잠시 떨어져 말없이 호흡을 가다듬다 두 사람의 동시적 행위로 이루어진 두 번째 키스에는 혜린의 경직된 자세는 뜨거운 포옹으로 변했다. 혜린은 입술의 자물쇠를 열었다. 두 마리 뱀은 대가리를 곧추들고 자웅을 다투었다. 온몸이 탁탁거리며 타는 장작불같이 맹렬하게 타올랐다.

'이런 버릇없는 녀석, 제 어미뻘 되는 여자에게 이렇게 해도 되는 거야?'

그러나 이런 생각은 바람 같이 스쳐 지나갔을 뿐이다. 머릿속에는 아무런 생각도 없었고 차 안에서는 뜨거운 정적 속에 혼이 빠진 입술만 표표히 떠다녔다. 5월의 밤, 산속의 싸늘한 냉기도 후끈한 차 속의 열기를 식혀 주지 못했다. 은빛 달빛은 한여름의 모시 홑이불같이 갈 길을 모르는 두 연인을 덮어 주었고 개울물은 실로폰의 맑은 소리로 부지런히 지나가는 차들의 소음으로부터 두 연인을 지켜 주었다.

"사랑해요."

"아무 말도 하지 마."

어린 왕자와 뛰어노는 풀밭. 야생화. 별. 밤하늘에 은빛 선을 남기고 떨어지는 유성. 반딧불이. 쇼팽의 녹턴. 그런 것들이 혜린의 온몸의 감관을 마비시키고 중력이 사라진 듯 그녀의 육체는 허공을 떠다니고 있었다.

LA로 향한 비행기 내에서 혜린의 머릿속에 간밤의 일이 감치고 있었다. 혜린은 얼빠진 듯 눈앞에서 웃고 있는 상배 얼굴을 바라보았다.

상배, 너는 누구냐. 너는 나에게 무엇이냐… 혜린, 너는 그에게 무엇이냐… 우리는 만나서는 안 될 사람이야. 너와 나 사이에는 10년 이상의 크레바스가 있어. 너와 나 사이에는 태평양이라는 장애물도 있어. 시간도 공간도 우리의 접근을 허용하지 않아. 거기에 너는 총각이고 나는 아이를 둔 이혼녀야. 아, 망령되게 상배의 얼굴이 지워지질 않지. 왜 그 아이가 남자로 보이지. 상배를 만난 것은 서울이란 무질서와 혼탁으로 윤리가 증발한 프라이버시의 해방구여서지. 있을 수 없는 인륜의 부재 지역. 인간의 이성과 양심으로는 인정할 수 없는 부도덕의 한국. 삼강오륜이란 곰팡내 나는 껍질 속에 부패한 악취를 내고 있는 동방예의지국. 거기서 나를 아는 모든 사람들과 격리되어서 나의 감정과 욕망을 해방시키게 된 것이지. 도덕과 인륜의 탈을 벗어 던지고 본래의 욕망에 찬 나의 어깨에 날개를 달고 싶다. 배명세의 배신이 가져다준 자유가 나에게 있어. 상배란 달콤한 선악과를 눈앞에 두고 주저하지 않겠다. 8년간의 성실과 인내의 대가로 이만한 보상을 받을 수 있지 않느냐. 희생과 속박 속에 사랑의 감정을 잃어버린 내 인생에서 이제야말로 내 손에 돌아온 기회를 포기할 수 없다. 아니 그래서는 안 된다. 지금까지 쌓아 올린 성공과 그것을 뒷받침하는 인내와 노력, 그 진실한 삶의 자세를 흩트려서는 안 된다. 바보야, 인생은 한낱 꿈인데 삶의 의미란 무엇이냐. 배가 고프면 밥을 먹고 싶고 외로우면 사랑하고 싶은 거야. 아니야, 욕망의 노예가 된다는 것은 인생의 패배자가 될뿐더러 지나고 나서는 후회하게 되는 거야. 그래서 욕망을 따라가서는 안 된다. 된다. 안 된다.… 그녀는 아카시아 잎을 한 잎씩 떼면서 운명을 결정하듯이 선택의 질문을 계속했다. 마지막 남은 이파리는 무슨 말로 남아 있을까? 상배야 너는 어떻게 생각하니?

LA에 도착한 후 혜린에게는 현실이 앞을 막았고 상배를 잊기 위해 일에 몰두하기로 했다. 휴일에는 수영과 골프에 빠져들었다.

10

큰 형부가 암으로 별세했다는 연락이 왔다. 부모님 돌아가시고 집안 어른으로 처신했고 아직 일흔도 되지 않았다. 혜린은 조문차 서울에 왔다. 며칠을 뒤처리를 도와주고 LA로 돌아가려다가 자석에 쇠붙이가 들러붙듯이 보이지 않는 상배의 인력에 발목이 잡혔다. 몇 번을 망설이다 상배에게 전화를 했다. 상배는 반갑게 받았다.

커피숍에서 만난 상배는 표정이 밝았다. 가슴은 또다시 두근거렸다. 상배의 차로 청평으로 드라이브를 떠났다.

"누나, 나 몇 살인지 알아요?"

"20대 초반."

"스물넷이에요."

"그래? 나하고는 열 살 차이네. 호호."

"그런데 누나는 왜 나를 또 만나요?"

"아카시아 점이 만나라고 하더군."

"아카시아 점이라니요?"

"갈등을 하며 고민했는데 이성이 감성에 져버렸어. 나도 현실적인 눈으로 보면 바른 행동이 아니란 걸 알아. 그런데 내 머릿속에 상배가 떠나질 않아. 내가 꼭 사춘기를 만난 것 같아. 상배 얼굴이 눈앞에 맴돌고, 상배를 만나면 가슴이 두근거리고 나도 내가 왜 이러는지 모르겠어. 내 나이는 54년생 말띠. 나이는 서른네 살. LA에서 옷 장사하고 있어."

혜린은 묻지도 않았는데 있는 대로 자백했다. 사랑을 고백하듯이.

"그리고 딸 하나 있는 이혼녀고, 딸은 상배만 해. 우습지?"

"그러면 누나가 몇 살 때 딸을 낳았어요?"

"대학 1학년 때. 그때 스무 살이었지. 딸애는 지금 중학생."

상배는 혜린이 밝히는 신상 명세가 고해 성사하듯 하여 자신을 신뢰하는 것 같았다. 이혼을 했다는데 언제 했다는 것일까. 저렇게 순진하게 자신의 비밀을 술술 말해주는 건 순진해서인가 오랜만에 남자를 느껴서인가. 지난번 키스가 아줌마를 달뜨게 한 모양이군. 잘하면 저 아줌마에게서 돈 좀 우려낼 수 있겠네. 한번 잘 해봐야겠다. 재미 교민이라 못 만날 줄 알았는데 한국에 자주 들어오는 모양이야. 특별한 고객이네. 재미있겠어. 후후.

"누나, 재미있는 얘기 하나 해 줄게요."

혜린은 그를 애인처럼 바라보며 귀를 기울였다.

"비디오로 본 영화인데요, 배경은 1차 세계대전 프랑스의 한 마을에서였어요. 여자 주인공은 약사였는데 그 마을에 약국을 열고 있어요. 교육도 받지 않은 천것이 그 집에 하인으로 고용됩니다. 약사의 남편은 초등학교 선생인데요, 성적으로 무력한 남자입니다. 그 집에 창고가 있는데 그 집 하녀와 하인이 몰래 정사를 하는 곳이죠. 하녀는 유부녀구요. 그 창고 속은 깜깜했어요. 약사가 어떤 일로 그 창고 속으로 무엇을 찾으러 가서 어둠 속에 더듬다가 하인의 손을 잡게 되는데 하인은 그 손을 잡아당기고 겁탈을 합니다. 약사는 순식간에 일어난 일에 당황과 수치심과 성적 호기심으로 아무 말도 저항도 못합니다. 하녀가 오지 않은 이유는 약속이 서로 어긋나서 그렇게 된 거죠. 하인은 약사를 하녀로 오인했구요."

"그래서."

"그만할게요. 재미없죠?"

"더 해줘."

혜린에게는 무력한 남자가 윤 선생 같았고 자신은 약사 같았다. 목이 말랐다.

"약사는 너무 놀랐으나 왠지 소리도 못 지르고 하인에게 당하는데 약사는 거기서 성에 눈을 뜨는 거죠. 어둠 속에서 두 사람은 약속을 합니다. 그들은 창고의 어둠 속에서 또 만나고 약사는 절정을 느낍니다."

"…."

"하인은 하녀를 만나서 하는 얘기 중에 약속한 날을 잘못 알아 하녀가 창고에 오지 않았고 창고에서 만난 여자가 약사임을 알게 됩니다. 약사와 숨어서 하던 정사가 공공연하게 되고 성의 쾌락에 빠진 약사는 남편이 보는 데서도 정사를 하는 성의 노예가 됩니다. 불륜의 절정에서 하인은 전쟁터로 징집되어 갑니다. 끄읕."

"…."

"어때요? 재밌어요?"

혜린은 잠시 동안 상상 속의 약사가 되어 있었다. 약사의 습관적 불감증과 성욕과 절정을 상상했다. 심층에 숨어있던 리비도가 도화선이 타들어 가듯 성감대에 불을 붙였다.

"몰라, 묻지 마."

"해피 엔드예요, 다크 엔드예요?"

"…"

"나는 해피엔드라고 생각해요. 평화로운 약사 집에 미꾸라지 같은 놈이 들어와 진흙탕을 만들어 놓는데 군대에 징집되어 가 버리니까 가정은 다시 평화를 찾게 되잖아요."

"나는 반대야. 진흙을 구워서 그릇을 만들면 그릇이 다시 진흙으로 될 수 없잖아. 약사도 행복을 맛보았기 때문에 그 행복을 잊을 수 없는 거고 그 때문에 불행하게 살아가야 하겠지. 겉으로는 가정의 평화가 회복되어도 약사의 마음속 고통은 지워지지 않을 거야."

혜린의 방어 심리가 작동했다. 혜린은 잠시 약사와 자신을 혼동했다.

"여자의 마음은 그렇게 복잡해요?"

혜린은 못다 이룬 약사의 성욕에 동정심이 일었다. 어쩌면 혜린의 잠재의식 속에 있는 욕망을 일깨우는 것인지도 모른다.

"왜요, 그 여자의 남편이 더 불쌍하잖아요?"

"나는 남자에 따라 잘잘못이 가려지는 여자의 인생이 불쌍해."

"그래요, 후후."

하면서 길가에 차를 세우고, 혜린의 어깨를 끌어당겨 키스를 했다. 그 키스는 혜린이 기다리던 것이었다. 마른 논바닥을 적시는 단비였다. 땀 흘린 사람의 갈증을 풀어주는 시원한 한 잔의 맥주였다.

"누나, 그 약사가 되고 싶어요? 내가 하인이 돼 드릴까요?"

"싫어."

상배는 다시 시동을 걸고 차를 몰았다. 혜린은 말없이 상배의 입에 묻은 립스틱의 흔적을 엄지손가락으로 닦아주고 자신의 입술도 닦았다. 두 사람의 말이 끊어졌고 혜린은 머릿속에서 지워지지 않는 약사의 정사가 어떤 것일까, 남편 앞에서 수치심도 죄의식도 잊어버리고 절정을 느낄 만큼의 성이란 어떤 것일까, 끊임없는 상상으로 헤어날 수 없는 미로에 갇혀 버렸다.

상배의 차는 청평으로 가다 말고 마석에서 천마산 스키장 쪽으로 꺾어 들었다. 겨울이면 발 디딜 틈 없이 붐비는 스키장이었으나 여름철이라 완전한 비수기였다. 제철이면 꽉 들어찰 모텔들이 텅 비어 있는 것 같았다. 상배는 그중 괜찮아 보이는 모텔에 차를 몰고 들어갔다. 호텔 간판에 스노우 월드라고 쓰여 있었다. 혜린은 동의하지 않았으나 상배가 낮잠만 자고 가자고 하는 바람에 쉬어 가기만 한다고 들어갔다. 개점 휴업 중인 듯 여러 번 큰 소리로 불러야 사람이 나왔다.

방에 들어간 두 사람은 옷을 입은 채 자리에 누웠다. 잠자기 불편하다고 겉옷만 벗기로 했다. 잠이 오지 않는다고 속내의만 입은 채 이불 속으로 들어갔다. 사랑한다고 껴안았고 상배는 사랑의 노크를 했고 혜린은 모험의 닻을 올렸다.

상배는 화류계에서 보고 듣고 경험한 실력을 남김없이 발휘했다. 춤추는 제비의 슬로 슬로 퀵 퀵의 리듬을 탔는데 슬로는 인내고 퀵은 정열이었다. 상배의 큰 손과 뜨거운 입술은 가슴과 허벅지에서만 머무는 게 아니었다. 그것은 연체동물의 흡판 달린 다리같이 혜린의 온몸을, 숨어있는 뜨거운 온천수의 수맥을 찾아 헤맸다. 그리고 전신에 불을 지르고 불덩어리로 만들었다. 화기를 타고 혜린의 온몸의 촉수는 뱀의 혓바닥 모양처럼 날름거렸다. 혜린은 까마득히 먼 기억을 살리자마자 또다시 깊은 망각으로 빠져들었다. 상배는 젊은 수사자였다. 황금빛 갈기를 날리며 초원을 누비듯 맹렬한 투지와 지치지 않는 체력은 인생의 절정에서 굶주려온 중년 여인의 욕망을 채워주는 데 모자람이 없었다. 그녀는 불어오는 광풍에 맞서기도 했다가 넘실대는 물결에 몸을 맡기기도 하면서 자신의 모든 것을 내놓았다. 절정은 그녀의 근육을 경련시켰고 괴로운 비명을 토해내게 했다. 그 파도 속에 그녀의 몸은 휩쓸리고 너울대고 녹아내렸다. 그녀는 새로운 여자로 다시 태어났다. 그것은 후천적이라기보다는 몸속 깊이 숨어 있던 태고의 본능이었다. 본인 스스로도 알지 못한 또 다른 생명의 용트림이었다. 두 남녀는 치열한 전투 끝에 장렬한 전사를 했다. 혜린은 처음이자 평생 최고의 절정을 맛보았다. 두 사람은 침대 속으로 가라앉았다. 혜린은 마지막 기력을 손바닥에 모아 상배 이마에 서린 땀을 닦아주며 말했다.

"정말 근사했어."

그녀는 신음하듯 말했다. 상배는 홍조가 가시지 않은 그녀의 얼굴 위에, 그녀의 이마와 감은 눈과 뺨과 입술에 그의 입술을 갖다 댔다. 완벽한 합일에 대한 감사였다.

"누나 같은 여자 처음 봤어요."

상배도 겨우 입을 떼고 말했다. 그녀의 가슴 속에 그에 대해 묘하게 경탄하는 마음이 눈떴다. 이제껏 못 느꼈던 흠모의 마음이 움텄다. 그야말로 사내였다. 그녀를 진정한 여자로 태어나게 한 사내였다. 그의 나이를 떠나서 그녀의 새로운 인생의 마스터로서 상배가 존경스러웠다. 그녀는 땀에 젖은 그의 등을 쓰다듬었다. 단단하고도 미끈한 그의 등의 곡선을 따라 내려갔다. 허리를 거쳐 엉덩이까지. 단단한 근육의 탄력과 부드러움. 오묘한 곡선. 그것은 새로운 발견이었다. 상배의 몸의 비밀은, 아름다움은 온몸에 있다는 것을. 뿐만 아니라 섹스가 단순한 욕망이 아니라 예술의 극치라는 것을. 혜린은 상배를 껴안은 손에 힘을 주어 더욱 가까이 기어들었다.

두 연인은 한참을 더 가라앉아 있었다. 해가 기울 무렵에야 모텔 문을 나섰다. 안 들어가겠다던 자존심과 윤리관은 어디로 갔는지 자취 없이 사라지고 없었다. 아무래도 좋았다. 제비이건, 선수이건, 기술자이건, 혜린에게 이런 쾌락을, 평생에 느껴보지 못한 이런 행복을 주는 사람이 제비면 어떠냐, 선수면 어떠냐, 기술자면 어떠냐. 내일이 없으면 또 어떠냐. 혜린은 제비의 애인이고 선수의 정부이고 기술자의 아내이고 싶었다.

두 사람은 차를 몰고 고갯마루에 있는 곰탕집에 들어갔다. 부부가 가정식으로 곰국을 해서 한두 그릇씩 팔고 있었다. 혜린이 주문을 했다.

"여기 꼬리곰탕 하나 하구요, 그냥 곰탕 하나 주세요."

그리고 주문한 음식이 나왔다.

"상배가 꼬리곰탕 먹어. 먹고 힘내."

"누나는 꼬리곰탕 안 먹어요?"

"나는 그냥 곰탕도 많아요."

혜린은 자기 뚝배기의 건더기를 건져 상배의 뚝배기에 담아 주었다. 혜린은 숟가락을 든 채 맛있게 꼬리곰탕을 먹고 있는 상배를 보고 있었다. 상배가 사랑스러웠다. 나이 차는 잊고 싶었다. 상배의 젊음이 부럽기도 했고 자신이 과욕하지 않나 라는 생각도 들었다. 저런 애를 만나서 정사까지 한 사실이 실감이 나지 않았다. 이제는 헤어질 수 없을 것 같았다. 육정(肉情)! 살맛을 보고 떨어질 수 없는 사이가 된 맹목적 사랑. 예부터 육정으로 만난 연놈은 떨어질 수가 없다고 했지. 하인과 떨어지지 못하는 약사가 떠올랐다. 혜린은 상상으로 약사를 동정하다가 상배와의 정사 후의 약사에 대한 이해는 전혀 다른 것임을 알았다. 하인에게 빠진 약사의 기행이 공감되었다. 자신도 그렇게 될 것 같았다.

식당을 나와 차를 세워 놓은 채 시골길을 걸었다. 혜린은 온몸에 힘이 빠져 상배의 팔에 꼭 매달렸다. 저녁 해가 서서히 서쪽 하늘을 붉은색으로 물들일 무렵 인적이 드문 이곳에서 이렇게 상배의 일부가 되어 걷고 있는 것이 꿈을 꾸는 듯하였다. 어디로 가는지도 모르고 알려는 생각도 없이 행복의 심연으로 빠져들었다. 저녁놀을 배경으로 혜린이 상배에게 기대어 걷는 모습은 시집 속의 예쁜 삽화 같았다.

상배가 혜린을 청담동 집으로 바래다주었다. 혜린은 상배를 보내고 싶지 않았다. 혜린은 상배와 헤어지면서 내일 하루를 같이 시내자고 하면서 그날 일당은 책임지겠다고 웃으며 유혹했다. 상배는 내일 점심 때 오겠다고 하면서 헤어졌다. 상배를 보내고 혜린은 자기도 모르게 젊은 남자와의 육욕에 빠져 남자를 유혹하는 자신의 변화에 놀랐다. 그 여자의 이름이 최혜린이라니.

상배는 신월동 집을 향해 올림픽대로를 달렸다. 혜린과의 정사와 함께 혜린으로부터 수표 5장을 받은 것을 생각했다. 그리고 혜린이 상배의 은행 계좌 번호를 물어서 알려 줬다. 목돈을 보내주려나? 가족 생각을 하면 돈 생각이 앞서고 돈을 보면 가족 생각이 난다. 아버지의 노동으로 4인 가족 살림이 부대낀다. 남동생은 이제 전문대 2학년, 졸업반이다. 등록금이 모자라 1학년 때 군대를 갔다 와서 복학했다. 아르바이트를 하지만 학비는 늘 모자랐다. 여상 다니는 막내는 졸업하면 은행에 취직한다고 열심이다. 이런 상황에서 상배가 돈을 벌기 전에는 항상 적자였다. 연립 주택 담보 대출은 오래되었고, 신용 금고 대출과 사채도 있었다. 상배에게는 힘겨운 짐이었지만, 본인이 해결해야 할 짐이었다.

상배는 제비를 시작한 지 1년이 지날 때 중고 자동차를 한 대 구입했었다. 아무래도 사업에 필요한 투자인 것 같았다. 간혹 손님들을 바래다줄 때도 있었고 가족들에게도 자부심을 심어주기도 했다. 아버지의 아침 출근도 도와주었다. 아버지는 아들이 믿음직스러웠다. 그런 것은 좋았는데 차에 들어가는 비용이 예상 외로 많았다. 보험료, 세금, 연료비, 그보다도 중고차라 잦은 고장에 수리비가 목돈으로 들어갔다. 차 수리 시 상배는 공장 출신답게 작업을 자세히 들여다보았다. 보닛 속도 차 하부도 작업자들의 작업 모습을 눈여겨보았다. 차 정비 사업이 돈을 많이 벌 것 같았다. 몇 년 전에 국내 등록 차량 대수가 백만 대가 넘었고 매년 더 빠른 속도로 늘어가고 있다는 뉴스도 새겨들었다.

집으로 돌아온 상배는 잠자리에 들어 오늘 하루를 돌아보았다. 혜린의 얼굴이 떠올랐다. 혜린과 나는 무슨 관계인가? 그녀는 나의 고객일 뿐이다. 나는 오늘 그녀를 나의 단골로 만들기 위해 최선을 다했다. 그녀의 풀어진 눈동자를 보고 상배는 목표를 달성했다고 생각했다. 좋아, 이제 그녀에게서 단물을 빨아 먹어야지. 잘하면 한몫 잡을 수도 있겠다. 위장을 빈틈없이 해서 그녀가 눈치 못 채게 나도 그녀에게 빠진 듯이 해야지. 그녀의 돈은 우리가 버는 돈에 비해서 쉽게 많이 벌 수 있으니까 우려낼 만큼 우려내야 돼. 그래야 우리 가족을 빚더미에서 벗어나게 하고 아버지를 마음 편하게 해줄 수 있어. 파이팅. 제비와 여사장. 누나 같기도 한 혼자 사는 이혼녀. 간혹 서울에 나들이하는 재미 교민. 그녀도 나를 이성으로 생각할까? 나를 사랑할까? 아니야, 내 마음속의 감정은 지워야지. 그녀는 나를 장난감으로 가지고 노는 거야. 돈이란 대가를 치르고서. 잘 됐어. 잘해보자, 상배야.

다음 날 상배는 약속대로 점심 무렵 청담동 빌라에 왔다. 혜린은 상배를 기쁘게 맞아들였고 도어를 닫기도 전에 그녀는 두 팔로 그의 목을 휘감으며 까치발을 하고 그에게 바짝 매달려 입술을 내밀었다.

그들은 밥 먹는 시간을 제외하고 다음 날 점심때까지 꼬박 24시간을 침대 위에서 보냈다. 20대의 성욕은 단거리 선수였지만, 뒤늦게 불이 붙은 중년 여자의 음욕은 마라톤 선수였다. 혜린의 심저에 숨어 있던 욕동(欲動)이 폭풍처럼 휘몰아쳤다. 그 폭풍에 이성도 윤리도 현실도 추풍낙엽 같이 날아가 버렸다.

혜린은 상배의 계좌로 만족할 만한 꽃값을 송금했다.

상배를 보내고 나서야 영선에게 전화를 걸었다.

"영선아, 나야."

"어디 아프니? 왜 그리 힘이 없어?"

"아니, 그냥."

"우리 밥 먹으러 갈까? 마침 정 교수도 늦게 온다고 했는데."

"나가기가 싫어. 네가 이리로 와."

얼마 안 있어 영선이 피자를 들고 왔다. 영선이 펼쳐놓고 말했다.

"얘, 이 집 피자 맛있어. 먹어봐."

혜린은 영선이 집어준 피자 한 조각을 입에 넣었으나 맛에 대한 생각은 없었다.

"집으로 몇 번이나 전화했더니 안 받더라. 그동안 연락도 없이 어디 있었니?"

그제야 상배와의 정사 중에 귀찮게 울리던 전화 소리를 기억해냈다. 혜린은 여짓거리다가 입을 열었다.

"넌 내 친구니까 너에게만 말하겠는데 3일간을 상배와 함께 있었어."

"이 년이 미쳤구나. 그래 여행이라도 갔었어?"

"그게 아니고, 정말 내가 미쳤나 봐. 상배 없으면 못 살겠어. 어떡하지?"

"잘한다 잘해. 아들 같은 애랑 세기의 연애를 한단 말이지. 기자들 다 어디 갔나?"

"나도 내 정신이 아니야. 수치심도 잊었어."

"네가 정신 차려야 해. 제비들은 너 같은 아줌마들의 그런 약점을 노리는 거야. 원하는 건 돈이야. 우리 같은 늙다리를 진정으로 좋아할 리 있겠니? 정신 차려, 이것아."

"영선아. 네가 내 편이 좀 되어줘. 너 말고는 말할 사람도 없어."

"걔 꼬임에 사기를 당한 건 아니지?"

"응, 그런 건 아니고 내 마음이 문제야."

"얘, 지금까지는 사고는 없었다니까 다행이고, 나한테 얘기하며 일을 그르치지 않게 하자고."

혜린은 영선의 말에 고개를 끄덕였지만 속으로는 '그게 아니라 내 마음이야'라고 되뇌고 있었다. 영선도 이 일에 혜린과 상배를 맺어준 책임이 있었기에 같이 고민하지 않을 수 없었다. 영선은 남자에 대한 복은 지지리도 없던 혜린이 일방적인 사랑에 빠진 것이라고 확신했다. 그리고 혜린도 재혼을 해야 했지만 카바레의 제비는 상상 밖의 대상이었다.

혜린은 상배의 젊음에 발맞추기 위해 다이어트 운동을 시작했다. 마사지도 피부 관리도 함께했다. 사랑을 하면 예뻐진다는 말이 옛말이 아니다. 더구나 여자는 외모에 관심이 집중된다. 화장을 하더라도 시간이 걸린다. 혜린에게 있어서는 더구나 나이 차를 극복해야 해야 할 과제가 있었다. 여성성의 사지인 갱년기도 10년 남짓 남았을 뿐이다. 그 시간이 너무 짧은 것 같았다. 그래도 언제 떠날지는 모르겠지만 상배를 만난 것은 행운 중 행운이었다. 야구로 치면 계속된 삼진 행진 끝에 친 만루 홈런이었다. 그러나 그 홈런도 상배를 만났을 때뿐이어서 LA에서의 독수공방은 그를 만나지 않았을 때보다 그녀를 더 힘들게 했다. 그리움이 외로움을 부르고 외로움이 괴로움이 되었다.

전에 없던 현상은 차오르는 성욕이었다. 상배를 생각하면 뜨거운 정사가 떠오르고 스멀스멀 움직이는 성욕이 목젖까지 차올랐다. 상배와 정사와 성욕은 삼각형의 세 꼭짓점이 되어 뱀이 꼬리를 물고 매암 돌 듯 혜린의 성감대 주위를 맴돌았다. 눈을 감고 상배와의 뜨거운 정사를 재생하며 달뜬 몸에 버저를 눌렀다. 방죽이 무너지듯 봇물이 쏟아졌다. 상배야, 나 어떡해. 나 좀 살려줘.

11

혜린이 서울을 들락거리는 사이 회사 일은 매출이 반으로 떨어져 있었다. 손익은 깊은 골짜기에 빠져 있었다. 아차, 내가 그동안 회사 기반을 더욱 다졌어야 했는데 딴 데 정신이 팔려 소홀했구나. 때늦은 후회가 앞섰다.

영업부 회의를 소집했다. 원인 분석에 들어갔다. 모아진 의견은 시장 상황이 새로 오픈한 대기업 브랜드 상품이 시장 수요를 엄청난 흡수력으로 빨아들인다는 것이다. 다음날 혜린은 거래선들을 방문하였다. 비수기니 불황이니 하는 사람들도 있었으나 제일 큰 원인은 새로 나타난 신형 브랜드가 시장을 흔들고 있는 것은 사실이었다. 그녀는 신형 브랜드의 정체를 분석하기 위해서 바로 그 브랜드 매장을 찾았다. 매장은 건물의 아래쪽 3개 층을 통째로 사용할 정도로 예상외로 컸고, 다양한 모드, 다양한 질감, 다양한 색상, 싼 가격으로 의류 시장을 흔들 만했다. 그런 업체를 '패스트 패션' 업체라고 했고 H사 외에도 Z사가 있었다. 혜린은 이 위기를 대처할 방법을 구하기 위하여 장고에 들어갔다.

해가 뜨면 혜린은 아마존의 여전사로 변신했다. 전쟁에서 싸워

이기기 위해 활을 쏘는데 거추장스러워 한쪽 유방을 도려내는 아마존의 여전사처럼 정신부터 무장했다. 천사의날개사의 창사 후 최대의 위기였다.

토스트 한 슬라이스 굽고 커피 한 잔 마시고 출근 시간 전에 회사에 들어갔는데, 자리에 앉아 묵상을 하고 회사의 위기에 대해 고심하였다. H사는 그 규모가 엄청 커서 양적으로는 적수가 되지 않는다. 옷가지 수나 가격으로는 상대할 수가 없다. H사의 약점이 뭘까? 그 회사는 공룡이다. 공룡은 큰 동물은 잡아먹으나 작고 날쌘 다람쥐는 잡지 못한다. 다람쥐의 특징은 뭘까? 다람쥐의 생존 법칙은? 빠르다. 적은 양을 먹는다. 공룡과는 다른 환경에 산다. 공룡과 다른 환경?…. 유레카! 혜린은 인터폰을 누르고 기획과장을 불렀다. 여성 의류업계의 가격별 수요 현황과 패션별 수요 현황, 가격별 공급 현황과 패션별 공급 현황을 뽑아서 보고하라고 지시했다.

사흘 만에 과장이 보고를 했다. 그래프는 호리병 모양이었다. 상위에는 적은 수요와 하위에는 큰 수요를 나타냈는데 그것을 연결하는 목 부위가 있었다. 그런데 공급자 현황을 보면 대부분의 메이커는 상위나 하위에 분포했다. H사는 중하급의 대중 수요 메이커였고 천사의날개사도 대중품 메이커였기 때문에 H사의 태풍에 휩쓸린 것이다. 혜린은 호리병의 목 부분 수요에 답이 있다고 생각했다. 그 수요의 내용은 유명 브랜드의 가격은 부담되고 대중 메이커의 패션에는 식상한 소비자 그룹이었다. 그렇게 보면 중상급 수요는 공급자의 능력에 따라 늘어날 가능성도 컸다. 그리고 그 수요층을 세분하면 단순히 고급 브랜드를 따르는 소비층과 개성 있게 패션을 선택하는 까다로운 소비층이 있었다. 혜린은 모험을 결심했다. 어차피 앞으로 대중성 있는 중하급 의류는 대기업의 양산 제품에 밀리게 되어 있기 때문에 회사의 방향을 중상급 패션의 틈새시장으로 바꾸기로 했다. 그러기 위해서는 회사의 구조나 체질에서 엄청난 변화가 필요했다. 제일의 문제는 디자인실의 대폭 개편이었다. 환골탈태가 필요했다. 지금까지는 디자인실이 혜린의 입김에 따라 움직였으나 그런 정도로는 파도를 헤쳐나가지 못하므로 지명도가 높은 디자이너를 물색했는데 15년간 프리미엄 여성 의류업체의 디자이너 경력을 가진 Mrs. 브라운을 전무 대우로 영입했다. 또 한편으로는 품질관리부를 강화했는데 고급 의류업체에서 품질관리 경력 6년의 Mr. 사카모토를 부장으로 받아들였다. 영업부도 그에 발맞춰 목표 의식을 새로이 가졌다. 영업부 내에 홍보과를 신설하여 새로운 시장에 대비하여 제품 P.R.에 전력을 다하고자 했다.

사카모토 부장은 새로 조직된 품질관리 요원들의 교육부터 시켰다. 그리고 지금까지의 제품보다 프리미엄 제품에 맞는 품질 향상의 기준을 설정하고 천사의날개 표의 신뢰를 업그레이드할 목표를 세웠다.

브라운 전무은 프리미엄 업체 출신의 디자이너 두 명을 스카웃했다.

영업직에 보충된 인원은 누적된 재고 판매부터 시작하였다. 철 지난 옷들은 가을부채다. 의류의 시장가치는 1년에 반값으로 떨어진다. 3년 지나면 원단 값이다. 연 24%의 재고 관리 비용도 감안해야 했다. 혜린은 재고를 과감하게 판매했다. 사내 직원들에게는 한 벌 값으로 세 벌을 살 수 있게 특별 할인을 해서 팔았다. 정비과는 생산이 줄어 놀게 된 시설에 대해 일제 정비에 들어갔다.

이러한 노력으로 품질관리 지수도 올랐고 노동 생산성도 올랐다. 그러나 재무 지수는 적자 상태를 벗어나기 위해서는 시간이 필요했다. 그 시간은 새로운 디자인 개발과 시장 확보, 신규 시장인 중상류층의 판로 개척과 그에 따른 적정 규모의 수요 → 수주 → 생산으로의 채널이 구축될 동안이었다. 그때까지는 긴축과 과감한 인건비 지출 절약이 병행돼야 했는데, 임금 동결과 작업시간 단축 등 전사원의 구사심과 노력과 집중이 바탕이 되어야 했다.

충격은 거래선뿐만 아니라 경쟁사들도 마찬가지였다. 은행 대출로 운영해오던 경쟁사들은 부도가 나기 시작했는데 그 영향은 도미노 현상으로 원단 업체까지 미쳤다. 천사의날개사는 오디세이의 항해처럼 아슬아슬하게 위기를 벗어나고 있었다.

회사를 조직부터 개선해 새로운 목표를 향한 지 7개월, 봄맞이에 임해 작년 여름부터 잃었던 매출의 반을 회복하였다. 손실도 회복되고 있었고 회사도 안정되어 갔다. 중상품 시장개척에 심혈을 기울기가 손쉽지 않았지만 희망적인 것은 사용자들의 만족도가 높다는 것이었다.

그동안 상배의 전화가 왔다. 현업 문제를 알려주고 회사가 회복되는 대로 가겠다고 했다. 수화기를 놓자 잊었던 상배가 갑자기 보고 싶어졌다. 업무에 빠져 있느라 잊었던 서울에서의 일들이 재현되면서 그리움을 충동질했다.

혜린은 커피를 마시며 상배를 생각했다. 지금까지 없었던 새로운 파도가 혜린의 마음속에 일었다. 상배는 지금도 많은 여자들과 상대하고 있겠지. 자신도 반할 정도의 상배를 남자에 목말라

몰려드는 여자들이 가만두지 않겠지. 그래서는 안 된다는 생각이 문득 들었다. 그것은 질투였다. 그것은 내가 상배를 사랑한다는 마음이 생기자마자 생긴 그림자였다. 내가 사랑하는 상배를 다른 여자들과 공유한다는 것이 끔찍하게 느껴졌다. 상배는 나만을 생각해야 돼. 상배의 몸은 나만이 소유해야 돼. 상배를 대여품과 같이 여기저기 빌려줄 수는 없어. 그런데 나한테 그런 권리가 있을까? 나하고 상배의 관계가 무엇인데 그럴 수 있다는 말인가? 냉정하게 생각하면 상배는 나에게 제비 이상도 아니고 이하도 아니었다. 상배의 입장에서 보면 많은 고객 중의 하나일 뿐이다. 그렇게 생각하니 상배를 독점한다는 것은 불가능이었다. 상배를 독점하는 방법이 없을까? 돈? 돈으로 상배의 정조를 사 버려? 마치 일본 사람들이 한국에 현지처를 만들 듯이. 그건 말도 안 돼. 그러면 결혼? 젊은 총각을 아이 있는 이혼녀가 결혼을 해? 상배는 꿈에도 생각지 않을 텐데. 그러면 뜨거운 사랑만 할까? 상배가 현실을 떠난 사랑의 열정에 빠진다면, 다른 여자들에게서 마음이 돌아와 독점할 수 있을까? 몇 달을 기다려 미국서 오는 나를 위해 순결을 지켜 줄까? 그것은 소설이나 영화에서 있을 수 있는 일이야. 그러면 어떻게 해야 되나? 지금 이대로? 상배는 상배대로 내버려 두고 나 혼자 상배를 만날 수 있을 때만 만나? 질투를 내 마음속에서 다스려 가면서? 아, 왜 이렇게 답답하지? 차라리 상배를 만나지 않았을 때가 더 행복하지 않았을까? 그 애를 만나지 않았을 때가 더 자유롭고 편하지 않았을까? 상배를 잊을까? 잊어버리고 옛날로 돌아갈까? 그러기는 싫다. 괴롭다. 괴롭다. 현상배. 현. 상. 배. 아, 보고 싶다. 보고 싶다. 보고 싶…다.

혜린은 LA에서 그해 여름을 보냈다. 그녀는 땀을 흘리며 회사일에 파묻혔다. 회사의 실적은 예상했던 대로 나타났다. 한편으로는 어려운 고비를 넘김으로써 경쟁사들이 도태되거나 약화되었기 때문에 유리한 조건에서 시장을 확보할 수 있었고 또 한 편으로는 틈새 시장에 그 근거를 확보한 것이다. 브라운 전무의 능력은 대단했다. 그녀의 머릿속에는 이 세상의 패션 정보가 모두 메모리되어 있는 것같이 향후의 방향에 대한 특별한 예측력을 갖고 있었다. 그 흐름에 맞춘 그녀만의 패션 디자인을 고안했다. 그녀는 프리미엄사에 근무했으므로 그보다 반 단계 낮은 천사의 날개사의 중상급 제품을 디자인하는 데는 유리한 점이 많았다. 프리미엄사의 새 제품을 디자인하는 것은 창작의 영역이었지만 중상품의 새 제품은 프리미엄사의 제품을 응용할 수 있기 때문이었다.

12

여름 한 철을 업무에 빠져 정신없이 보내고 가을바람이 불어오는 9월 중순, 상배가 있는 곳을 향해 비행기는 날아가고 있었다. 공항 출구에서 상배를 찾았다. 상배는 키가 커서 멀리서도 쉽게 찾을 수도 있었는데 키만 큰 게 아니라 혜린의 눈에는 후광이 비치는 얼굴이었다. 카트를 밀어 놓고 상배에게 달려가 몸을 던졌다. 걸어가며 혜린이 한 팔을 상배의 허리에 둘렀고 상배는 한 손으로는 카트를 밀고 한 손으로는 혜린의 어깨를 싸안았다. 주차장으로 가서 상배 차에 앉자마자 키스를 했다. 혜린은 평소에 하지 않던 수다를 쏟아냈다. 청담동 집에서 짐을 내리고 상배는 오늘 일터에 가보아야 한다고 해서 내일 만날 약속을 하고 헤어졌다. 기다리던 만남이 혼자 있게 되자 이제야 영선에게 연락을 하고 저녁을 같이했다. 오랜만의 만남이어서 영선은 반가워했지만, 혜린은 영선의 말은 듣지도 않고 상배 생각에 빠져 손 거스러미를 떼거나 스웨터에 붙은 보푸라기를 뜯으며 해찰을 부렸다.

"야, 이 기집애야. 너 누구 생각하니? 또 그 제비 생각하는 거야?"

"얘는 내가 무슨 애들인가? 오빠가 아프다고 해서 내일 가보려고."

"어디가 편찮으신데?"

"암인지 모르겠대."

멀쩡한 오빠가 순식간에 암 환자가 돼 버렸다. 이것도 한순간이겠지. 혜린은 비행기에서 잠을 못 자 피곤하다며 일찍 헤어져서 집으로 왔다.

더블베드에 혼자서 누워 잠을 청했으나 시차 때문인지, 같은 서울 하늘 아래 상배가 있기 때문인지 잠이 오질 않았다. 눈을 멀뚱히 뜨고 어둠 속의 천장을 쳐다보았다. 회사 걱정을 했으나 안정되는 듯해서 다행이다 싶었다.

딸 지은이를 생각해 보았다. 이제 9학년. 2년간 미국 생활에 그런대로 적응하는 것 같아 다행이라고 생각했는데 하이스쿨과 대학을 생각하니 갈 길이 천 리나 남았는데 다른 교민들의 고민 같이 미국이란 환경에 어떻게 적응하고 어떤 직업을 갖고 어떤 사람을 만나 결혼할까란 숙제가 구만리나 남아 있었다. 혜린은 유일한 혈육인 지은에게는 최선을 다해야 한다고 생각했다.

윤 선생은 이제 혜린에게 애인도 아닌 친구이자 인생 선배였지만 그의 건강이 걱정이었다. 중요한 건 본인의 의지였으나 그것은 건강과 무관한 듯 보였다. 윤 선생을 생각하면 그의 건강이 생각나고 그의 건강을 생각하면 암울하기만 했다. 윤 선생에게서 도움을 받은 만큼 도와줄 생각을 했으나 본인의 약한 의지 앞에 어떻게 해야 할지 방향을 잃었다.

마지막으로 상배가 나타났다. 상배는 나에게 무엇인가? 나의 미래에 상배는 무엇인가? 상배는 나 외에도 수많은 여자들과 만날 것이다. 만날 뿐만 아니라 시끄러운 음악 속에서 서로 껴안고 춤을 출 것이다. 나에게 상배는 제비인가, 동생인가, 친구인가, 정부인가, 애인인가, 앞으로 인생을 같이 걸어갈 동반자인가? 아무것도 정답이 아닌 것 같았다. 애인이기에는 기울어진 불균형이 눈에 띄었다. 나이 차이. 이 아이랑 결혼한다면? 하객들을 부르지 않고 둘만의 결혼식을 한다면? 내가 갱년기에 들면 그는 겨우 불혹의 중년이네. 혼자서 고개를 설레설레 흔들었다. 미래의 참담한 절망에도 불구하고 현재는 불붙은 상태다.

상배는 나를 사랑할까? 가장 어려운 질문인 것 같았다. 상배가 사랑한다는 말은 했다. 사랑한다는 말은 따지고 보면 의례적인 상투어가 대부분이다. 정말로 사랑하면 사랑한다는 말이 필요할까? 내가 상배에게 사랑한다는 말을 할 때는 진심이었다. 지금도 사랑한다. 그런데 남자들의 사랑한다는 말을, 여자들은 가장 듣고 싶으면서도 들을수록 의심을 한다. 정말 사랑하는 것일까? 내가 그를 사랑하는 데는 이유가 있다. 키 큰 외모와 수려한 용모, 춤 솜씨보다는 끊임없는 젊은 에너지. 여자에게, 허기진 여자에게 종마 같은 스태미나로 포만의 행복을 가져다주는 능력. 그런데 상배가 나를 사랑할 수 있는 이유는 별로 없다. 늙은 여자를 좋아하는 젊은 남자는 없다. 내가 자기와 속궁합을 맞추는 옹녀라서? 아니면 사용료를 충실히 지불하는 봉 아줌마라서? 아무래도 사랑한다는 판단을 할 수 없었다. 아, 괴롭다. 그래서 사랑은 괴롭다는 것일까? 한쪽은 사랑하고 다른 한쪽은 싫어하고. 젠장맞을, 쓸데없는 생각을 하고 있네. 만나면 만나는 거고, 엔조이 하면 엔조이 하는 거고, 헤어지자면 헤어지는 거고. 아니, 헤어지다니, 안돼, 사랑하지 않더라도 헤어질 수는 없어. 생각을 지우자. 내일 만날 것만 생각하자. 생각은 꼬리를 물고 이어졌다. 잠이 들었다. 무슨 꿈을 꾸었는지 생각은 나지 않았으나 상배가 손을 흔들던 슬픈 장면과 눈가에 눈물만 남아 있었다.

혜린의 마음속에 사랑이 싹트고 있었다. 그 사랑은 첫사랑이었다. 배명세에게 첫 키스도 정조도 잃었지만 그것은 사랑이 아니었다. 그것은 강간이었다. 혜린의 기억 속엔 악몽만 있었다. 7년간의 결혼 생활에서도 사랑은 없었다. 사랑이 없다 보니 섹스의 절정도 카타르시스도 없었다. 그와의 결혼 생활은 기계적인 것이었다. 예상치 못했던 임신과 속성으로 치러낸 결혼과 출산과 육아 속에 사랑의 달콤함은 증발되었다. 그러한 과정이 비록 정상적이라 할지라도 배명세와의 결혼 생활은 사랑이 없는 부부생활이었다. 배명세의 돈벌이와 혜린의 관습적인 육아와 살림살이는 영혼 없는 부부생활이었다. 끝이 보이지 않는 사막이었다. 그러던 중 만난 윤승현은 한순간 사랑의 목마름을 해소할 연인으로 나타났으나 그의 병약한 육체와 결벽증은 혜린의 갈증을 가시게 해주지 못했다. 손도 잡지 못하는 사랑은 허구이며 위선이었다. 혜린은 지지리도 남편 인연이 없는 여자였다. 그렇다고 그녀의 사랑을 갈구하는 여성성은 분출하지 못할 뿐 잠재되어 있었다. 상배는 목마른 혜린에게 나타난 샘물이었다. 카바레의 불빛과 소음 속에서의 상배의 첫 모습은 혜린이 목말라하던 오아시스였다. 한 번 보고 두 번 보는 사이에 혜린은 오아시스에 급속히 빠져들었다. 혜린이 중학교 때부터 그려온 제롬이었고 대학 시절 읽었던 채털리 부인의 연인이기도 했다. 혜린에게는 그 남자만이 그녀를 살릴 수 있고 그 남자 때문에 그녀가 죽을 수 있는 바로 그 남자였다. 정녕 사랑이었다. 혜린은 사랑했다. 의심도 주저도 타산도 없이 사랑했다. 정확히는 사랑한 것이 아니라 사랑하게 되었다. 본인의 의지에 의해서가 아니라 알 수 없는 감정에 의해서였다. 30대에 들어선 아이가 있는 이혼녀였지만 혜린에겐 첫사랑이었다. 육체는 때 묻고 시들었지만 영혼은 순결한 처녀였다. 혜린은 그것만이 사랑이라고 생각했다. 그를 사랑할 때에는 그녀의 과거도 미래도 생각나지 않았다. 오직 그와 함께하는 현재만이 있었다. 형식도 꾸밈도 없었다. 내용만이 있었다.

다음날 열 시쯤 상배가 데리러 왔다. 상배의 차는 주차를 시켜놓고 혜린의 새 차로 바꿔 탔다. 때는 늦여름과 초가을의 어름쯤이었다. 여름의 열기는 긴 자락을 끌고, 가을은 푸른 하늘빛으로 얼굴을 내밀고 있었다. 가을바람을 가르며 혜린의 그랜저는 강변을 달렸다. 언제나 보아도 좋은 양평 가는 길. 더구나 혜린은 옆에 왕자님을 태우고 가속 페달을 밟고 있는 중이었다. 왕자님은 두물머리로 가기 전 양수교 삼거리에서 북한강 쪽으로 방향을 지시한다. 삼거리에서 차들이 신호등에 걸려 줄을 서 있었다. 신호등의 에메랄드 불빛을 기다리며 바깥을 내다보았다. 양수교 건넛마을을 양수리(兩水里)라 했고 북한강과 남한강의 아우라지에 돌출한 땅끝을 두물머리라고 하였다. 물의 흐름이 만든 경치는 자연이 이룬 경이 중의 하나였다. 유속이 느린 얕은 강바닥을 따라서 늘어선 갈대밭, 물인 듯 뭍인 듯 경계를 가린 아름다운 강변의 곡선, 유유히 흐르는 두 줄기의 강이 두물머리 끝에서 합수되는 것이 우연이 만든 것이기에는 너무나 신묘했다. 두 줄기의 강은 아무런 저항도 표정도 없이 운명처럼 만나서 한 몸이 되어 흘렀다. 그것은 조물주의 혼신의 작용인 듯했다.

신호등의 불빛이 바뀌고 북한강을 오른쪽으로 바라보며 옛 영화촬영소 쪽으로 올라갔다. 10분이나 달렸을까, 상배가 경치가 너무 아름답다고 하며 도로 옆 빈터에 차를 세우게 한다. 겨우 차 한 대만 주차할 수 있는 공간이었다. 차에서 내려서 보니 유유히 흐르는 북한강과 강을 따라 길게 누운 건너 쪽 산의 경치가 어우러져 한 폭의 수채화를 그렸다. 상배가 경치 보기 더 좋은 곳으로 가자고 하며 혜린의 손을 잡고 2차선 차도를 가로질러 옹벽을 타고 올라 언덕 위로 올라갔다. 올라서니 자드락에는 꽤 넓은 풀밭이 눈앞에 펼쳐졌다. 옹벽 아래를 달리는 차들은 빠른 속도로 소음만 남기고 지나갔고 옹벽을 경계로 위아래가 단층으로 나누어지듯 딴 세상이었다. 시야에는 산과 강 그리고 하늘뿐이었다. 하늘은 스카이블루로 푸르렀고 강은 엷은 남빛으로 푸르렀고 산은 갈맷빛으로 푸르렀다. 차도를 사이에 두고 강의 반대인 그들이 서 있는 쪽은 차츰 경사가 져서 비탈을 타고 오르다가 점점 급경사를 이루고 멀찌감치 산마루가 병풍처럼 펼쳐져 있었다. 산자락은 온통 초록으로 가득 넘쳤는데 풀도 나무도 늦여름의 더위 속에 마지막 안간힘을 쓰고 있었다. 그 자리는 하늘 아래 누구에게도 알려지지 않은 개방된 밀실이었다. 비밀의 장원이었다.

상배가 재킷을 벗어 풀밭 위에 깔았다. 혜린과 상배는 말없이 나란히 앉아 강을 쳐다보았다. 상배는 혜린의 어깨를 껴안아 키스를 했다. 키스를 나누다가 상배는 유리잔 다루듯이 조심스럽게 혜린의 블라우스 단추를 하나씩 풀었다. 대낮의 열린 공간에서 혜린은 부끄러움으로 상배의 어깨에 얼굴을 묻은 채 가슴을 열어주었다. 9월의 뜨거운 햇빛 아래 수밀도는 과즙으로 한껏 팽만하여 우윳빛으로 빛났다. 상배는 목마른 아이 같이 수밀도를 찾았다. 상배는 갈증을 풀다 말고 주위를 두리번거리더니 혜린에게 말했다.

"누나, 우리 여기서 발가벗을까? 아무도 없는데. 우리 둘 발가벗고 자연으로 돌아가자."

하며 혜린의 대답도 기다리지 않고 옷을 훌훌 벗었다. 티셔츠와 진 바지를 벗고 망설임도 없이 속내의도 벗어 던졌다. 그리고 아틀라스와 같이 양다리로 대지를 짚고 두 손으로 하늘을 떠받치듯 사지를 활짝 폈다.

"야아, 나는 자유인이다아—."

상배의 외침은 오후의 나른함을 깨뜨리고 뻗어 나갔다. 햇빛 속에 그는 건강한 남성성을 자랑하는 우윳빛 피부, 군살 없는 근육의 굴곡을 남김없이 드러내었다. 젊은 남자의 나신은 미켈란젤로의 다비드 조상처럼 바람 속에 우뚝 섰다. 그의 심벌은 내리쬐는 햇발을 받으며 돌올(突兀)히 생동하는 모습을 거침없이 드러냈다.

"누나도 다 벗어버려. 우리를 구속하는 것을 벗어 봐. 자유야, 자유!"

상배의 말에 그녀 속에서 감춰져 있던 본심이 공명했다. 단단한 지각을 뚫고 용암이 터져 나오듯 그녀의 본심이 뛰쳐나왔다. 수천 년 동안 수치심이란 변명 아래 체면과 위선으로 포장된 거짓으로부터의 탈출이었다. 수많은 사람들을 인류의 역사와 함께 옥죄어 온 가면을 벗어 던지는 용기였다. 본태로의 귀향이었다. 혜린은 눈앞에 전개되는 것이, 상배의 나신이 태초의 모습 그대로 보였다. 주위의 모든 것이, 풀도 나무도 바위도 강도 모두가 본래의 모습, 벗은 그대로였다.

육체가 옷을 벗으니 영혼도 따라서 벌거숭이가 되었다. naked body, naked soul. 벌거숭이는 때 묻지 않은 본능이었다. 그들은 늦여름의 햇빛과 초가을의 강바람을 받으며 낙원에 있을 때의 아담과 이브가 되었다. 그곳은 지상의 하나뿐인 에덴의 동산이었다. 오직 그들의 불타는 욕망만이 자유로웠다.

그들은 알몸으로 두 손을 잡고 풀숲을 헤쳐나갔다. 산비탈은 손닿지 않은 초원같이 무성한 푸새 밭이었다. 강아지풀, 명아주, 억새, 바랭이, 띠, 수크령이 키 자랑을 하고 있었고 개망초의 군집도 밤하늘의 은하수같이 하얀 꽃을 흐드러지게 흩뿌리고 있었다. 코스모스와 구절초는 앞다투어 가을 소식을 전하느라 바쁘게 바람에 흔들리고 있었다. 밤나무, 소나무, 아까시나무, 떡갈나무가 풀들이 자라는 자리를 피해 드문드문 눈에 띄었다. 그들은 자연 속으로 돌진했다. 허리만큼 자란 풀들이 보리밭 같았다. 그들은 두 마리 야생마같이 푸새를 헤치고 달렸다. 얼마나 달렸는지 혜린은 숨이 차 풀숲에 넘어졌다. 상배도 힘든 듯 헐떡이며 혜린 옆에 누웠다.

두 사람은 손으로 빗물같이 흐르는 서로의 땀을 닦아 주었다.

이 세상의 가장 귀한 생명을 다루듯이 그들은 서로의 육체를 아끼며 접촉했다. 그들의 가쁜 호흡이 가라앉기가 무섭게 또 다른 자극으로 숨소리는 다시 가빠지기 시작했다. 감미로운 접촉은 곤두선 촉각에 관능의 불꽃을 지폈다. 불꽃은 수치심과 부자유의 멍에를 벗어버리고 뜨거운 혓바닥으로 온몸을 휘감아 핥아대며 솟구쳐 올랐다. 그들은 두 마리 들짐승이었고 발정 난 암컷과 수컷이었다. 두 마리 짐승은 말도 버린 채 본능대로 교미하고 야성으로 포효했다. 그것은 자연의 행위였고 생명의 외침이었다. 힘찬 동작은 진동이 되어 지표를 흔들고 풀들을 공진(共振)시키며 산마루를 향해 뻗어갔다. 생명의 외침은 파동이 되어 대기를 흔들고 산등성이에서 메아리쳤다. 사랑하는 두 연인은 자연의 법칙대로 그들의 사랑을 신고했다. 그들은 자연에 스며들었고 자연은 그들을 품어주었다. 산야의 생명체들은 부활하듯이 그들의 존재감을 드러냈다. 잡초들은 바람결에 군무를 추었고 나뭇잎들은 부는 바람에 떨고 반짝였다. 어디선가 매미 소리도 풀벌레 소리도, 이름 모를 산새 소리도 들려왔다. 건들마는 청량감으로 그들의 땀을 닦아주었고 가을 햇빛은 포근함으로 그들을 감싸주었다. 산등성이가 한발 다가와 그들이 자연이 되었음을 승인하자 낙원에 가득한 생명들은 부활한 아담과 이브를 찬양했다. 용액이 삼투작용으로 분리되듯이 그들은 낡은 껍질을 벗어 버리고 맑은 영혼과 원초적 육체는 서서히 대지에 침투되었다.

그녀는 자신의 관능적 자아, 부끄럼 없이 벌거벗은 자아가 되어 있었다. 그녀는 자유에 환호했다. 그녀는 30년을 눌려온 여자의 사슬을 벗어던졌다. 그리고 진정한 여자를 찾았다. 그것은 바로 생명이었다. 이것이 바로 자신의 진정한 생명의 증거이고 존재의 이유였다. 그들을 품어준 자연도 이미 그들의 전체였고 그들은 한 부분이었다.

절정을 나눈 두 육체는 나뭇잎으로도 가리지 않은 몸으로 풀밭에 나란히 누웠다. 햇빛이 따가웠다. 살랑이는 바람이 그 따가움을 쓸어냈다. 그들은 아담과 이브의 자유를 느꼈다. 자유를 구속하는 부끄러움을 던져버렸다. 예절도 체면도 던져버렸다. 대자연 속에서 사랑하는 사람 사이에 수치심은, 예절은, 체면은 자유를 구속할 이유가 될 수 없었다. 자유의 소인(素因)은 '본래 있는 그대로의 벌거숭이' 모습이었기 때문이다.

돌아오는 차 속에서 혜린은 상배에게 핸들을 맡기고 조수석에 묻혔다.

"누나, 피곤한가 봐요."

"아니. 꿈꾸고 있어."

"무슨 꿈요?"

"상배와 에덴의 동산에서 사는 꿈."

잠시 침묵이 흘렀다. 그 침묵 속에 혜린은 행복의 구름 위에 두둥실 떠 있었다.

"누나, 우리 에덴의 동산까지 갔으니까 이제 헤어지는 게 어때요?"

혜린의 행복 구름은 산산조각이 나서 순식간에 사라지고 감고 있던 눈이 번쩍 뜨였다.

"뭐라고 했니?"

"헤어지자구요."

"무슨 말이야?"

"이제 헤어질 때가 된 것 같아요."

"왜? 내가 싫어졌어? 처음부터 싫었던 거야? 아니면 돈이 모자라? 아니면 애인이 생겼어?"

혜린의 입에서 속사포같이 말이 튀어나왔다.

"아니에요."

"그럼 뭔데? 뭔가 알아야 할 것 아니야."

상배는 흔들리지 않고 핸들을 잡고 있었다. 상배는 지금 헤어져야 한다고 생각했다. 전부터 누구에게나 카바레에서 만난 사람은 계속될 수 없고 지금까지 제비로서의 절제는 자신의 의지로서 가능하다고 자신해 왔는데 혜린 앞에서 흔들리는 자신을 보고 지금이 종결되어야 할 시점이라고 판단했던 것이다. 혜린에의 절교 선언은 자신에 대한 경고이기도 했다.

"나도 누나가 좋아요. 그렇지만 여기서 끝나는 게 좋을 것 같아요. 더 계속되면 두 사람 모두에게 불행이 와요."

"절대로 안 돼. 너는 내 꺼야."

"…."

"그렇지. 이렇게만 해주면 헤어져 줄게. 상배하고 똑같이 생긴 사람, 이름도 같고, 나이도 같고, 목소리도 같고, 주민등록증도 같은 사람 소개해주면 놓아주지."

"누나, 좀 웃기지 마세요. 후훗."

상배는 연상의 여자의 처절한 집착을, 애욕을, 안타까운 순정을 이해할 것 같았다. 그리고 혜린의 눈물겨운 절규가 애처롭기까지 했다. 어제 공항에서의 혜린과의 만남에서 그전의 만남하고는 다름을 느꼈다. 상봉의 포옹이 가슴 뭉클한 포옹이었는데 카트를 밀쳐놓고 반쯤 뛰어와서 몸을 던지고 껴안은 그녀의 포옹이 다시는 놓치지 않으려는 집념으로 느껴졌다. 그것은 그냥 생긴 힘이 아니었다. 몇 날밤을 잠을 이루지 못하고 그리워하던 여자의 벅찬 해후였다. 다시는 놓치지 않겠다는 간절함이기도 했다. 혜린이 상배를 진심으로 사랑한다는 생각이 들었다. 그런 애정의 증거가 없을 때에는 돈만이 목적이었는데 또 다른 마음의 움직임이 부담이 되었다. 사랑이 개입되었을 때에는 발을 빼야 한다고 생각하고 있었다. 이루어질 수 없는 사랑은, 뻔한 결말이 보이는데, 상처만 더 키울 사랑은 상배의 인생에 도움이 되지 않을 것이다. 서로에게도 마찬가지일 것이다. 그럼에도 불구하고 그녀의 안타까움이 그의 안타까움이 되고 있었다. 자신에게 무작정 빠져드는 30대의 이혼녀가, 그 순수함으로, 부끄럽게 내미는 얼굴이, 홍조 띈 얼굴에 담긴 어설픈 미소가 애처로웠다. 이것이 사랑이라면, 상배의 마음속에도 지금까지 굳세게 부정하고 고개를 흔들었지만 그녀가 고객이 아니라 사랑으로서 다가오고 있음을 부정할 수 없다면, 상배는 더 이상 그녀를 속여서는 안 된다는 생각이 들었다. 자신이 나쁜 사람이지만 그녀가 그렇게 진심으로 자신을 사랑하고 자신도 그녀를 사랑하게 된다면 더 이상 그녀에게 위선을 해서는 안 된다고 생각했다. 그것은 상배가 지금, 이때까지가 아닌 바로 지금, 그녀의 무작정 사랑이 깨우친 그의 마음 깊숙이 숨어 있었던 순정 때문이었다. 그 순정은 우려먹기 딱 알맞은 이혼녀의 외로움을 이용한 갈취 욕구를 부숴버리는 용기였다. 한순간 느꼈던 진실한 사랑이 늑대의 탈을 벗어 던지게 한 것이다. 순정에 의해 번개처럼 나타난 양심이 할 수 있는 마지막 말은 이별이었다. 사랑하니까 헤어져야 된다는 어느 배우의 변명이 상배의 마음에 공명하였다. 차라리 그녀가 섹스만을 목적으로 달려든다면 그 대가로 돈을 받으면서 얼마든지 상대해 줄 수가 있었다. 그 돈의 액수가 얼마가 되든지 개의치 않고 상배의 호주머니에 죄의식 없이 넣을 수 있었다. 그것은 부담 없는 행위였다. 당당한 거래였다. 그랬어야 했다. 그러나 생각을 떠나 현실은 달랐다. 그녀가 자신을 사랑하고 자신도 사랑하고 있음을 확인한 지금, 자신을 믿고 사랑하는 중년 이혼녀의 간절한 구애를 내던져버리기에는 견뎌낼 힘이 없었다.

"누나, 취소할게요. 아니요, 나하고 똑같이 생긴 애를 소개해 줄게요."

하면서 엄지로 자기 얼굴을 가리킨다.

"여기요."

"얘야, 네 이름도 상배니?"

혜린은 흐를 듯한 눈물을 참고 상배의 위트에 일그러진 유머로 답했다. 이것이 비련의 시작인가. 고통의 1차 관문인가. 그러나 우선은 장애물을 하나 건너뛴 것이 다행스러웠다. 상배가 왜 그런 말을 했는가는 다음에 생각키로 하자. 오늘은 하늘 아래 우리의 사랑을 공개했고 햇빛과 바람과 자연에 신고하였으며 원초적 교미를 본능 따라 하고 자유를 얻은 날이니까. 그 행복 속에 가만히 머무르고 싶었다. 내가 그의 노예인지, 그가 나의 노예인지, 자유를 얻었는지, 구속을 얻었는지, 사랑인지, 허상인지, 아무것도 생각하지 않기로 했다.

꿈같은 정사에 정신없이 시간 가는 줄 모르고 있다가 이별의 고비에서 아슬아슬하게 줄을 놓치지 않고 보니 어느새 해는 중천을 지나고 있었다. 자신의 허기보다는 상배의 허기가 퍼뜩 떠올라 오는 길에 매운탕 집에 들어가자고 했다. 들어간 곳은 오래된 매운탕 동네 중에 있었다. 새 길이 나기 전에는 길 건너편 강가에 있었는데 거기로 새 도로가 지나가기 때문에 길 반대편으로 옮겨 줄지어 매운탕 집이 있었다. 가정집에 차린 음식점에 들어서서 마당에 있는 평상 위에 자리를 잡고 메기 매운탕을 시켰다. 먹을 때는 싱싱한 생선인지 형태가 뭉그러지지 않고 보글보글 끓고 있었다. 민물 매운탕은 국물 맛으로 먹지만, 혜린은 상배가 맛있게 먹는 모습을 쳐다보다가 숟가락에 밥을 뜨고 젓가락으로 생선 살을 밥 위에 올려 상배보고 '아—' 하며 입속에 넣어 주었다.

"누나, 왜 이래요. 누나나 맛있게 먹어요. 정말 맛있어요."

"나는 상배가 맛있게 먹는 걸 보는 게 더 좋아."

상배는 문득 옛날 생각을 떠올렸다. 옛날 속초에서 엄마가 어린 상배에게 물에 만 밥을 떠서 그 위에 생선 살을 얹어 먹이던 기억이 났다. 상배는 혜린의 얼굴을 보았다. 혜린의 얼굴에서 엄마의 얼굴을 보았다. 따뜻한 미소. 그 속에는 나는 배고프지 않아. 너만 맛있게 먹으면 엄마는 배불러, 하는 표정이었다. 그것은 모정이었다. 아무런 사심 없는 순수한 사랑이었다. 모정. 희생의 사랑. 주기만 하는, 불가역의 사랑. 그것은 이 세상에서 가장 귀하고 가장 아름다운 것이었다.

상배는 밥을 먹으면서도 생각 속에 빠져들었다. 혜린, 당신은 도대체 누구입니까? 언덕 위에서의 자유를 향유하며 태초의 본능으로 몸부림치던 여자. 이제는 헤어지자는 말에 불같이 저항하던 여자. 밥을 떠 먹여주며 모성으로 감싸주는 여자. 당신은 누구입니까? 도대체 당신은 누구이길래 그런 재주로 나를 혼란스럽게 하나요? 당신의 정체는 무엇입니까? 백 년 묵은 여우입니까, 신입니까? 아— 당신은 계집아이에서 여신까지 변신하는 마법사군요. 산들바람에서 태풍으로 변하는 바람이군요. 나에게도 사랑을 가르쳐 주세요.

"상배야, 넌 밥을 먹으면서 무슨 생각을 그렇게 하니?"

상배는 그 말에 깜짝 놀라 공상에서 깨어났다.

"너 혹시 달아날 궁리한 것 아냐?"

"하하하, 누나 심술에 못 살겠어요. 그래도 무언 중에 누나의 가르침을 받고 고마워하고 있었는데."

상배는 혜린과 헤어지고는 일터로 향했다. 그날따라 상배는 바빴는데 세 번씩이나 아줌마를 상대해야 했다. 그러면서도 생각은 딴 곳에 있었다. 혜린 생각이었다. 그녀의 생각이 떠나질 않았다. 상배는 요즈음 혜린과의 만남에서 이루어진 정사들을 생각하니 꿈같았다. 천마산스키장 입구 모텔에서의 첫 정사, 먹는 것도 자는 것도 잊은 채 24시간을 불태웠던 청담동 빌라의 정사. 오늘 있었던 아담과 이브의 자유 쟁취와 원초적 짝짓기. 가을 경치를 감상하러 올라갔던 언덕이 에덴의 동산이 될 줄이야. 옷을 벗어 던진 남자가 나라니, 같이 옷을 벗었던 여자가 혜린 누나라니. 아무리 맑은 정신으로 기억을 되풀이해도 사실이었다. 오늘은 혜린 누나에게 헤어지자는 말을 하고 끝내려고 했는데 도로 거두어들여야 했다. 그것은 혜린 탓이 아니라 자신 때문이었다. 혜린이 자신의 말을 받아들일까 두려워했는지 모른다. 혜린 누나를 놓치고 싶지 않다. 그것은 마음속 깊은 곳에서 우러나오는 순정의 속삭임이었다. 나이 같은 것, 현실적인 문제, 결혼, 그런 것은 생각할 필요도 없다. 그런데 이것이 사랑일까? 카바레에 발을 들일 때부터의 의지였던 거래 외에는 정을 주지 않는다는 행동은 지금까지 지켜져 왔다. 혜린 누나를 만나고 언제쯤인가도 모르게 상배의 마음속에 그녀가 들어와 있었다. 다른 여자들과는 달리 첫인상, 자신의 신분을 내놓는 믿음, 정이 담긴 눈빛, 따뜻한 손길, 누이 같은 친근함, 아니 그런 것 외에 알 수 없는, 가물가물 기억 속에 찾아낼 수 없는 어떤 이끌림, 그것이 멀리서 살며시 다가왔다. 먼 불빛이 다가오듯이 조용히 혜린의 얼굴이 다가왔다. 그 얼굴은 고개를 흔들고 지우려 해도, 센 바람에도 꺼지지 않는, 바람이 세어질수록 더욱 세게 타오르는 지포라이터 불같이 지울 수 없었다. 지금까지 그 많은 여자들을 만났지만 혜린 누나 같이 눈앞에 없을 때도 생각나는 여자는 없었다. 카바레에 발을 들여놓을 때의 결심이 왜 흔들리는 것일까? 그녀의 미모 때문에? 그녀의 재력 때문에? 그녀와의 섹스의 쾌락 때문에? 아닌 것 같았다. 그녀의 무엇 때문일까?

무슨 생각을 하고 있는 거야. 너 자신을 다시 쳐다봐. 그건 아무런 의미도 없는 사랑이란 이름의 허깨비다. 재수 없게 빠져버린 여자란 요물의 유혹의 늪이다. 사랑이란 한순간의 착각이고 현실이란 엄연히 나의 생활을, 나의 인생을 지배하는 실제 상황이다. 사랑이란 것도 따져보면 섹스의 쾌감과 감정인데 감정은 휘발성 액체같이 한때가 지나면 사라지는 섹스의 그림자다. 사랑이란 가상의 대상이다. 사랑이란 허무한 것이고 돈은 영원하다. 내가 지금 그까짓 감상에 빠져 있을 수는 없지. 사랑이란 마음 약한 사람들의 나약한 허세이자 변명이지. 나에게는 부양해야 할 가족이 있다. 나이 많은 아버지가 우리 식구를 위해 뼈 빠지게 일하는 것을 보고 있지 않느냐. 그런 현실을 보지 못하고 사랑 타령에 빠진다는 것은 말도 안 되는 이기적 호사다. 더군다나 학교 다닐 때 부잣집 아들 등쳐먹던 것하고는 근본적으로 다르다. 그때가 범죄라면 지금은 노동을 파는 정당한 거래다. 더구나 그 여자에게는 적은 돈이라도 우리 가족에게는 피 같은 것이다. 그 여자에게는 그 돈이 아깝지 않지만 나에게는 생명만큼 중요하다. 그녀는 내 몸을 사려는 돈 많은 독신녀다. 나이 많은 여자의 돈과 젊은 남자의 육체는 교환 가치가 충분하다. 내 앞에는 평생에 두 번 만나기 어려운 기회일지도 모른다. 잘하면 진흙 바닥에서 벗어날 수도 있다. 절대로 그녀의 사랑의 유혹에 빠져들면 안 된다. 냉정하게 몸을 팔고 돈을 긁어내야 된다. 마음이 약해져서는 안 된다. 상배는 현실과 사랑의 갈림길 앞에서 고뇌했다.

그때 혜린의 얼굴 대신 정영희 선생님이 나타났다. 사춘기 시절 짝사랑을 못 잊어 선생님과의 첫날밤을 상상하며 용두질을 했던 밤들. 그리고 연이어 나타난 얼굴은 수인 누나였다. 그녀의 뜨거운 고백을 듣고 빼앗아버린 처녀성. 상배를 스쳐 간 여자들은 많았지만 지금까지 잊혀지지 않는 여자의 얼굴은 그 두 사람밖에 없었다. 상배는 그녀들을 사랑했던가. 사랑을 했던가. 사랑을 한 것 같았다. 혜린은 그 선상에 있었다. 다른 이름, 다른 사람들이었지만 같은 느낌을 갖고 있었다. 그들은 상배의 악마성도 포용해주고 상배가 힘들 때 쉴 자리도 만들어줄 여자였다. 상배는 세 여자의 공통점이 연상의 여자임을 문득 알았다. 연상의 여자? 나도 모르게 숱한 여자들을 보아왔지만 젊은 여자, 내 또래의 여자들에겐 관심이 없었다. 예쁘고 매력적인 아이돌에게조차도 관심이 가지 않았다. 상배는 그런 여자들의 은근한 애정 표현에도 무심하게 지낸 자신을 돌아보았다. 혜린. 그녀는 자신과의 이질점을 넘어 자신과 꼭 맞는 상대인 것을 알았다! 서로가 다르지만 만나서는 완전한 하나가 되는 여자. 나의 모자란 점을 채워줄 수 있고 나의 어두운 곳에 빛이 될 수 있는 여자, 목마를 때 한 사발 물을 줄 수 있는 여자. 어렴풋이 그녀의 아름다움의 정체를 알 수 있을 것 같았다. 더는 상배에게 여자가 필요 없을 것 같았다. 세상 어떤 사람이 뭐라고 해도 오직 그녀만이 평생을 찾아 헤맬 운명인 것 같았다. 서서히 혜린이 엄마의 모습을 닮아 갔다.

잠자리에 든 혜린은 오늘 하루의 일이 롤러코스터 타듯이 재생되었다. 대낮에 알몸으로 가릴 것 하나 없이, 풀숲에서 들짐승같이 달리고 소리치고 짝짓기를 했으니. 혜린은 웃음도 나왔고 수치심도 느꼈고 자신에게 어떻게 용기가 나와서 그런 야성의 행위를 했는지 이해할 수가 없었다. 기억 속의 그녀가 자신이었던가. 그녀가 정말로 최혜린이었던가. 수치스럽기도 자랑스럽기도 했다. 진정한 자유였던가, 단지 노출증이었던가, 변태였던가. 아니면 전위 예술가의 퍼포먼스였던가.

그런 끝에 상배의 이별 통보를 받았다. 겨우 수습했지만, 언제 재발할지도 모른다. 상배 씨, 앞으로는 그런 말 하지 마세요. 그런 말 다시 듣는 날, 그날부터 나에게는 삶의 빛이 사라지는 날이에요.

매운탕 집에서 밥 먹으며 상배를 바라보았을 때 상배가 더욱 어려 보였다. 혜린은 상배의 엄마가 되고 싶었다. 그의 투정을 달래주고 싶고 품에서 잠도 재워주고 싶었다. 밥이라도 먹여주고 싶어 한 숟갈 떠먹였다. 예쁜 아이, 내가 네 엄마 할까? 그러다가 잠이 들었다. 꿈속에서 예쁜 아이 상배가 자꾸 엄마 품을 뛰쳐나가려고 했다.

혜린은 LA로 돌아왔다. 혜린에게 LA는 현실의 전장이었고 서울은 꿈속의 관능 세계였다. 온탕 냉탕이었다. 서울의 온탕에 있다가 LA의 냉탕으로 돌아오면 정신이 번쩍 났다. 결재 서류의 하나하나에 수천 불에서 수십만 불의 돈이 왔다 갔다 했다.

전반적인 겨울 경기는 좋지 않았으나 천사의날개사의 매출은 완만한 회복세를 타고 있었다. 손익은 마이너스였고 부채는 디자인 부분의 투자로 늘어났으나 예상한 것이었다. 가장 희망적인 것은 비슷한 매출에도 기존의 중하품 의류와 신제품인 중상급 제품의 매출 비율이 8:2에서 6:4로 개선된 것이었다. 사내 원가 절감 운동을 시행했다. 사무용품 절감, 에너지 절감 같은 구태의연한 것이 아니라 디자인 개발로 재료비 절감을 한다든지, 결재 시스템 전산화로 인력 절감을 하는 등 혁신적이고 실질적인 절감 운동을 유도했다. 부도날 거래선은 거의 나버렸고 부도 위험과 유동성 위기는 넘겼으므로 해야 할 일은 꾸준하고 성실한 우보(牛步) 전진뿐이었다.

혼자 있으면 상배 생각이 났다. 일에 묻혀 서울에 갈 시간이 없었다. 간혹 전화 연락은 서로 하지만 얼굴을 못 보며 동절기를 보냈다.

• 3 •

폭풍의 계절

1

해가 바뀌었다. 상배는 어느 날 저녁 손님 중에 진 여사라는 손님을 만났다. 진 여사는 같이 온 일행에게 큰소리치며 군림했는데 파트너로 상배를 앉혔다. 그녀는 동대문시장에서 의류업으로 성공한 큰손이었다. 씀씀이가 좋아 그녀가 오면 매니저나 웨이터가 굽신거렸다. 여장부같이 부리부리한 눈에 두툼한 입, 남자였으면 한 가닥 했을 만한 몸피에 새빨간 입술, 똑같이 새빨간 손톱을 한 손가락에는 손톱만 한 알이 박힌 반지를 끼고 있었다.

일주일 간격으로 두어 번 왔는데 올 때마다 상배를 찾았다. 어느덧 혼자 와서는 상배를 찾았고 상배는 그녀와 술을 주고받았고 같이 춤을 추었다. 그리고는 두둑한 팁과 함께 2차를 나갔다. 상배는 진 여사가 돈줄이 되리라 생각했다. 제비들에게 많은 여자들이 모여들지만 실제로 큰 물주를 만나기는 가뭄에 콩 나듯 했다. 많은 제비들은 오직 그 한 번의 기회를 기다리며 몸과 영혼을 팔고 인생을 허비한다. 진 여사가 하룻밤 수고했다고 상배에게 주는 꽃값은 상배의 일주일 치 수입이 되었다. 한 번 외박을 한 뒤로는 상배는 동반 외출을 당연히 생각했다. 상배는 잘만 되면 한몫 잡아 이곳 진창에서 발을 뽑을 생각에 진 여사에게 호의를 보였다. 진 여사는 오기만 하면 상배를 찾았고 상배도 기다리기라도 한 것처럼 응했다. 금딱지 시계도 선물 받았다. 어느덧 주위에서 두 사람은 애인 사이로 인정되었다. 진 여사에게 남편이 없는 것은 아니었다. 남편이 무능했는지 사업은 진 여사 손에서 이루어졌고 남편과 같이 생활했지만 상배를 만나면 새벽에도 귀가하곤 했다. 그러던 어느 날 진 여사는 상배에게 아파트를 미끼로 동거를 요구했다. 상배에겐 강남의 아파트는 상상 밖의 횡재였다. 어쩌면 상배 평생에 손에 들어오기 힘든 재물이었다. 상배는 깊은 고뇌에 빠졌다. 재물이냐 몸이냐? 몸이 아니라 나의 영혼일 수도 있다. 아니다, 일주일에 한두 번 동침만 하면 된다. 내 아파트에서. 그 대신 카바레 생활에서 발을 뺄 수도 있다. 이것만 잘 되면 우리 가족을 빈곤의 구렁텅이에서 끌어낼 수도 있다. 동생들을 더 공부시킬 수도 있고 아버지를 쉬게 할 수도 있다. 진 여사와의 동거도 몇 년 지나고 벗어날 수 있을지도 모른다. 억 대는 될 텐데. 그 아파트만 내 손에 떨어진다면 그 돈으로 사업도 할 수 있을 것이다. 이 기회를 놓쳐선 안 된다. 아니야, 이건 인신매매야. 나에게 아파트가 오는 게 아니라 내가 아파트란 교환 가치에 팔려 가는 거야. 나는 진 여사의 노예가 되는 거야. 내 하나뿐인 인생이 값싼 물건같이 그녀의 소유물이 되는 거야. 나는 생각도 없고 감각도 없는 영혼이 빠져나간 인생을 살아야 하는 거야. 진 여사의 요구에 따라 가라면 가고 오라면 오고 웃으라면 웃고 울라면 우는 꼭두각시가 되는 거야. 나의 육체뿐 아니라 영혼마저 그녀에게 담보가 되고 마는 거야.

그때 상배의 생각 속에 혜린이 나타났다. 상배야, 넌 아직 젊어. 넌 마음만 먹으면 무슨 일이든 할 수 있어. 인생을 포기하는 것만큼 어리석은 짓은 없어. 나를 봐. 자신을 믿고 열심히 일하니까 성공하잖아. 차라리 죽음을 선택하더라도 인생을 남에게 팔 수는 없어. 아, 바보. 나는 바보야. 한순간의 욕심으로 내 귀한 인생을 포기할 뻔했네. 비록 내 인생이 고달프다고 하더라도 내 인생을 내가 걸어야지 남에게 내놓을 수는 없어. 그래, 비가 오나 바람이 부나 내 인생은 내 것이야. 나는 내 인생을 살 거야. 내 운명을 사랑할 거야.

상배가 굳은 결론을 내리고 카바레에서 하루하루를 보내고 있던 중 진 여사가 왔다고 매니저가 알려주었다.

"안녕하세요, 사장님."

"잘 있었어, 미스터 현. 사장님이라고 부르지 마. 그냥 편하게 누나라고 부르라고 했잖아."

하며 웨이터를 불러 늘 시키던 국산 양주를 시켰다. 과일 안주와 술이 차려지고 상배가 진 여사의 잔에 술을 채우자 진 여사도 상배의 잔을 채웠다. 진 여사는 잔을 입에 대고 반쯤 마셨다.

"별일 없었어? 미스터 현은 내 생각 안 났어? 나는 미스터 현이 보고 싶던데."

하면서 살찐 얼굴을 내밀고 상배를 빤히 바라보았다.

"미스터 현은 아무리 보아도 잘생겼어. 내가 사람은 잘 보지."

"사장님 보니까 반갑네요. 하시는 일은 잘 되죠? 전에 같이 오시던 분들은 같이 안 오세요?"

"응, 그 사람들은 우리 물건 파는 사람들이라 한번 기분 풀어줬지. 요즘은 지방 손님뿐만 아니라 중국에서 물건 떼 간다고 밤

낫 눈 붙일 틈도 없어. 몸이 열 개라도 모자랄 지경이야. 이 바쁜 시간을 잘라 네가 보고 싶어 이렇게 오잖니, 나도 미쳤지."

"사장님, 고맙습니다."

"지난번 내가 얘기했던 거 생각해 봤어? 내가 봐 둔 아파트가 압구정동에 재작년 입주한 아파트라는데 33평이면 둘이서 살 만하지?"

"사장님 과분한 말씀입니다. 사장님의 과분한 말씀을 고맙게 받아들일게요, 지난번 말씀은 없던 일로 해 주세요."

"왜? 그 정도는 성에 안 차? 미스터 현은 눈이 높네. 그러면 네가 원하는 거 말해 봐, 귀여운 상배 씨."

"사장님, 사실은 저에게 약혼녀가 있어요. 올해 안에 결혼할 계획이에요. 사장님께서 양해하시고 다른 파트너를 구해 보세요. 제가 소개시켜 드릴게요."

듣고 있던 진 여사는 얼굴이 굳어졌다. 앞에 있는 술잔을 단번에 비워 버리고 따라 주려는 상배의 병을 빼앗아 빈 잔에 스스로 술을 채웠다. 그리고 테이블에 술병을 소리 나게 내려놓았다.

"내가 이렇게 너에게 부탁하는데 나도 싫고 집도 싫다는 거냐?"

하면서 말없이 연거푸 두 잔을 비웠다.

“사장님 오해를 푸시고 결혼해야 할 제 입장도 이해해 주십시오. 그동안 사장님의 배려는 잊지 않겠습니다.”

“개자식. 이불 속에서 사랑한다고 말할 때는 언제고 이렇게 사람을 갖고 놀아? 알았어. 두고 보자고, 개자식.”

하고 벌떡 일어서며 들고 있던 술잔을 상배의 머리 위로 던지고 나갔다. 던져진 유리잔은 뒤 벽에 부딪히며 박살이 났다. 부서진 유리 파편들이 상배의 머리와 어깨 위에 후두둑 쏟아졌다.

복이가 출산을 했다. 여섯 마리의 새끼를 낳았다. 아빠 개를 닮은 검은 점박이가 네 마리, 엄마 개를 닮은 갈색 점박이가 두 마리였다. 그중 검은 점박이 암컷 한 마리와 갈색 점박이 수컷 한 마리는 드림하우스에 남기고 네 마리는 분양했다. 수캉아지는 피스, 암캉아지는 러블리라는 이름을 지어 주었다. 달마티안 가족이 네 마리로 늘자 드림하우스는 더욱 부산해졌다. 피스와 러블리는 엄마 젖을 떼자 제 부모는 안중에도 없는 듯 활개 치고 다녔다.

봄을 맞이한 천사의날개사도 바빠졌다. 시장은 새로운 질서 아래 안정을 찾아가는 듯하였으나 그것은 외양일 뿐이었고 천사의날개사는 단순히 외형 회복이 아니라 중하품의 줄어든 매출을 중상품의 개척 제품으로 채워야 했기 때문에 변화를 새로 만들어야 했고 그 변화 속에 바쁘게 움직였다. 가장 바쁜 사람은 브라운 전무였으나 혜린의 마음 태움은 그녀만 못지않았다. 이동 배치된 직원들도 차츰 새 업무에 익숙해지고 품질관리를 앞세워 회사가 업그레이드되고 있었다. 보이지 않는 환골탈태의 고통이 계속됐다. 봄은 마음 설레는 계절이었으나 그들에게는 계절을 즐길 여유조차 없었다.

2

그해 여름은 유난히 덥고 길었다. 인간이 만든 재앙이 다시 인간에게 되돌아왔다. 지구 온난화는 경고한 대로 현실이 되어 다가왔다. 늦여름, 이제 태양열도 식을 때가 됐는데도 끈질긴 더위가 꼬리를 감추지 않고 있을 때였다.

LA의 회사 일은 안정을 시켜 놓고 서울로 다시 온 혜린은 상배와 점심 식사 후 드라이브를 하고 있었다. 강변북로를 거쳐 자유로로 들어섰다. 일산 시가지를 우측으로 끼고 넓게 뚫린 도로를 경쾌하게 달렸다. 통일전망대를 지나 파주 쪽으로 탁 트인 대로를 눈앞에 두고 성동 IC를 지날 때였다. 신호등 앞에 정차해 있던 상배의 차가 파란 등을 보고 출발할 찰나 뒤에서 따라오는 차에 부딪힌 듯 차체가 덜커덩 흔들렸다. 상배가 차를 세우고 내려 차 후미를 살피고 뒤 차에서 내린 운전 기사와 몇 마디 얘길 하는데 따라 내린 두 사내가 상배의 양팔을 끼고 마구잡이로 승합차로 끌고 가서 태웠다. 무슨 일인가 하고 혜린이 내려오자 승합차 기사가 혜린을 끌고 승합차에 강제로 밀어 넣었다. 차도는 차들이 쌩쌩 달리고 있었으나 차가 서 있는 1차선 옆 공터에는 사람이라곤 아무도 없었다. 그뿐만 아니라 앞뒤 1km 이내에는 어떤 사람도 없이 차들만 달리고 있었다. 순식간의 일이었다. 혜린이 떠밀려 들어와 보니 상배는 두 남자에게 제압되어 있었다. 상배는 반항을 하였으나 명치에 주먹을 맞고는 쓰러진 채 뒤로 손이 묶여버렸고 혜린도 두 손이 뒤로 묶였다. 승합차는 상배의 차를 뒤로 두고 아무 일 없었던 듯이 자유로를 달렸다. 5분도 채 가기 전에 사건은 마치 연못에 던진 돌의 파문이 소리 없이 사라지듯이 흔적도 남기지 않고 긴 시간 속에 파묻히고 말았다. 두 명의 피랍자는 수건으로 눈도 가려졌다. 눈을 가리자 공포심이 덮쳐왔다. 혜린은 이제 죽었구나, 하는 생각이 들었다. 상배는 어떻게 이 위기를 탈출할까, 하는 생각을 했다. 그러면서 상대의 빈틈을 찾으려고 생각했다. 승합차는 한 시간 남짓 달린 듯했다. 녀석들 간의 얘기를 들었는데 운전하는 놈이 우두머리인 듯 일성 형이라고 불렸고 막내는 광수라 불렸다. 요새 젊은 애들은 패기가 없다는 둥 무슨 파는 아직 동대문시장 사정을 모른다는 둥 일거리가 옛날만큼 쉽지가 않다는 둥 무슨 파와 언젠가 한 번은 끝장을 봐야 한다는 둥의 말들을 하였다.

평양까지 가는 듯 한참을 달렸다. 운전하는 놈이 차를 세우고 내려서 혜린을 끌어내리고, 두 놈이 상배를 끌어내렸다. 내리는 순간 상배는 '사람 살려'라고 소리쳤으나 말도 끝나기 전에 사내의 주먹을 맞고 고꾸라졌다. 층계를 내려가는 걸 보니까 지하실로 가는 것 같았다. 상배는 책상 의자에 앉혀졌다. 혜린은 매트 위에 던져졌다. 곰팡이 냄새와 먼지 냄새가 섞여 코를 자극해 혜린은 마른기침을 했다. 눈을 가린 두 사람의 수건이 풀어졌고 그들의 눈에 사방이 창문 없는 시멘트 벽으로 둘러싸여 있었다. 한쪽에는 낡은 책상과 철제 캐비닛이 있고 헌 소파와 담배꽁초가 가득한 재떨이가 있는 탁자, 그 옆으로 매트리스가 깔려 있고 한구석에는 건축 쓰레기 같은 파이프, 삽자루, 벽돌 등이 무질서하게 쌓여 있었다. 바닥은 콘크리트 위로 먼지가 풀썩이며 쌓여 있었고 거미줄 친 형광등만 희미하게 지하실을 밝히고 있었다.

"뭣 때문에 이러는 거요?"

상배가 입을 열었다.

"퍽"

한 놈이 앉아 있는 상배에게 죽빵을 갈겼다.

"이 자식이 아직 정신을 못 차리네. 입을 열면 그때마다 맞는다."

"때리지 말아요. 말로 해요. 당신들이 이렇게 하는 이유가 있을 것 아네요. 요구사항이 무언지 말을 해봐요."

"이 년도 입이 있다고 떠드네. 얘들아, 이 년 입부터 막아줘야겠다."

"예, 형님."

두 놈이 혜린에게 우르르 달려들어 그악스럽게 그녀의 묶인 손을 풀고 옷을 마구 벗겼다. 상배가 두 손을 묶인 채 앉아 있던 의자에서 벌떡 튀어 나가 혜린의 옷을 벗기던 놈의 엉덩이를 찼다. 그놈은 앞으로 넘어졌고 옆에 있던 놈이 상배의 면상을 갈겼고 맞은 얼굴은 피범벅이 되어 바닥에 뒹굴었다. 상배의 발에 차여 넘어졌던 녀석이 구석에 있던 삽자루를 들고 와 상배를 개 패듯이 팼다. 두목은 돌아보며 죽으면 안 돼, 그만해, 라고 했다. 삽자루를 휘두르던 놈은 쓰러져 있는 상배를 보며 씩씩거리고 있고 다른 놈이 혜린에게 다가가 스웨터를 벗기고 블라우스의 단추를 뜯어 벗기고 브라도 벗겼다. 비명을 지르는 혜린의 저항은 찻잔 속의 폭풍이었다. 혜린의 상반신 나신이 주위의 지저분한 배경과는 어울리지 않게 하얗게 드러났다. 혜린은 거미줄에 걸려 퍼덕이는 나비같이 온몸을 움츠리며 절망의 목소리로 간청했다.

"살려줘요. 제발 이러지 말아요. 돈이 필요하면 드릴게요."

"그만해 개자식들아."

상배가 온몸의 힘을 다해 소리쳤지만 상배의 피투성이 얼굴은 혜린의 옷을 벗기고 달려간 놈에게 또다시 강타당하고 그놈이 상배를 지키고 다른 놈이 혜린을 마지막까지 벗겼다. 팬티는 찢긴 채 내팽겨쳐졌다. 형님이란 놈이 아랫도리만 벗고 혜린에게 달려들었다. 상배는 다시 펄쩍 일어났으나 다시 복부를 얻어맞고 쓰러졌다. 콘크리트 바닥에 얼굴을 부딪친 채 얼굴은 피와 먼지로 범벅이 되었다. 닫힌 공간에 피비린내가 번졌고 혜린의 절규는 지하실 내에서 메아리쳤다.

"아악. 사람 살려요."

"씨발년. 예쁘장한 게 색 쓰게 생겼네. 이러니까 젊은 놈이 죽자 살자 떨어지지 않지. 나는 너같이 밝히는 년이 좋거든."

“비켜 이놈아, 하늘이 무섭지 않아.”

두 놈은 재미있는 볼거리라도 만난 듯 히죽거리고 있었고, 두목은 옷을 벗긴 작은 인형 같은 혜린의 움츠린 육체를 완력으로 펼치고 올라탔다. 혜린은 비명과 사지의 버둥댐으로 저항했지만 거미줄에 걸린 나비 신세였다. 두 손으로 두목의 얼굴을 밀쳤다. 두목은 한 손으로 혜린의 팔을 뗠치고 다른 한 손으로는 희고 가느다란 한쪽 다리의 발목을 잡고 마른 오징어 다리 찢듯이 벌렸다. 얼룩진 매트에서 먼지와 곰팡내가 피어올랐다. ‘악’ 소리와 함께 혜린의 온몸에 힘이 빠지고 철썩대는 소리와 거친 숨소리만 어둑한 공간에 갇혀 오갔다. 혜린은 군화에 밟히는 꽃잎 같이 짓뭉개졌다. 쾌락의 활갯짓과 그것에 저항하는 몸부림으로 검붉은 핏자국은 더러운 매트 위에 참혹한 흔적을 남겨 놓았다.

상배는 코와 입에서 나오는 피가 콘크리트 바닥에 번져가는 것도 모른 채 그들의 야수 같은 행동을 칩떠보며,

“안돼—, 개새끼들아.”

라고 외쳐보지만 곧이어 돌아선 젊은 놈의 구둣발로 얼굴을 밟혔다. 상배는 매트 위의 참상을 차마 쳐다볼 수 없었다. 두목이 일어나자 두 번째 놈이 달려들었다. 매트는 어느새 피와 땀과 먼지로 도살장의 참혹한 모습을 드러냈으나 그것에 아랑곳하지

않고 세 놈이 돌아가며 혜린을 줄강간했다. 혜린은 눈을 뜬 채 졸도했다. 상배는 자신의 무력함을 자책하면서 늑대들의 두 번째 회식이 끝날 때까지 무저항 상태로 치욕과 자괴심의 고통 속에 빠져들었다. 상배는 고통 중에 가해자들의 인상을 기억하려고 했다. 언젠가는 그 기억이 사건의 해결에 도움이 되리라. 형님이란 놈은 키가 크고 대살져 보였고 강퍅한 인상에 나이는 30대로 보였다. 작은 일들을 해치우는 중간 보스인 것 같았다. 또 한 놈은 뼈대가 굵고 근육질로 스포츠형 머리를 하고 얼굴은 미간이 좁고 인중이 길어 원숭이같이 생겼고 20대로 보였으며 한 놈은 살집이 좋은 체격의 노랑머리였는데 사각 얼굴에 너부죽한 제비턱을 하고 여드름이 남아 있는 아직 새파란 10대로 보였다. 젊은 두 놈은 한쪽 팔에 어깨에서 손목까지 용 문신을 짙게 하고 있었다.

그들은 자기들의 목표가 완벽하게 달성되었음을 확인하고 인질들을 원상태로 묶고 차에 태웠다. 다시 눈을 가리고 이삼십 분을 달려서 팔과 눈을 풀어주고 어두운 길가에 쓰레기 포대 버리듯이 던져 놓고 가버렸다. 상배는 온몸이 자유롭지 못했지만 눈을 부릅뜨고 떠나는 차의 번호를 외웠다. 경기 자 4776이었다. 차는 오래된 회색 9인승 승합차였다. 그들은 목적을 달성하고는 인질들에게 마지막 인사로 매연을 한껏 뿌리고 어둠 속으로 사라졌다.

2차선 도로였으므로 지방도인 것 같았다. 한참 만에 빈 택시를 잡아 두 시간이 넘게 걸려 청담동 집으로 돌아왔다. 택시 기사를 통해 그들이 탄 곳은 시흥시 D동이란 곳이었고 기사가 심상치 않은 손님들의 행태에 경찰에 신고하려는 것을 하지 말라고 했다. 상배는 다음을 위해 기사 성명과 전화번호를 받아두었다.

반쯤 정신이 나간 혜린을 부축하여 청담동 빌라의 도어를 열고 들어왔다. 소파에 눈동자가 풀린 혜린을 앉히고 상배는 수건을 물에 짜서 눈물과 땀과 먼지로 더럽혀진 혜린의 얼굴과 손발을 닦아 주었다. 옷도 갈아입히고 내부의 상처 부위는 혜린에게 물에 짠 수건을 주어 닦게 하였다.

상배가 혜린을 부축해주고 혜린이 침대에 눕자, 상배는 혜린 옆에 앉아 간병하고 싶었으나 혜린이 상배에게 피도 닦고 자기 걱정 말고 거실의 소파에서 자라고 했다. 상배는 소파에 기대었다. 소파에 기대고 보니 정신없는 새 모르고 있었던 통증이 몰려왔다. 얼굴과 복부의 통증이 더욱 심했다. 상배는 가난 속에서도, 군 복무 기간에도 이러한 고통을 경험하지 못했다. 육체적인 고통은 참을 수 있고 회복될 수 있지만, 인간성이 나락까지 떨어진 그 참혹한 현실은 평생의 낙인이 될 것이었다. 혜린을 지키지 못한 자책감과 죄의식은 오직 절망만 안겨주었다. 싸움질에는 이골이 난 상배였지만 정작 주먹을 써야 할 때 쓰지 못한 자신이 원망스러웠다.

3

다음 날 아침, 상배가 혜린에게 경찰서에 신고하자고 했다. 그러나 혜린의 생각은 달랐다. 혜린은 밤새 되짚어 생각해본 끝에 신고하지 않기로 했다고 말했다. 처음에는 사건의 진상을 확인하고 가해자들을 처벌함으로써 죄지은 자를 벌하고 재발을 막고 정신적 보상을 받아야 한다고 생각했다. 그러나 이어서 생각나는 것은 이런 형사 사건은 하루 이틀 만에 해결되지 않는다는 것, 사건의 해결 과정에 피해자 및 증인으로서 여러 번을 출두해서 진술해야 한다는 것, 재판정에서 많은 방청객들 앞에서 수치스러웠던 피해 상황을 피해자 스스로가 낱낱이 증언해주어야 한다는 것, 사건의 내용은 만천하에 공개된다는 것, 세상 사람들의 입방아에 오르고 손가락질을 받아야 한다는 것, 전 남편에게도, 윤 선생에게도, 딸에게도 알려질 수 있다는 것. 파도처럼 밀려오는 부작용의 상상 앞에서 복수의 의지는 무릎을 꿇었다. 세상은 이렇게 악인에게 유리하게 전개되었고 악인들은 야비하게 이런 약점을 이용하여 활개 치고 있었다. 특히나 약자인 여자들에게는 이러한 성범죄는 말 못 하는 평생의 멍에였다. 세상의 정의는 증거재판주의의 법 테두리 안에서밖에 힘을 쓰지 못했다.

날이 새자 먼저 병원에 갔다. 검진 결과 혜린은 외상성질구파열상으로 봉합 수술을 하고 2차 감염 방지를 위해 일주일간 매일 드레싱 치료를 하고 열흘 후 실밥을 뽑는다는 진단이 나왔다. 상배는 안면타박상과 염좌, 부종, 비골골절, 6, 7, 9번 늑골골절의 진료가 나왔다. 비골골절은 부종이 빠지는 대로 교정 후 부목을 일주일 하게 되고 갈비뼈는 손상 부위가 넓어 강력 포대로 몸둘레를 절반 이상 고정했다. 복부 타박, 복강 내 출혈증상의 가능성으로 혈액, 요검사, 복부 X선, 초음파 검사를 하였으나 다행히 내출혈은 없었다. 그들은 자궁 파손이나 내장파열 같은 위험에서는 벗어났으나 폭력의 결과는 육체의 치유로 끝나는 것이 아니었다. 정신적 상처가 더욱 깊었다.

혜린은 사건의 원인을 생각해 보았으나 사업적으로나 인간적으로 연관된 일이 없었다. 더구나 혜린의 생활 터는 미국이었다.

상배의 입에서 사건의 배후로 짐작되는 말이 나왔다.

“서너 달 전에 손님 중에 중년의 아줌마가 있었어요. 그 여자는 동대문시장에서 의류업을 하며 큰돈을 벌었는데 카바레에서도 인심 좋게 돈을 썼어요. 와서는 룸에 들어가 양주만 시키고 웨이터들이게 팁도 잘 뿌렸어요. 그 여자는 올 때마다 나를 지명하고 나와 춤을 추고 술을 마셨어요. 팁도 두둑이 받았어요. 차츰 부담을 느껴 자리를 피하려고 했지요. 하루는 나에게 아파트를 사준다며 동거를 하자고 하기에 거절했어요. 거절의 이유를 약혼자가 있다고 했지요.”

그리고 계속했다.

“내 생각으로는 그 여자가 웨이터를 통해 내 뒷조사를 하고 누나의 정체를 알아내고 약혼자란 게 거짓말이란 걸 알고 나에 대한 배신감과 누나에 대한 질투심으로 눈이 뒤집힌 것 같아요. 그 여자가 악심을 가지고 동대문시장 조폭에게 청부 폭행을 맡긴 것이죠.”

듣고 있던 혜린은 소름이 끼쳤다. 영화에서나 나올 만한 일이 아닌가? 서울이 천국이라 했는데 그것은 겉모습이구나. 서울의 진면목은 지옥이구나. 서울이 무서웠다.

그들은 치료와 수술을 하고 입원하였다. 혜린과 상배는 각자의 병실에서 안정과 치료를 받았고 상배가 혜린을 보러 왔다. 서로 필요한 말 외에는 말을 하지 않았다. 첫날 상배의 미안하다는 말에 혜린이 서로 그런 말을 하지 말자고 한 후 더욱 할 말이 없어졌다. 혜린은 침대에 누워 있거나 앉아 있었는데 누우나 앉으나 생각나는 건 참혹한 기억의 재현이었다. 꿈은 100% 악몽이었고, 악몽은 100% 윤간 사건과 관련돼 있었다. 때로는 가해 조폭들을 일망타진하는 꿈도 꾸었으나 대부분 고통 속에서 구원받지 못하는 꿈이었다. 공포에서 고통으로 또 치욕으로, 모든 나쁜 생각만 머릿속을 채웠다. 형사 고발을 안 한 건 잘한 것 같았다. 30대의 미모의 재미 교민과 서울의 제비가 일으킨 스캔들, 거기에 40대 동대문시장 큰손 여인의 질투가 일으킨 조폭의 청부 폭행과 집단 강간. 이만하면 주간지 판매량을 갑절로 늘릴 수 있는 토픽감이었다. 혜린과 상배의 사진까지 등장하면 금상첨화다. 끔찍하였다. 얼굴에 열기가 올랐다. 머리를 저었다. 또 다른 생각이 떠오른다. 수사가 잘 되어 그 사람들이 처벌을 받는다고 하자. 나는 복수심의 목적 달성으로 통쾌할까? 사건 전의 기분으로 돌아갈 수 있을까? 이미 육체에 깊은 상처를 남기고 그런 확실한 사건의 기억이 뚜렷이 남아있고 아직도 충격에서 벗어나지 못하는 외상후스트레스장애를 남겼는데 그들의 처벌로 지워질 수 있을까? 그와 같은 사건이 근절되어 사회 정의가 확립되고 여자들에게 안전한 사회가 이루어질 수 있을까? 그 동대문시장 아줌마는 성공적인 린치로 자신의 욕구를 채울 수 있을까? 상배는 어떻게 생각할까? 상배에게 미안하단 말은 서로 하지 말자고 했는데, 상배가 나에게 미안하다고 할 일이 있었는가? 폭력배가 상배 차의 뒤 범퍼를 부딪친 후 우리를 길가에 내팽개치고 달아날 때까지 슈퍼맨이 아닌 한 상배가 할 수 있는 일은 없었다. 상배가 동대문시장 아줌마에게 거절한 것이 원인일 수 있지만 만약 그렇지 않았다면 그녀의 노예로 전락하지 않았을까? 거기서 상배가 빠져나오려고 했으면 죽었을지도 모른다.

애초의 원인을 거슬러 올라가니, 혜린과 상배의 만남에 있었다. 누가 먼저 유혹했나 생각하니 상배가 아니고 자신이었다. 상배는 돈을 벌기 위해서 행동하였고 혜린이 젊은 남자에 빠진 것이 아닌가? 그렇게 생각하면 상배가 자신의 꼬임에 빠져서 여기까지 온 것이다. 상배에게 미안했다.

인과는 꼬리에 꼬리를 물고 이어졌다. 혜린은 상배를 볼 면목도 없어졌다. 사랑하는 사람 앞에 다른 남자와 적나라하게 성행위를 하는 모습을 보여준 것은 모든 관계의 청산을 의미했다. 한 세대 전의 일이었다면 얼굴 들고 세상을 살아갈 수 없는 일이었다. 이제 상배의 얼굴을 보지 못할 것이다. 사건은 혜린의 모든 것을 헤집어 놓았다.

상배는 혜린의 얼굴을 정면으로 보지 못했다. 혜린의 괴로움은 상배의 마음속에서 공명하였다. 아니 더 크게 증폭했다. 남자가 사랑하는 여자를 위험에서 구해주지 못하고 두 눈을 뜨고 비명을 들으며 정조를 유린당하는 폭행을 보고만 있었다. 상배는 자신의 무력함에 좌절하고 절망하고 죄의식에 사로잡혔다. 동대문 시장 아줌마만 잘 다루었으면 사건은 발생하지도 않았다. 이 사건의 원인 제공은 자신이었다. 혜린은 상배를 사랑했다는 이유로, 그 웨이터들의 눈에 상배와의 사랑을 인정받음으로써 이런 고통과 모욕과 수치감 속에 빠져든 것이다. 상배는 스스로 자학하고 싶었다. 혜린이 말리지만 않는다면 경찰에 고발하고 경찰과 함께 그놈들을 잡아 복수하고 싶었다. 손에 칼이라도 들고 그놈들이 눈앞에 있다면 잔인하게 복수하고 싶었다.

혜린은 예정보다 늦어지는 엄마를 걱정할까 봐 지은에게 전화를 걸어 등산 갔다가 발목을 겹질려 인대가 파열되어서 치료받느라 늦어진다고 하고 낫는 대로 가겠다고 걱정 말라고 했다. 영선에게도 전화를 해 두었는데 영선은 예사롭지 않은 느낌을 갖고 혜린을 찾아왔다. 영선은 혜린과 상배의 입원을 보고 인대 파열이 아닌 다른 무슨 일이 있음을 눈치챘지만 눌러듣기만 했고 필요한 것만 도와주었다. 혜린은 아무것도 묻지 않는 영선에게 사건의 전모를 말해주었다. 영선은 혜린의 말에 너무 놀라 입을 벌리고 아무 말도 못하고 몸을 부들부들 떨었다. 혜린은 실밥을 뽑은 다음 날 상배에게는 알리지도 않은 채 영선의 도움을 받으며 다 낫지도 않은 몸을 이끌고 LA로 떠났다.

혜린은 비행기 속에서 지난날을 돌이켜 보았다. 상배를 만나고 서울이 낙원인 줄로만 알았다. LA는 질서 있는 일상 속에서의 반복된 생활이었지만, 서울에서는 돈만 있으면 안 되는 일이 없는 것 같았다. 미인, 미남도 돈만 있으면 구했다. 돈 있는 사람들에게 돈이 필요한 사람은 노예같이 굴신했다. 어떠한 어려운 일도 해결할 수 있었다.

혜린은 돈 많은 사람들의 반대편에 있는 사람들 세상을 몰랐다. 그 욕망의 반대편에서 욕망을 위해 희생되는 사람들의 사정을 미처 알지 못했다. 돈 앞에 무너지는 자존심, 인격, 정조, 정의, 윤리, 목숨을 모르고 있었다.

혜린이 상배가 모르는 새에 병원을 떠났기 때문에 상배는 비어 있는 병상을 보고 혜린의 괴로움을 헤아렸다. 얼마나 큰 충격이었으면 말 한 마디 남기지 않고 떠났을까. 자신과의 그동안 만남이 얼마나 지긋지긋했을까. 자신은 어떤 악인으로 보였을까. 자신의 본 모습을 이제야 알아차리고 얼마나 치를 떨었을까. 그 악몽의 충격에 다시는 서울에 돌아오지 않을 것이다.

상배는 퇴원했고 사건이 있은 지 달포가 지났다. 그 사건의 그림자가 상배의 머릿속에서 떠나질 않았다. 악몽 같은 장면이 떠오를 때마다 트라우마로 상배를 괴롭혔다. 상배는 몸이 회복되자 카바레에 발을 끊었다. 카바레 동료에게서 전화가 왔는데 그만두겠다고 말했다.

상배는 악몽만 문제가 아니었다. 마음속의 뒤끓는 복수심을 잠재울 수가 없었다. 혜린과 같이 입원해 있을 때는 혜린의 말을 듣고 경찰을 통한 사건 해결을 포기했으나 혜린을 생각하면, 혜린의 참혹했던 윤간 장면이 눈에 떠오르면 참을 수 없는 분노가 치밀었다. 비겁한 남자의 치욕에 두 손의 주먹을 불끈 쥐고 몸을 떨었다. 꿈을 꾸고 벌떡 일어나 분한 마음을 식힐 수 없어 맨주먹으로 벽을 치며 잠을 이루지 못하기도 했다.

날이 갈수록 적개심은 굳어졌다. 지금까지의 상배의 인생에 이렇게 증오를 가진 적은 없었다. 경찰의 힘을 포기한다면 혼자서라도 해야겠다고 생각했다. 남자의 자존심을 건 멱치기라 생각했다.

4

상배는 차분히 보복 계획을 세웠다. 상대는 3명이다. 셋이 같이 있을 때는 당할 수가 없다. 한 명씩 손을 볼 계획을 세워야겠다고 생각했다.

상배는 우선 그들이 남긴 증거에서 실마리를 찾으려고 했다. 세 놈의 인상은 마주 보면 알 수 있었다. 두목의 이름은 일성 형이라 불렸고, 중간치는 기억이 없고, 막내는 광수라고 했다. 조직의 이름은 알 수 없었고 동대문시장 지역의 한 조직인 것 같았다. 사건 장소는 사람이 살지 않는 외딴 건물의 지하실 같았는데 아마도 사용하지 않는 폐건물이거나 짓다 만 건물 같았다. 사건이 발생한 지역은 시흥시나 그 근처인 것 같았다. 그때 사용했던 차량은 낡은 9인승 승합차이고 앞 범퍼에는 상배 차와의 충돌 흔적이 있을 것이다. 차량번호는 상배가 단단히 외우고 있던 경기 자 4776번이었다.

상배는 가장 정확한 증거인 차량 번호부터 추적하기 시작했다.

수원에 있는 경기도 차량등기소를 찾았다. 다행히 거기서 차량 번호로 차주와 차주 주소를 알 수 있었다. 경기도 시흥시 H동 720번지, 이순식이었다. 상배는 수첩에 또박또박 적어 두었다. 이순식은 기억에 없던 이름이었다.

상배는 다음 날 일찍 주소를 찾아 나섰다. 상배는 차를 끌고 시흥시 H동 주민 센터를 찾아갔다. 주민 센터에 들어서서 주소를 물으니 직원이 벽에 붙어 있는 지도를 가리키며 가는 방향, 거리, 길 모양, 주요 표지 건물 등을 자세히 가르쳐 주었다. 상배는 지도 스케치를 하고 설명 요지를 받아 적었다. 상배는 가르치는 대로 찾아갔는데 근처에 가서 보니 오래된 단층의 단독 주택들이 옹기종기 모여 있는, 보기에도 빈촌이었다.

상배는 주민 센터에서 스케치한 지번 지도를 보고 주위 집들의 문패를 찾아보았다. 작은 단독 주택들이라 문패 찾기는 쉬웠으나 문패가 없는 집도 많았다. 열댓 집을 뒤졌으나 찾질 못했고 마지막 끝 집 하나를 두고 희망을 접는 순간 철문 앞에 걸려 있는 이순식이란 이름을 찾았다! 일이 손안에 들어오는 것 같았다. 그런데 또 다른 의문이 생겼는데 이순식이란 이름은 사고 차량 속에 납치되어 가면서 듣지 못한 이름이었다. 그 이름은 세 놈 중 이름이 기억나지 않은 중간치의 이름인가, 아니면 차주는 사건과 관계 없는 사람인가? 아니면 일성이란 조직 내에서 불리던 이순식의 다른 이름인가? 누구이건 확인해야 할 일이라고 생각했다.

한 발이나 될 만한 작은 철문에는 쪽문이 붙어 있었고 짙은 쑥색의 페인트가 너덕너덕 일어나 있었다. 살림집은 나지막한 시멘트 벽으로 둘러싸여져 있었는데 상배의 키로는 안쪽이 들여다보였다. 사람 소리는 들리지 않았고 손바닥만 한 마당에는 잡초가 무성하게 자라고 먼지와 이끼가 낀 개량 기와의 작은 집이 게딱지같이 앉아 있었다. 집 주위를 둘러보니 지저분한 쓰레기들이 가을바람에 날려 이리저리 굴러다니고 있었는데 장소가 외져서 그런지 방범 초소가 집 담벼락에 붙어 있었다. 문을 열어보니 사용한 지 오래된 듯 문틀과 문짝이 맞지 않아 삐걱대고 어디서 굴러다니던 것을 가져다 놓았는지 낡은 접의자가 먼지를 더께로 덮어쓰고 있었다. 초소를 이용하면 은폐하기에는 안성맞춤이었다.

탐사를 끝낸 상배는 해가 지기를 기다리기로 했다. 다시 시흥 시내로 들어가 저녁을 먹고 돌아와 차 속에서 기다리다가 7시쯤 해서 그놈의 집을 향해 걸어갔다. 상배는 초소로 갔고 먼지가 쌓인 의자에 대충 털고 앉아서 창밖을 내다보니 경계하기로는 딱 좋았다. 어둠이 내리고 집들의 불빛이 하나씩 켜지고 시계는 9시를 가리켰다. 틈틈이 들어오던 차들이 있었으나 모두 이 집에 다 다르기 전에 커브를 돌아 방향을 바꾸고 전조등이 꺼졌다. 초소에 앉아 있다 보니 상배는 군 시절의 경계 근무가 생각났다. 지겹도록 했던 경계 근무. 현역 생활에서 배운 기술을 현역을 벗은 지금에야 실전에 사용하는 끈질긴 인연에 쓴웃음을 지었다. 그때 창으로 불빛이 비쳤는데 승합차 한 대가 다가오고 있었다. 바로 눈에 익은 사고 시의 승합차였고 상배를 발견하고 다가오는 듯 상배가 있는 초소의 코앞에 차를 세우고 라이트를 껐다. 상배는 한쪽 눈만 내놓고 밖을 쳐다보니 차에서 내리는 사람은 무리의 우두머리인 대살지고 강퍅하게 생긴 바로 그놈이었다. 일성이 본명인지 순식이 본명인지는 모르겠으나 사고 차는 이놈이 쓰고 있고 차주이기도 했다. 그놈이 초소로 들어오면 선수를 치기 위해 두 손을 불끈 쥐었다. 다행히 반대쪽으로 돌아 철문 쪽으로 가서 초인종을 눌렀다. 쪽문을 열고 초등학생인 듯한 여자애가 나왔다.

"아빠."

하면서 그놈의 품에 안겼다.

"응, 성미야. 그래, 엄마는 괜찮니? 뭘 좀 먹었어?"

“엄마는 하루 종일 아무것도 안 먹어. 죽은 한 숟가락도 먹지 않고 누워서 내 손만 잡고 울기만 해.”

“약은 먹었어?”

“약도 안 먹어.”

“성철이는?”

“저녁에 라면 먹고 자.”

“들어가자.”

“아빠, 일찍 와. 엄마가 죽을 것 같아. 나 혼자 너무 무서워.”

그들은 쪽문을 열고 희미한 빛 속으로 사라졌다.

철문과 방범 초소 사이는 불과 5미터 정도였다. 철문 앞에 차가 세워져 있고 그 차에 바짝 붙어 초소가 있었다.

상배는 그들이 들어가고 나서 느릿하게 나와 승합차의 앞으로 다가가 차 번호를 확인했다. 경기 자 4776. 그리고 범퍼의 오른쪽 모서리에 난 추돌 자국이 그대로 남아 있었다. 고개를 들고 주위를 살폈으나 20미터쯤 떨어진 곳에 보안등이 희미하게 비출 뿐 한갓지고 적막감이 돌았다. 상배는 철문 앞에 서서 집안의 동정을 살펴보니 불이 켜졌으나 다른 소리는 들리지 않았다.

상배는 그곳을 떠났다. 그때 시계가 9시 40분을 가리키고 있었다. 거기서 상배가 차를 세워 둔 곳까지 와서 시계를 보니 6분

정도의 시간이 걸렸다.

그 다음 날 상배는 보복 계획을 구체적으로 세웠다. 경찰은 제외되었으므로 상배 자신이 혼자서 응징하기로 했는데 그것도 새로운 폭력이었고 범죄였으므로 뒤탈이 없는 치밀한 계획이 필요했다. 상배 자신의 정체가 드러나면 혜린뿐만 아니라 상배 가족도 위험해진다. 상배는 처음에는 맞붙어 싸우려고 했으나 그것은 여러 가지 증거를 남길 뿐만 아니라 자신의 상해만으로 끝나지 않았다. 더 무서운 것은 보복이었다. 그놈의 배후에는 조직이 있었기 때문에 보복 시에는 큰 화가 따르는 것이다. 그렇다고 그놈에 대한 복수를 되돌리기에는 상배의 분노가 너무 컸고 가라앉지도 않았다. 그러면 복수를 어떻게 해야 하나? 외형적 조건은 완전 범죄여야 한다. 범죄의 정도는 혜린이 당한 정도 이상이 되어야 한다. 도가 넘어 살인이 되어서는 안 된다. 어떻게 해야 하나? 우선은 그놈이 가해자를 모르게 해야 한다. 그러기 위해서는 비겁하지만 가해자를 알지 못하게 뒤에서 공격해야 한다. 공격 무기는? 총이나 칼은 안 된다. 맨주먹으로는 일격에 해결할 수 없고 더구나 상호 간의 격투가 되어서는 안 된다. 그러면 둔기로 머리를 쳐야 된다. 무엇으로? 도끼는 살인용이다. 망치? 몽둥이? 그래 몽둥이가 적합하다. 눈치채지 못하게 뒤로 접근해서 몽둥이로 머리통을 일격에 내리쳐야 한다. 그렇다. 그 방법이면 목적 달성이다!

완전 범죄를 위해서는 얼굴을 변장하는 것도 중요했다. 수염을 길러야 한다. 또 모자를 쓰고 알 없는 굵은 테의 안경을 끼기로 했다. 며칠을 지나 수염이 어느 정도 자라고 안경을 끼고 등산모를 눌러쓰고 거울을 보니 자신의 본래 모습이 많이 감추어진 것 같았다. 지문을 남기지 않기 위해서 장갑도 준비했다. 면장갑은 미끄러워 실수할 가능성이 있어 손에 꽉 끼는 홑 가죽 장갑을 준비했다. 몽둥이를 구했으나 너무 크고 사용하기에 불편하고 들키기 쉬워 다른 무기를 찾다가 공구함에서 몽키 스패너가 눈에 띄었다. 손으로 잡아보니 딱 알맞았다. 묵직한 게 한 방에 끝낼 수 있을 것 같았다. 몽키 스패너의 손잡이를 잡고 그놈의 뒤통수를 내려친다고 생각하니 안성맞춤인 것 같았다. 뒷주머니에 넣고 웃옷을 입으니 외부로 드러나지도 않았다. 그것을 사용하기로 했다.

상배는 날을 잡아 이미 알아두었던 그놈의 집으로 향했다. 동네에 도착해서 그 집 전방 이삼백 미터 떨어진 곳에 눈에 띄지 않게 주차시켰다. 일을 끝낸 후에 표시 내지 않고 신속하게 달아나기 쉽게 그놈의 집과 반대 방향으로 차를 세워 두었다. 소형 등산 배낭에서 몽키 스패너를 꺼내어 꽉 쥐어 보았다. 가죽 장갑을 낀 손에 착 달라붙었다. 금속성 냉기와 강도와 중량감이 손바닥으로 느껴졌다. 이 쇠뭉치의 끝에서 보복 사건의 정점이 있을 것이다. 싸움은 여러 번 하였으나 흉기를 들고 계획 범행을 한 적이 없었기 때문에 흥분을 감추고 냉정을 찾으려고 심호흡을 하였다. 차에서 내려 몽키 스패너를 뒷주머니에 넣고 복수를 위한 발걸음을 옮겼다.

집 앞에는 승합차가 없었다. 아직 귀가하지 않았군. 그놈이 언제 올지 모르기 때문에 방범 초소에 몸을 감추고 무조건 기다려야 했다. 지루한 시간이 흘렀다. 11시쯤이나 됐을까, 오늘은 외박을 하나? 하는 순간, 불빛이 비쳤다. 어둠 속의 전조등 불빛이 눈에 부셨다. 초소에 은폐하여 뱁새눈으로 창문 밖을 보니까 좀 전에 상배가 주차해 놓은 곳을 지나며 승합차가 들어오고 있었다. 승합차는 지난번과 같이 초소 앞 그놈의 집 앞에 세웠다. 그놈이 시동을 끄고 내렸다. 아드레날린이 쏟아져 나왔다. 호흡이 가빠지고 가슴이 뛰었다. 상배는 스패너를 쥔 손에 힘을 주었다. 관자놀이를 타고 한 줄기 땀이 흐르고 온몸은 쥐가 내리는 듯하였다. 그놈이 차 문을 닫고 돌아섰다. 그 순간 소리 없이 다가간 상배가 몽키 스패너를 높이 들었다. 곧바로 머리를 내리쳤다. '퍽' 소리와 '윽' 소리가 동시에 나며 그놈은 앞으로 꼬꾸라졌다. 상배는 다시 스패너를 들어 엎드려 있는 놈의 어깨와 등짝을 개 패듯이 내리쳤다. 그놈은 비명소리도 내지 못하고 땅바닥에 머리를 박았다.

상배는 자리를 떴다. 몽키 스패너를 뒷주머니에 다시 꽂고 차가 있는 곳까지 빠른 걸음으로 왔는데 정신을 가다듬고 주위를 둘러보니 어둠 속에 희미한 보안등만 비추고 있었다. 어떻게 차에 탔는지 생각도 나지 않고 가슴은 벌렁대고 있었다. 상배는 정신을 가다듬고 다시 린치 장소를 바라보았다. 그놈은 꼬꾸라진 자리에서 꿈틀거리더니 두 손으로 차를 붙들고 몸을 일으키고 있었다. 그러고는 두 손으로 차를 짚고 비척걸음으로 철문 앞으로 갔고 쓰러지듯이 초인종을 눌렀다. 상배는 시동을 걸었다.

상배의 차가 집에 도착하자 얼굴을 운전대에 파묻었다. 차에서 내리자 온몸에 기운이 빠지고 다리가 후들댔다. 식은땀이 이마에 송골송골 솟았을 뿐만 아니라 등에는 내의가 차갑게 달라붙어 있었다. 초인종을 누르니 남수가 나왔다. 자정이 넘었으므로 모두들 자고 있는 모양이었다.

"형, 술 많이 먹었어? 얼굴이 하얗네. 몸이 안 좋아?"

"아냐, 들어가, 자."

"왜 이렇게 비틀거려."

하며 형을 부축했다. 상배는 남수더러 자라고 하며 들어가 젖은 옷을 벗고 샤워를 했다. 샤워하는 도중 아뜩한 현기증을 느꼈고 다리가 후들거려 욕실 바닥에 털썩 주저앉았다. 몸의 물기는 닦는 둥 마는 둥 하고 잠자리에 기어들었으나 쉽게 잠이 들지 않았다. 사로잠이 들었으나 내내 악몽에 시달렸다. 꿈 내용은 저녁에 있었던 복수극의 반복이었는데 잘못되어 그놈의 복수를 되받았다. 그놈 딸이 애처로운 모습으로 아빠를 살려달라는 모습도 보였다. 잠을 설친 끝에 아침이 되어서야 잠들어 늦게까지 일어나지 못했다.

늦게 일어난 상배는 가족들이 다 나간 집 안에서 혼자서 멍청히 있다가 형사들이 들이닥치는 생각이 들어 정신이 번쩍 들었다. 상배는 어제 범행에 사용했던 스패너와 장갑과 안경과 등산모를 넣어둔 등산 배낭이 생각났다. 범행 증거는 없애야 한다. 밥도 먹을 생각도 없이 대충 옷을 걸치고 집을 나와 차 있는 데로 가서 배낭을 꺼냈다. 배낭을 메고 집을 나섰으나 마땅하게 버릴 곳이 없었다. 쓰레기장에 버리려니 마땅한 곳을 찾을 수도 없었고 버린다고 해도 당장 눈에 띌 뿐만 아니라 증거물이 사라지지 않고 남아 있는 것이었다. 고심 끝에 안양천이 생각났다. 버스를 타고 오목교에서 내려 교차로 아래쪽 안양천 고수부지로 내려갔다. 고수부지에는 생각 외로 산책하거나 운동하는 사람들이 눈에 많이 띄었다. 사람들의 눈이 상배의 행동을 감시하는 것 같았다. 상배는 안양천을 따라 한강 합수부까지 걸어갔다. 거기에서야 인적이 드물었다. 상배는 강가 가까이 가서 주위에 신경을 쓰며 쪼그리고 앉아 배낭을 열었다. 둘러보니 멀리 있는 사람들 외에는 사람들이 없었다. 스패너를 꺼내 강으로 던졌다. 잔물결만 남기고 가라앉았다. 안경도 던졌다. 모자를 던지려다보니 물 위로 뜰 것 같아 주위의 돌을 주워 모자에 싸서 던졌다. 가죽장갑은 작은 돌을 넣고 던졌다. 눈앞에서 증거는 사라졌다. 됐다. 린치 사건의 증거는 사라졌다. 물 위를 보고 한숨을 돌리는데 갈색의 등산모가 물 위로 떠올라 흘러가고 있었다. 누군가 상배의 뒷머리를 잡아당기는 것 같았다. 떠오른 모자는 느린 속도로 하류로 향해 떠내려가고 있었다. 아, 어쩌지. 누군가의 손에 들어가지 않을까? 그럴 리 없어. 모자는 흘러서 바다까지 가겠지. 10분도 안 된 작업이 한나절이나 지난 것 같았다.

다음 날 아침에 문을 두드리는 소리에 상배가 깨어 나갔더니 밖에는 건장한 남자 두 사람이 서 있었는데 경찰증을 보여주며 상배가 어제 버린 모자를 내보였다. '이거 현상배 씨가 버린 거 맞죠? 한강 어부가 그물에 걸린 것을 경찰에 신고해 실종자 확인차 과학수사대에서 분석한 결과 모자에 붙어있던 머리카락에서 현상배 씨의 DNA가 나왔습니다. 현상배 씨는 그저께 밤 11시경 어디 있었습니까?', '집에 있었습니다.', '거짓말 말아. 네 아버지에게 물었더니 집에 없었다더군. 네가 이순식을 죽였지?' 같이 서 있던 다른 수사관이 송곳눈으로 쏘아보며 몰아붙이면서 상배의 손목에 수갑을 채우고 상배를 데리고 가려고 했다. 수갑이 채워진 상배는 뒤를 돌아보며 아버지를 소리쳐 불렀으나 아버지도 남수도 나오지 않았다. 안 끌려가려고 몸부림치다 잠을 깼다. 상배의 온몸은 진땀에 젖어 있었다.

상배는 악몽을 수없이 꾸었다. 잠들기가 무서웠다. 원래는 원수 같은 세 놈을 모두 응징하려 했으나 더 이상 그럴 힘이 없었다. 힘뿐만 아니라 분노도 증오도 복수심도 사라졌다.

상배는 이순식을 응징함으로써 일방적으로 당한 사건에 대한 해원(解冤)이 되고 모든 것이 종결될 줄 알았다. 그러나 그것은 사건의 종결이 아니라 또 다른 사건의 시작이었다. 사건은 더욱 복잡해지고 더욱 커졌다. 어제의 폭력 사건으로 상배는 죄의식에 빠졌다. 그리고 밤새 꿈에 시달렸듯이 복수에 대한 복수의 공포가 엄습했다. 그놈이 상배가 행한 사실을 알면 그냥 두지 않을 것이다. 혜린과 상배의 온 가족이 피해를 입을 수도 있다는 두려움이 그의 복수의 증오심을 지우고 그 자리를 대신했다. 두 번째는 그놈의 죽음에 대한 공포였다. 만약 내가 내리친 스패너에 그놈이 죽으면 어찌 될까? 사건은 경찰에게 이첩되고 경찰이 개입된 살인 사건은 반드시 밝혀진다. 아, 살인자! 끔찍했다. 내가 왜 그런 짓을 했지? 대답해야 할 복수심은 말도 없이 사라지고 난 후였다. 그래도 상배는 그놈이 죽지 않았으리라 확신하고 싶었다. 어쨌든 얼마 후에 자기 힘으로 일어났으니까. 그리고 제 발로 대문까지 가서 초인종을 눌렀으니까. 그래도 불안했던 것은 즉사는 아니지만 스패너의 타격에 의해 뇌진탕이나 뇌출혈로 죽을 수도 있었다. 상배는 헤아릴 수 없는 혼란 속에 제발 그놈의 목숨만은 살려달라고 하느님을 찾아 기도했다.

그뿐만이 아니었다. 상배의 꿈속에서도 여러 번 나타났던 그놈의 딸의 모습이었다. '아빠, 일찍 와. 엄마가 죽을 것 같아. 나 혼자 너무 무서워.' 이 목소리가 상배의 귓가에 맴돌았다. 내가 그 불쌍한 아이의 가정을 결딴냈다는 죄의식에 몸서리쳤다. 무슨 병인지는 모르나 병원에도 가지 못하고 밥조차 먹지 못하고 죽어가는 엄마를 바라보는 아이의 모습을 생각하면, 입으로 불기만 하여도 무너질 것 같은 가정에, 그 가정을 겨우 지키는 가장을 죽도록 팼으니 나의 죄는 얼마만큼 큰 것인가? 상배의 강박은 끝없는 미로를 달렸다. 상배는 최악의 경우를 가상했다. 그 불쌍한 아이들의 엄마는 난치병으로 누워 있고, 상배에게 린치를 당한 아버지는 뇌출혈에 의한 의식 불명의 식물 인간으로 누워있을 때, 그 어린 소녀가 어떻게 할 줄도 모르고 그 가정의 비극 속에 갇혀버리는 것이다. 설령 이웃 사람들의 도움과 신고로 병원에 옮긴다고 해도 그런 중환자의 부담을 치료비 받지 않고 책임지는 병원이 있을까? 대한민국의 사회 안전망이 구제할 수 있을까? 차라리 부모가 죽어버리면 비극의 길이기는 하나 고아원이란 선택지가 있지만 그렇지 않을 때는 아이들의 고통이란 상상할 수 없었다. 아악! 상배는 자신이 그 참혹한 비극의 주동자임에, 스스로의 악마성에 경악했다. 그놈이 악당이라면 상배는 악마였다. 지금까지 남들을 괴롭히며 살아왔던 그의 본성은 사탄이었다.

인과의 고리는 끊임없이 계속되었다. 상배와 혜린의 만남, 두 사람의 애욕, 상배와 진 여사의 만남, 상배의 이별 통고, 혜린에 대한 진 여사의 강샘, 강샘이 일으킨 조폭의 폭행, 그 폭행에 대한 상배의 복수. 있을지도 모르는 조폭의 재복수…. 인과는 이렇게 끊임없이 계속될 것이다. 어리석은 인간은 이러한 인과의 고리를 알아채지 못하고 스스로 불행을 자초하고 있었다.

5

그날의 보복 사건이 신문이나 텔레비전에 나오나 하며 상배의 온 신경은 곤두서 있었다. 혼자 있을 때는 믿는 종교도 없으면서 두 손만 모아 기도했다. 첫째는 그놈이 살아 있기를, 둘째는 상배가 한 일을 그놈이 모르기를, 그리고 마지막으로 그 가정이 온전하기를. 상배는 사건 현장을 둘러볼 생각이 꿀떡 같았으나 그렇게 하다가 잡혀버린 어느 범인의 신문 기사를 기억하고는 그러지도 못했다. 상배는 스스로 되돌릴 수 없는 범죄자로 변했다는 사실에 세상이 캄캄했다.

상배는 집에 혼자 있기도 불안하여 동네를 돌아다니다가 그때까지 보이지 않던 성당이 눈에 들어왔다. 그는 무작정 성당에 들어갔다. 성당 내의 장의자의 한편에 앉았다. 미사 시간이 아니었으므로 드문드문 기도드리는 사람들만 있었다. 상배는 그들을 따라 두 손을 모으고 십자가를 향해 기도를 올렸다. 하느님, 나의 죄를 용서해 주십시오. 나를 이 두려움에서 벗어나게 해 주십시오.

그때 근처를 지나가던 성직자 한 분이 상배의 서툰 기도 모습과 낯선 얼굴을 보고 가던 길을 멈추고 말을 걸었다.

"성당에 처음 오십니까?"

"네."

"성당에 다니고 싶습니까?"

"네."

"그러면 나를 따라 오십시오."

하며 앞을 서서 걸었다. 성당 사무실로 데려갔고 거기서 성당 사무원이 입교 절차에 대해 설명했다. 상배는 대번에 희망한다고 하고 예비 신자가 되었다. 그러고는 6개월 동안의 교리 교육을 받기 시작했다. 물론 그동안 성당 미사에는 빠짐없이 참석했다. 상배를 괴롭히던 사건에 대해 뉘우치며 고해실을 찾아서 고해 사제에게 힘겨운 고해를 했다. 고해 사제는 차분하게 상배의 고뇌에 찬 고백을 들었다. 그리고 상배에게 '주님의 기도'를 하루 열 번씩 한 달간 하고 깊이 참회할 것을 보속으로 주었다. 상배는 참회의 눈물을 흘리고 사제가 준 보속을 충실히 이행했다. 주님의 기도 중 '저희 죄를 용서하시고'란 대목에서는 몇 번이고 반복하였다. 고해 성사와 한 달간의 보속을 하며 상배의 마음은 얼마만큼 가벼워졌다. 다행히 그동안 그 사건이 보도되거나 형사들이 집으로 오지는 않았다.

상배는 처음에는 무작정 폭행 사건의 두려움에서 벗어나기 위해 기도를 시작했지만, 차츰 성경을 이해하고 예수님의 가르침을 하나씩 익혀 갔다. 예수님의 가르침을 행하는 것이 속죄할 길임을 알았다. 속죄를 하다 보니 보복 사건뿐만이 아니었다. 상배의 지나온 인생이 온통 악행으로 점철돼 있었다. 학교 다닐 때 폭력배로서 주위의 친구들을 괴롭히며 살아왔다. 폭력과 위협과 갈취와 사기로 얼룩져 있었다. 그뿐만 아니다. 카바레 제비 생활을 하며 수많은 여자들을 농락하고 가정을 파탄 내고 거짓말과 매음을 하며 돈을 우려내는 죄는 또 얼마나 큰 것이었는가? 더 큰 죄악은 그런 생활을 양심의 가책도 없이 행했다는 것이었다. 상배는 지금까지의 죄를 씻고 새롭게 태어나야겠다고 굳게 생각했다. 지금부터 나머지 인생은 지금까지의 죄를 참회하고 선행함으로써 속죄하는 인생으로 살아야겠다고 결심하였다. 그렇게 하기 위해서는 예수님의 가르침을 열심히 행하는 것이라고 생각했다.

이 자리까지 인도해주신 주님께 감사했다. 상배의 마음은 하루하루 안정을 찾아갔다.

상배는 어느 정도 마음의 평화를 찾자 자신의 행위에 대한 이성적 분석을 해보았다. 그 행위는 당한 피해에 대한 보복 행위였다. 그놈이 당한 린치를 상배의 보복 행위라고 알게 되면 또다시 보복할 것이다. 상배는 그 보복에 대한 보복을 하고 서로 간에 끊임없는 보복이 계속될 것이다. 그렇게 보면 보복이란 상대에 대해 하는 것이 아니라 자신한테 하는 것이었다. 보복이 아니라 자해였다. 자기 뺨을 때리고 통쾌해하는 것이었다. 그런 악순환을 끊으려면 그 고리를 스스로 끊어야 하는 것이다. 그 고리를 끊기 위해서는 복수심을 가라앉혀야 했다. 그것은 가해자를 용서하는 것이었다. 사랑하는 것이었다. 사랑하는 것, 그것은 용서하고 인내하는 것이었다. 아, 이번에도 내가 참고 견디었어야 했는데. 자신의 경솔한 행동이 후회되었다. 사랑을 배워야 할 것 같았다. 주님은 이것에 대한 대답을 해 주실 것 같았다.

상배는 성경 공부를 열심히 했다. 미사 시간의 신부님 설교도 귀를 기울여 들었지만 집에서도 성경 해설서를 펼쳐 놓고 예수님의 말씀을 하나하나 익혀 갔다. 성경은 예수님의 고난사였다. 그리고 그 고난을 통하여 예수님은 사랑의 큰 뜻을 세상 사람들에게 가르쳤다.

어느날 상배는 혼자서 예배실에 들러서 교단 뒤의 십자고상을 바라보며 기도하고 있었다. 주여, 저의 죄를 용서해 주십시오. 복수심으로 린치를 한, 생사를 알 수 없는 남자를 떠올리며 참회의 기도를 올렸다. 그의 생명이 살아있기를 간구(懇求)하였다. 그의 가정이 온전하기를 간구하였다. 그의 아픈 아내도 건강을 회복하여 단란한 가정을 이루기를 간구하였다. 주의 큰 사랑으로 그 불쌍한 사람들을 구원해 주십시오. 저에게 벌을 주시고 그 사람의 죄 없는 딸의 얼굴에 슬픔을 거두어 주십시오. 그때 상배의 귓가에 환청인지 모를 소리가 들렸다. 고개를 들어라. 네가 지은 죄를 속죄하여라. 그리고 원수를 사랑하라. 고개를 든 상배는 십자가의 예수님이 십자가를 벗어나 하얀 옷을 입은 채 성스러운 후광을 등지고 자신을 내려다보며 말씀하시는 것이었다! 정신이 번쩍 든 상배가 주위를 둘러보자 주위의 몇몇 안 되는 신자들은 평소대로 성경을 읽고 기도를 하고 있었다. 다시 고난상을 보니 스테인드글라스의 빛을 진 십자가에 매달린 원래의 모습으로 돌아와 있었다. 꿈이었나. 환상이었나. 그러나 되돌아본 기억은 잠이 든 것도 아니었고 잘못 본 것도 아니었다. 후광을 등지고 하얀 옷을 입고 두 손을 펼쳐 자신을 향해 말씀하시던 예수님을 분명히 본 것이었다. 속죄하고 사랑하라. 주님은 참회와 사랑을 가르쳤다. 감사합니다. 지금부터 저는 사랑을 실천하겠습니다. 아멘. 상배는 눈물을 흘리고 주님의 은총이 자신의 거듭남을 인도하였음을 가슴 깊이 새겼다.

그 사랑은 자신을 위한 사랑이 아니라 자신을 희생하는 사랑이었다. 상배는 그 사랑이야말로 어두운 세상을 살아가는 방향타였고 자신이 구원받을 길임을 알았다. 지금까지 자신의 인생은 자신과 가족의 이기심에서 살아온 것을 알았다. 사랑이란 참으로 위대한 가르침이었다. 상배는 마음 깊이 느꼈다. 자신의 극진한 기도에 성령이 응답한 것이라고 믿었다.

6개월이 지나 세례를 받고 미카엘이란 세례명을 받았다.

6

전두환 정권은 5.18 광주 민주화 운동을 무자비하게 진압함으로써 탄생했다. 체육관 대통령의 통치는 계속되었고 민주화 운동은 불씨가 꺼지지 않고 타들어 가다가 87년 1월, 박종철 고문치사 사건이 일어나고 그로 인한 과열된 데모 중에 이한열이 최루탄에 맞아 사망하자 시민이 합세한 6월항쟁으로 발전하여 대통령직선제로 개헌하게 되었다. 김영삼과 김대중의 야욕으로 민주세력이 타협하지 못하고 어부지리로 노태우가 13대 대통령으로 취임하였다. 그러나 국민의 민주화 열망에 따라 빠른 속도로 민주화가 진행되었고 그 분위기에 따라 노동운동도 활기를 띠고 전교조 사태에 이르게 된다.

혼란과 발전의 와중에 88올림픽의 개최로 쓰레기통에서 장미꽃이 피듯 한국동란으로 철저하게 부서졌던 나라가 중진국으로의 화려한 변신을 했고 국민들의 자부심은 선진국의 질서를 받아들이기 시작했다. 90년에는 소련과 92년에는 중국과 각각 수교하였고 91년에는 남북한이 동시에 유엔 가입을 하였다. 1990년을 전후로 한 노태우 정권 시절에 5공 청산과 전교조 등 노조활동으로 사회적 변혁기의 고통을 겪었다.

상배는 한 달간 집에서 쉬면서 여러 가지 생각을 했다. 혜린 누나는 이제 못 볼 것 같았다. 보고 싶었지만 남자 구실을 제대로 못한 자신은 용서받지 못할 것이다. 상배는 성당을 다니면서 안정을 찾게 되자 새롭게 인생의 블루페이퍼를 폈다.

카바레 생활은 청산했었다. 카바레는 신기루에 불과했다. 겉은 화려했지만 속으로는 썩어들어가는 것이었다. 상배는 음지에서 나와 양지에서 떳떳하게 살기로 했다. 상배의 통장에는 2,500만 원이 저축되어 있었다. 2년 동안의 수모의 대가였다. 그래도 상배가 성실하게 자신을 지킨 결과였다. 상배가 믿을 수 있는 현실적인 힘이었다.

상배는 기계공학을 하고 금속 가공 공장에 다녔기 때문에 자동차 정비에 관심을 가졌다. 목표를 카센터 자영으로 하고 정비학원에 다녔다. 3개월 동안의 수업을 받고 정비 기능사 자격시험에 합격했다. 카센터에 일자리를 구하고 향수 바르던 손에 스패너를 들고 차 하부에 들어가서 기름을 온몸에 묻히면서 일을 했다. 온몸에는 화장품 냄새 대신 기름 냄새가 배었다. 극과 극의 생활 환경 변화에 적응하기가 처음에는 힘들었으나 공장 시절의 생활로 돌아간다고 생각되었고 땀 흘리고 일한다는 데서 보람을 느꼈다. 일의 시작과 끝의 느낌이 달랐다. 허무하던 마음이 보람으로 바뀌었다. 열심히 일하고 집중해서 일을 익혔다. 그리고 주님의 가르침에 따라 남을 괴롭히거나 남의 도움으로 살아가는 생각을 지웠다. 가능하면 남을 돕고 사랑을 베풀겠다고 마음먹었다.

상배의 목표는 뚜렷했는데 카센터를 직접 경영하는 것이다. 그러나 현재의 소유 자금으로는 턱없이 부족했다. 아무리 작은 장소에서 시작하더라도 최소 5,000만 원은 더 있어야 했다. 상배는 좌절하지 않았다. 지성이면 감천이라 언젠가 꿈이 이루어진다는 믿음을 가지고 하루하루를 열심히 일했다.

상배는 기도하는 중 꼭 마음속에 걸리는 것이 있었다. 상배가 보복 폭행한 이순식과 그의 가족에 대한 뒤 소식이었다. '아빠, 일찍 와. 엄마가 죽을 것 같아. 나 혼자 너무 무서워.' 그 집 딸애의 목소리가 귓가에서 지워지지 않고 맴돌았다. 상배는 참회로써 죄의 사함을 받으려고 하였다. 그리고 상응하는 고해 성사도 했다. 그러나 상배의 양심은 그들의 뒤 소식을 듣기를 원했다. 그들에게 폭행으로 인한 불행이 없었다면 천만다행이지만 그렇지 못하다면 무언가 보상을 해야 한다고 생각했다. 상배는 그 길이 주님을 믿는 사람으로서의 바른 행동이라 생각했다.

사고가 생긴 지 2년이 가까워 올 때였다. 상배는 미사를 마치고 나오면서 그 집을 찾아가기로 결심했다. 어떠한 연유이었던 간에 자신과 악연이 얽혀진 이순식과 그의 가족들을 모른 척할 수 없어 그 후의 궁금한 사정을 곰파기로 작정했다.

2년이 흘렀지만 그 집을 찾는 데는 어려움이 없었다. 마을 모습은 옛날 그대로였다. 그 집 앞에 가까이 갔다. 이순식이 문을 열고 나올 것 같았다. 철문은 그대로인데 새로 밝은 회색으로 덧칠을 했다. 그 문 한쪽에 있는 문패로 눈길이 갔다. 이순식이란 이름 대신에 박종문이란 이름이 걸려 있었다. 어떻게 된 건가? 문패로는 주인이 바뀌었는데 이순식의 가족은 이사를 간 건가? 당장 거기서 이순식을 맞닥뜨리면 그 후 수습할 자신이 서질 않았다. 문 앞을 서성거리다 돌아 나왔다. 거기서 100m쯤이나 떨어져 있는 충남슈퍼라는 오래된 함석 간판이 걸려 있는 구멍가게에 들어갔다. 가게와 붙어 있는 방에서 할머니가 나왔다. 상배가 쇼케이스에서 캔 콜라를 꺼내어 의자에 앉아 마시면서 물었다.

"할머니, 저 끝 집 주인이 바뀌었어요?"

"누구서? 이 동네 사람은 아닌가 벼?"

"네, 그 집 주인과 옛날에 같이 일하던 사람이에요."

"성미 애비 말하는 거유?"

"예, 이순식 씨요."

"아직 그 소식 못 들었나? 저 집 얘기는 입에 올리기가 싫어. 어쩜 저런 집이 이웃에 있어서, 쯔쯔."

할머니가 혀를 찼다.

"왜요?"

하면서 상배는 선반에 있는 먼지가 뽀얗게 낀 국산 위스키를 한 병 꺼냈다. 병의 먼지를 불고 뚜껑을 덮은 먼지를 소매로 닦았다.

“여기서 마실려우?”

“네, 잔 있으면 좀 주세요.”

할머니가 종이 잔을 주는데 상배는 한 잔을 단번에 마시고 할머니에게 잔을 돌렸다. 상배의 뱃속을 짜르르 하며 내려가는 독주의 자극이 미로를 마주하는 상배의 결기를 돋우었다.

“나 술 안 해.”

하면서 상배의 손을 내밀었다. 상배는 누른 오징어포 봉지를 하나 뜯어 안주 삼아 펴 놓았다.

“저 집 얘기하면 괜히 찜찜하기도 해서 생각도 안 하려고 하는데 참 안 됐어. 아휴, 줄초상까지 보았으니.”

상배는 아, 최악의 경우구나. 어떻게 이렇게까지 되었나, 하며 가슴에 성호를 그리고 불행을 애도했다.

“어떻게 됐는데요?”

“애들 에미가 암으로 오래 누워 있었는데 2년 전에 죽었지. 말도 없이 참 부지런한 사람이었는데. 사오 년 전인가 자궁암인가 걸렸다고 했는데 병원에 입원도 못하고 그냥 집에서 약만 먹고 있었어. 그 사람이 죽기 전 그해였지. 애들 애비가 시장에서 장사를 하다가 싸웠다고 하지, 아마. 그 싸움 뒤탈로 정신이 이상해졌어. 나도 몰라 보더라니께. 어쨌든 장사를 못하고 집에 있었지."

"그리고요?"

상배는 또 한 잔 마시고 귀를 세워 할머니를 재촉했다. 할머니는 심심하던 차에 친구를 만난 듯, 더구나 먼지 쌓인 비싼 술을 사 마시는 사람에게 술술 얘기를 풀었다.

"목구멍이 포도청이라 이리저리 일자리를 찾아다니다가 시작하면 그만두고 또 시작하면 쫓겨나고 한곳에 붙어 있질 못했어."

"애들은 학교에 다녔나요?"

"작은 녀석은 초등학교 입학 전이었고, 큰 애는 초등학생이었지. 애들도 굶는지 어떤지는 모르겠고 간혹 보면 깡마른 얼굴에 기가 죽어 있었어. 우리 집에도 소주와 라면 값 외상이 아직 있어."

"음— 그리고는요?"

"그 애비가 자살했어. 아마 벌어오는 돈은 없고 아이들은 키워야 했는데 정신은 오락가락하지 빚쟁이들은 와서 닦달은 하지. 어느 날 그 양반은 저쪽 뒷산에서 목을 매었어. 아유, 끔찍해. 세상에 그런 불쌍한 일이 있나. 부모 잃은 아이들은 어쩌러구."

이순식이 자살했다는 말에 상배의 머리는 한 방 맞은 듯이 충격이 왔다.

"할머니, 그 아이들은 어떻게 됐어요?"

"그들 부부의 장사를 지내 주었던 애들 에미의 오빠라고 했던가 하는 사람이 집을 처분하고 빚쟁이들의 빚을 정리하고 애들을 데리고 갔지."

"지금 살고 있는 사람들은요?"

"이 동네 세 들어 살던 사람이 싼 값에 그 집을 얻었어."

상배는 또 한 잔을 들이켰다. 그동안 술을 절제해 왔는데 술을 먹지 않고는 그 얘기를 들을 수 없을 것 같았다. 인간의 삶이 이렇게 비참할 줄은 몰랐고 그 불행의 원인자가 바로 자신이라는 것에 가슴이 덜덜 떨렸다.

"그 아이들을 데려간 외삼촌을 만날 수 있을까요?"

"그건 몰라. 인천이라고 했던가 했는데 더 이상은 몰라."

상배는 할머니에게 값을 치르며 할머니의 손사래에도 이순식의 외상을 갚았다. 남은 양주를 가져가라는 할머니에게 고마웠다고 하며 슈퍼에 남기고 나왔다. 곧장 애들이 살던 집으로 갔다. 상배는 심호흡을 하며 입 속의 술 냄새를 뱉어냈다. 초인종을 눌렀다. 50대나 되어 보이는 아주머니가 누구세요, 하며 나왔다.

"이순식 씨를 아는 사람인데요, 뭐 좀 물어볼 게 있어서요."

라고 대답했다. 아주머니는 문을 열고,

"그분은 돌아가셨는데요. 그 뒤로 그 집은 이사를 가고 우리가 살고 있는데요."

하면서 아래 위를 훑어보았다.

"아이들은 어디로 갔습니까?"

"외삼촌이라는 사람이 데려갔어요."

"혹시 그분 연락처를 알 수 있을까요?"

"그런데 왜 그러는데요?"

"아이들을 잘 알고 있는 사람인데요, 걔들을 만나보고 싶어서요."

아주머니는 집 매매계약을 아이들 대신해서 외삼촌이 했다면서 그 사람의 성명과 전화번호를 알려 주었다. 상배는 고맙다고 하며 그 집을 떠났다.

상배는 공중전화 부스를 찾아 다이얼을 돌렸다.

"여보세요, 김정권 씨 댁이시죠?"

"네, 그런데요. 누구신가요?"

"이순식 씨 하고 형님 아우 하는 사이인데요, 조카들이 보고 싶어서 전화 드렸습니다."

"지금 없습니다."

하며 덜커덕 수화기를 놓는 소리가 났다. 다시 전화를 걸었다.

"좀 전에 통화하던 사람인데요, 그 아이들이 보고 싶어 그러는데요, 거기가 어디쯤 되죠?"

"그 애들은 여기에 없어요."

"그럼 어디에 있나요?"

"보육원에 보냈어요."

다시 전화를 끊으려는 것을 잽싸게 막으며, 다시 물었다.

"잠깐만요, 어느 보육원인데요? 그것만 가르쳐 주세요."

"천사보육원이요."

하며 탁 끊었다.

천사보육원. 그래, 이제 그 애들을 볼 수 있겠구나. 전화국에 전화를 여러 번을 해서 겨우 수원에 있는 천사보육원에서 이성미, 이성철을 찾아냈다.

성미는 아빠의 시신을 동네 사람들이 빙 둘러싸고 웅성거리고 있을 때에야 그 틈을 비집고 들어가 보았다. 경찰이 나뭇가지에 매단 줄을 풀고 내려놓은, 시트를 덮기 전 아빠의 죽은 얼굴을 보았다. 충혈된 눈은 튀어나올 듯이 번쩍 뜨고 있었고 짙은 자주

색의 혀를 길게 빼물고 있었다. 성미의 눈앞이 캄캄해지며 어둠과 함께 공포와 비애가 노도 같이 덮쳐왔다. 사람들 사이를 뚫고 시신을 향해 뛰어갔다. 아빠—. 주위의 어른들이 성미를 붙잡고 끌어안았다. 이순식의 시신은 이동 침대에 실려 앰뷸런스에 옮겨졌다. 병원으로 옮겨진 시신은 의사에 의해 사망 원인이 질식사로 가려졌고 외삼촌이 유족 대리인으로 장사를 치렀다. 성미와 성철은 상복도 입지 않고 외삼촌을 따라 화장장을 다녔고 울면서 절을 하고 산골을 했다.

성미에게 하루하루가 의식과 무의식이 교차하는 가운데 훌쩍 지나갔고 성미와 성철은 외삼촌의 차에 실려 인천 외삼촌 집으로 갔다. 외삼촌 집은 연립주택이 무질서하게 지어져 있는 동네의 한 연립주택이었다.

그 집에는 살천스러운 외숙모와 사촌 형제가 있었는데 형은 성미의 한 살 위였고 동생은 한 살 아래였다. 성미 남매가 인사를 한 후에도 외숙모의 표정은 식모 아이를 받아들이는 듯 팔짱을 낀 채 싸늘하였다. 외삼촌은 자, 이곳이 너희들 살 집이다, 라며 등을 밀고 아이들을 집안으로 데리고 갔다. 사촌 형제들은 반가움도 기대도 없는 냉랭함 속에 그들을 보고 있었다.

그 집에는 조그만 거실과 세 개의 방이 있었는데 부부가 거처

하는 안방과 아이들 방과 짐들을 쌓아놓은 골방이 있었다. 성미와 성철은 사촌 형제들의 방을 같이 썼다. 사촌들은 이층 침대에서 자고 성미 남매는 방바닥에 이불을 펴고 잤다. 하루 밤을 지나고 사촌 오빠는 외숙모에게 방이 비좁아서 걔들과 같이 잘 수 없다고 칭얼댔다. 외숙모는 입에 욕을 달고 골방의 물건들을 치우고 겨우 아동용 이불 하나 들어가는 공간을 만들어 잠자리라고 내주었다. 그 방에는 작은 장독, 쌀통, 헌 트렁크, 선풍기, 플라스틱 대야, 헌 옷이 든 쇼핑백, 고무 호스 등 그 집에서 당장 쓰지 않는 물건들을 쌓아놓는 곳이었다. 쥐라도 다닐 듯한 음습한 곳이었고 그 아이들은 그 방의 물건같이 버려졌다. 곰팡이와 먼지가 섞인 냄새까지는 참을 만했으나 그 방은 난방을 끊어 냉방이었다. 두 남매는 추운 밤을 방바닥에서 올라오는 냉기를 서로 껴안은 체온으로 견디었다.

성미는 잠결에 외삼촌 부부가 말다툼하는 것을 들었는데 걔들 올 때 집 판 돈 받았지 않냐, 면서 왜 난방도 틀어주지 않냐, 하고 따지던 외삼촌의 목소리가 그 돈으로 걔들 양육비로 한 달이라도 쓰겠냐, 는 외숙모의 가살에 밀려 잦아들었고 마침내는 알았다, 알았어, 하며 항복하는 소리를 들었다.

성미 남매가 견딜 수 없는 것은 냉방의 차가움보다 더 차가운 외숙모의 시선과 욕설이었다. 세상에 너희들만큼 보기 싫은 것은 없다, 너희들 오고 나서 제대로 되는 일이 없다, 꼴도 보기 싫으니 너희들 살길 찾아 나가라, 고 악을 쓰는 것이었다. 그것뿐 아니라 사촌들도 합심해서 성미 남매를 구박했다.

지옥 같은 한 달이 지났을 때였다. 성미가 학교 갔다 와서 방에 들어가니 성철이 혼자서 훌쩍이고 있다가 누나 품에 달려들며 울음을 터뜨렸다. 왜냐고 물으니 거실에 있는 작은 형 장난감을 가지고 놀고 있는데 학교에서 돌아온 작은 형이 내 장난감을 왜 네가 갖고 노느냐고 빼앗고 주먹으로 때렸다는 것이었다. 성미가 사촌 동생을 찾아 장난감 같이 쓰고 사이좋게 놀라고 부탁하던 것이 다시 싸움이 되었다. 집에 온 사촌 오빠가 동생이 성미에게 맞는 걸로 알고 달려들어 성미를 주먹으로 때리자 성철이도 달려들어 네 명의 아이들이 패싸움을 하게 되었다. 싸움이 아니라 일방적인 폭행이었다. 사촌 오빠는 성미를 넘어뜨려 깔고 앉아 주먹을 휘둘렀고 사촌 동생은 성철을 밀어 눕히고 때렸다. 성미의 코에서 피가 나자 성미는 오빠의 팔뚝을 물고 싸움은 끝났는데 외숙모가 들어오자 어수선한 분위기에 큰아들에게 무슨 일이 있었냐고 물었고 그 아이는 자기들 장난감을 말도 없이 갖고 놀아서 싸웠는데 성미가 물었다고 하면서 팔뚝의 이빨 자국을 보였다. 화가 머리끝까지 난 외숙모는 손바닥으로 아이들의 머리 어깨를 내리치며 꼴도 보기 싫으니 너희 방에서 나오지도 말라고 고래고래 소리치며 몰아붙였다. 외숙모는 그날 저녁 성미 남매의 밥을 굶겼다.

며칠 후 외삼촌은 성미 남매를 데리고 수원으로 갔다. 천사보육원으로 들어가기 전 외삼촌은 찐빵과 만두를 사주면서 이제 너희들 힘으로 살아가야 한다, 면서 외삼촌은 없다고 생각하고 연락도 하지 말라고 하였다. 성미 남매는 자신들의 의지와 관계없이 축구공같이 이리 차이고 저리 차이면서 자리를 옮겨 다녔다.

천사보육원에 들어선 그들은 원장실 앞에 성미 성철을 기다리게 하고 외삼촌이 들어갔다. 외삼촌은 원장에게 아이들이 부모를 잃었다고 말하고 자기가 거두려고 했으나 형편상 도저히 양육하기가 힘들어 보육을 부탁한다고 하였다. 그러면서 아이들을 잘 부탁한다고 하면서 준비해둔 봉투를 탁자 위에 내놓았다. 그러면서 아이들이 다시 자기를 찾지 않게 해 달라고도 부탁했다. 원장은 해시시 웃으며 걱정 마시라고 하였다. 외삼촌은 원장에게 인사를 하고 짐이라도 벗은 듯이 아이들을 침을 뱉듯이 버렸다. 원장은 어느새 위선적인 웃음을 지워버리고 보육교사를 불러 아이들을 인계했다.

상배는 카센터의 바쁜 일을 피해 일요일 미사를 마치고 수원으로 천사보육원을 찾아갔다. 낡은 유치원 같은 데를 들어서니 천사들이 사는 곳은 아닌 것 같았다. 보육원 원장의 안내를 받아서 접견실에서 아이들을 만났다. 원장은 어떤 관계냐고 묻고 자기 보육원에서 재미있고 행복하게 생활한다고 하였다. 아이들이 원장의 안내로 들어왔다. 아이들의 눈은 벌써 낯선 사람에 대한 경계심으로 움츠러들어 있었다. 아이들을 보니 성미는 피부가 거칠거칠했고 성철은 아프리카 빈민국의 아이들처럼 깡마른 몸에 눈만 크게 보였다. 오갈든 남매의 표정에서 그들이 얼마나 고통스러운 길을 걸어왔는지 알 수 있었다.

"성미냐? 넌 성철이냐?"

대답은 않고 눈만 멀뚱멀뚱한다.

"그러면 여기서 말씀 나누세요."

하면서 원장은 자리를 뜬다.

"성미야, 아저씨는 옛날에 너희 아빠와 장사를 같이 하던 사람이야. 이런저런 바쁜 일로 너희들을 찾아보지 못했는데 이렇게 보니 반갑구나."

눈치만 보던 성미가 입을 열었다.

"그런데 아저씨는 왜 왔어요?"

"너희들 도와주려고 왔지. 어때, 여기서 지낼 만해?"

"네."

모기 소리다.

"왜 외삼촌 집에서 여기로 왔니?"

"…"

"외숙모가 이뻐 하지 않던?"

머뭇거리다가 성미가 말문을 열었다.

"네. 우리들을 미워했어요. 사촌 오빠에게 맞고 외숙모에게도 야단맞았어요. 오빠가 우리를 자기 집에서 나가라고 하고 때렸어요."

"외숙모는 밥도 안 주고 잠도 창고방에서 자게 했어요."

상배의 눈치만 보고 있던 아이들이 입을 열자 참아왔던 말을 쏟아냈다. 성철이도 누나의 말을 거들었다. 두 아이의 눈에서 눈물이 주루룩 흘렀다.

"울지마. 힘든 일이 있어도 울지 않고 씩씩하게 살아가야지. 여기는 어떻게 왔지?"

상배는 아이들의 눈물을 닦아주며 말했다. 아이들의 눈물을 훔친 자리에 땟자국이 얼룩졌다.

"어느 날 외삼촌과 외숙모가 싸우고 외삼촌이 우리들을 여기로 데려왔어요."

"성미는 학교에 다니니?"

"네, 이리로 전학 왔어요."

상배는 원장 선생님을 불러서 아이들 외출을 요청했다. 원장은 함부로 외출시킬 수 없다고 하면서 상배의 외출 신청서를 받고 주민등록증을 보관했다. 3시간의 외출을 허락했다. 상배는 아이들과 나오면서 물었다.

"뭐가 먹고 싶어?"

"짜장면요."

좀 전의 눈물은 잊었는지 성철이가 소리쳤다. 근처에 있는 중국집을 찾아 들어갔다. 짜장면 세 그릇과 탕수육을 시켰다. 아이들은 탕수육을 처음 먹는지 입 주위에 소스를 묻히면서 아귀아귀 먹었다. 상배는 짜장면을 들다 말고 아이들의 먹는 것을 보며 측은감이 일어났다. 세상에는 우리가 모르는 이런 불쌍한 사람들도 있구나. 상배는 자신의 커온 길도 힘든 길이었지만 이 아이들을 보니 행복하게 살았다 싶었다. 그리고 아이들에 대한 죄책감이 보이지 않게 짓누르고 있었다.

"천천히 먹어. 체하겠다."

"그런데 아저씨는 왜 우리에게 친절하세요?"

성미가 물었다. 아무래도 상배에 대한 의심이 풀리지 않나 보다. 저 아이가 세상을 밝게 보려면 아직도 많은 시간과 사랑이 필요하겠지.

"음, 내가 너희 아빠 살아 계실 때 도움받은 일이 많거든."

"무슨 일인데요?"

상배는 속이 뜨끔하였으나 에둘러 얘길 했다.

"어, 내가 장사 시작할 때 여러 가지 가르쳐 준 것이 많아. 돈도 빌려주었지."

성미는 귀담아듣고 성철은 대답도 않고 먹기에 바빴다. 상배가 손도 안 댄 탕수육을 거의 다 먹고 배가 부른지 젓가락을 놓았다.

"보육원에서는 어려운 게 없어?"

"아침 여섯 시에 일어나야 하구요, 저녁 아홉 시에 잠자야 돼요."

"싸우거나 선생님 말 안 들으면 벌 받아요."

"손을 들게도 하구요, 밥을 굶기기도 해요."

"밥은 뭘 먹니?"

"밥 하구요 국과 김치요. 맨날 같아요. 손님들이 올 때는 고기도 나오고 만두도 나오고 맛있는 것이 많이 나와요."

"손님들이 오면 그동안 연습한 노래도 부르고요, 많이 웃어야 돼요."

상배는 보육원 설비가 충분치도 않고 복지도 부족하게 느껴졌다. 상배는 아이들에게 만 원씩을 주고 꼭 필요할 때 쓰라고 했다. 보육원에 돌아와서 원장에게 아이들을 잘 부탁한다고 하며 금일봉을 내놓았다. 원장은 갑자기 밝은 웃음을 지으며 아이들이 착하다고 하며 잘 자랄 테니 걱정 마시라고 했다. 그새 정이 들었는지 정이 그리워서 그랬는지 두 아이의 눈망울에 헤어짐의 아쉬움이 어른거렸다.

상배는 미사를 마치고 신부님을 찾았다. 신부님께 성당에서 운영하는 보육원이 있는지 여쭈었다. 수녀회에서 운영하는 것이 있다고 말씀하셨다. 서울에 있는 보육원을 방문하여 수녀님께 사정을 말하고 입소를 승낙받았다. 성미와 성철은 아저씨와 가까이 있을 수 있다는 상배의 말에 선뜻 찬성하였다. 그 아이들은 수녀들이 운영하는 요한나보육원으로 옮겼다. 상배는 주말이면 시간 나는 대로 아이들을 찾았다. 아이들의 얼굴에 차츰 웃음이 찾아왔고 얼굴도 깨끗해지고 몸도 튼튼해지는 것 같았다. 마음이 건강해지니 얼굴에 핏기도 돌아오고 오갈들었던 표정도 펴졌다.

성철의 입학식 날이었다. 상배는 카센터 사장에게 양해를 받아 휴가를 내고 보육원 근처에 있는 초등학교를 찾아갔다. 성미와 성철 그리고 수녀 선생님이 두 분 오셨는데 오늘 성철과 함께 입학하는 친구들을 같이 데리고 왔다. 성철이 친구들과 같이 있는데 작고 여위어 애처로웠다. 상배를 본 성미와 성철이 반가움에 달려들었다. 상배는 수녀 선생님들에게 인사하고 고마움을 표시했다. 성철의 표정은 들떠 있었는데 학생이 된다는 자부심과 새로운 세상을 만나는 두려움이 얼굴에 함께 나타났다. 입학식을 마치고 수녀님들에게 아이들의 외출을 허락받고 근처의 중국집으로 데리고 갔다. 성철에게 가방을 선물로 주었다. 선물을 받은 성철은 입꼬리가 귀밑까지 찢어진 채 가방을 안고 한쪽 손으로 가방을 연신 매만진다. 내 것이 된 가방이 믿어지지가 않는 모양이다.

"성철아 축하해. 이제 의젓한 초등학생이 되었네. 기분이 어때?"

"좋아요. 좋기도 하지만 새 친구들과 선생님을 만나서 좀 떨려요."

"성철아 떨 필요 없어. 친구들과 만나서 놀면 재미있어."

하며 성미가 가르친다. 성미도 동생의 입학에 감정이 움직였다. 동생의 대견함에 다행스럽고 고맙게 느꼈다. 지난 몇 년간의 지옥 같은 생활에서 이제 가느다란 빛을 보는 것 같았다. 요한나보육원은 그들에게 최소한 안전한 환경은 되었다.

그러나 그 아이들에게 부모의 애정보다 필요한 게 있을까. 오랜만의 만남에도 그 아이들의 애정 결핍이 피부로 느껴졌다. 그 아이들을 사랑해야지. 나는 그 아이들의 아버지 역할을 할 의무가 있어. 그 아이들이 외롭지 않도록, 부모 있는 아이들의 성장과 다름없이 아이들을 바르게 키워야 할 책임이 있어. 그것만이 나의 죄를 씻는 일이야. 그리고 또 하나 할 일은 내가 아이들의 아버지를 죽게 한 사람임을 알려 주어야 해. 그리고 그들의 용서를 받아야 해. 그들이 용서를 해 줄까? 부모의 원수는 자식들이 갚는다는 것이 천칙인데 그들이 쉽사리 용서를 해 줄까? 그래도 나는 그 길을 가야 해. 지금은 아이들이 너무 어려서 충격이 심할 거야. 지금 내가 아이들에게 할 수 있는 것은 아이들의 불행을 막아 주는 거야. 그 아이들이 자라서, 감수성이 강한 사춘기를 지나서 마음의 충격을 흡수할 나이가 되면 그때 아이들에게 사실을 얘기하고 용서를 구해야지. 주여, 길 잃은 어린 양을 구해 주소서.

7

혜린은 한인 교회에 다니는 것을 그만두었다. 교회의 십일조 헌금이 불편했다. 한 주의 헌금 기탁자의 이름과 금액을 공개하는가 하면 예수님의 가르침이 십일조 헌금에 있는 듯 설교에서 강조하는 대목이 많았다. 예수님의 가르침을 왜곡되게 가르치는 것이 싫었다. 혜린에게는 그러한 목사들의 행위가 중세 유럽의 교황청에서 하던 면죄부의 판매 행위와 다름없어 보였다.

혜린은 자신의 믿음의 의지처를 불교에서 찾을까 생각하였으나 미디어를 통해 들어온 한국 불교의 타락상을 보고서 이 또한 면죄부 판매와 다름없다고 생각했다. 그러한 부패한 스님들의 호주머니로 들어갈 시주를 할 생각이 없었다. 교의는 도그마로 변질돼 있었다.

그러던 중 불교 선센터의 정보를 얻었다. 거기서는 기도보다는 참선 수행을 주로 하는 곳이고 지식층 백인들이 많이 오는 곳이라고 한다. 일본 불교의 젠센터와 함께 돌아가신 숭산 스님이 로드아일랜드에 처음 뿌리 내린 것으로 이제 미국 전역에 퍼져 있는 선센터였다. 복잡한 일상에서 얻는 스트레스를 해소하고 정신을 정화하고 깨달음을 얻는 데 도움을 준다고 했다. 혜린에게는 물레방아같이 쉼 없이 달려온 37년, 이제 숨 돌리고 자신을 돌아보며 인생살이에 붙어 다니는 고뇌에서 벗어나고 싶었다. 혜린이 선센터에 가 보니 자신의 정신 세계를 맡기고 스스로의 수양을 하기에 잘 맞는 곳이었다.

혜린은 선센터의 주지이신 무상 스님으로부터 불교 교리를 익히는 길을 지도받았다. 혜린은 스스로 불교 교리를 익혔다. 불경은 반야심경에서 화엄경까지, 교리해설은 팔정도에서 유식론에 이르기까지 탐독하고 해득했다. 수많은 시간을 시간 가는 줄 모르고 빠져들었고 그래도 까마득히 먼 부처님의 가르침 앞에 숙연해질 뿐이었다. 어느덧 책장에는 불경과 불교 이론서가 자리를 잡았고 혜린은 재가불자가 되었다.

혜린은 관세음보살을 불렀다. 보살심으로 증오를 녹이려고 했다. 그렇게 되기를 기도했다.

상배도 여러 번 마음을 흔들며 나타났다. 혜린은 그것도 다른 망상과 같이 묻어두려고 했다. 다시는 볼 수 없는 사람이었다.

혜린은 폭행자들에 대한 증오심도, 상배에 대한 미련도 번뇌이며 망상이라 생각했다. 혜린은 지난 3년간의 격동의 시간대를 꿈같이 생각했다. 길몽도 악몽도 있었다. 아무리 추악한 세상도 멀리서 보면 슬프게 보일 수도 아름답게 보일 수도 있다고 생각했다. 그러나 모든 것은 허무했고 손으로 잡을 수 없는 한낱 바람이었다. 미망에서 벗어나게 해 주소서, 관세음보살.

혜린의 바쁜 생활로 윤간의 악몽은 차츰 흐려졌으나 그때의 상황과 관련된 생각이 들면 덴가슴에 놀라 돌연히 공포심이 육체적 반응으로 나타나기도 했다. 봄철이 아닌데도 입안이 까칠하고 밥맛이 떨어지고 지나가는 자동차 경적에도 깜짝깜짝 놀라기도 했다. 그 사건이 꿈으로 재현되기도 했다. 악몽 속에 가위눌린 날은 식은땀을 닦기도 했다. 이럴 때는 다시 제자리로 온 듯하였다. 혜린은 명상을 통해 마음의 풍랑을 많이 잠재워 두었으나 불현듯이 내돋는 트라우마는 혜린을 검질기게 따라다녔다.

혜린은 악몽에 시달린 어느 날 지금까지 피해왔던 윤간의 기억을 명상으로 스스로 들추어내어 정면으로 마주쳐 보기로 했다. 트라우마는 어둠의 터널이었다. 그 어둠을 극복하기 위해서는 어둠을 피해서는 안 된다. 그 터널이 무서워 터널의 어둠을 쳐다보지 않는다고 해서 암흑의 기억을 없앨 수는 없다. 암흑의 기억을 없애기 위해서는 그 암흑을 두 눈을 뜨고 정시해야 하고 두 눈을 부릅뜬 채 터널을 통과한 후에야 어둠의 공포를 이길 수 있다. 그 공포의 원인은 윤간의 기억이었다. 그 기억에는 세 명의 악한이 있었고 그들의 폭행이 있었다. 그것이 끝이 아니었다. 그 폭력은 혜린에게 증오심을 남겼다. 원천은 증오심이란 집착이었다. 혜린은 고통을 뚫고 그 고통의 원인을 알아냈다. 그래, 그 집착을 버려야 한다. 그 집착과 함께 그녀의 고통도 사라질 것이다. 그 집착을 어떻게 버리나. 그것은 용서와 자비였다. 부처님의 자비심이었다. 그들도 폭력배이기 전에 한낱 중생이었다. 힘세고 무서운 폭력배이기 전에 무지하고 불쌍한 중생이었다. 세상을 힘들게 살아가는, 선악도 가리지 못하는 한낱 무지렁이였다. 단순한 이기적 욕망만으로, 또 먹고 살기에 코가 꿴 불쌍한 중생이었다. 그들의 포악하고 욕망에 이글거리던 얼굴들이 삶에 찌들고 공포에 떠는 얼굴로 변했다. 어깨에서 팔목까지 내려오던 문신이 소의 엉덩이에 찍힌 낙인같이 보였다. 매에게 잡아먹힐 줄도 모르고 눈앞의 개구리만 잡아먹으려는 뱀이었다. 관세음보살. 그들을 불쌍히 여기소서. 그들에게 자비를 베푸소서. 혜린은 그들을 위해 기도했다. 세존께서 살인마 앙굴마라를 용서하고 구제해 주셨듯이 저로 하여금 그들을 용서하게 해 주소서. 가여운 그들에게 자비를 베풀게 해주소서.

혜린의 생활 속에서 윤간의 악몽이, 그 긴 그림자가 서서히 거두어졌다. 마음이 편안해졌다. 트라우마가 재현할 때에는 피하지 않고 자비를 베푸는 편안한 마음으로 받아들였다. 간혹 나타나는 그들의 얼굴이 무서운 얼굴이 아니라 측은한 얼굴로 보였다. 자비의 베풂은 자신이 집착에서 벗어나는 것이었다. 집착에서 벗어남으로써 공포에서 벗어났다. 혜린은 마음의 평정과 함께 불쌍한 그들을 껴안아 주었다. 무소유에서 자유를 얻듯이 자비로써 공포를 벗어나 평화를 얻었다.

• 4 •
새로운 시작

1

혜린은 정신 수양을 통해 서울의 트라우마도 벗어나 모처럼 자신의 행복에 자족하고 있었다. 그러나 혜린의 운명은 말띠생의 예언과 같이 그녀를 편하게 놔두지 않았다. 혜린은 LA에서의 새롭게 변화한 안정된 생활 중에 불현듯 한 통의 편지를 받았다. 상배에게서였다! 지금까지 잘 재워두었던 마음이 다시 흔들리기 시작했다.

사랑하는 혜린 씨,

잠자리에 들어 눈을 감을 때마다 떠오르는 얼굴은,

잊어야지, 잊어야지 하면서 잊지 못하는 얼굴은,

언제나 미소를 띠며 나타났다 눈물로 사라집니다.

그 눈물을 보고는 참고 참다가 더 이상 참을 수 없어 오늘 밤은 일어나 글을 씁니다.

사랑하는 당신, 혜린 씨.

당신은 왜 눈물로 헤어지면서 나의 마음을 울립니까?

당신은 왜 우리 사이의 사랑을 애써 외면하려 합니까?

결혼하고 아이를 가지고 이혼을 했다고 해서 사랑을 할 수 없는 것은 아닙니다.

남편을 두고 불륜을 했다고 해서 사랑의 권리를 빼앗길 수는 없습니다.

늑대들에게 여성의 정조를 유린당했다고 해서 사랑을 포기할 수는 없습니다.

나에게도 숱한 여자들이 지나갔지만 사랑했던 사람은 한 사람도 없기 때문에 당신을 사랑할 수 있습니다. 아니 숱하게 많은 사랑을 했다 하더라도 그것이 문제가 될 수 없습니다.

육체적인 관계는 사랑하고는 관계가 없습니다. 그러한 행위는 입었다 벗어버리는 옷일 뿐입니다. 그러므로 당신과 나의 사랑은 오롯이 온전하게 있습니다.

세상 사람들이 어리석음으로 위안부 할머니들에게 손가

락질할 수 있나요? 많은 일본 병정들을 위로해 주었다고 음란하다고 매도할 수 있나요? 그 할머니들의 꿈과 사랑은 죽음 앞에서도 온전히 남아 있습니다.

나이가 장애가 될 수 없습니다. 당신이 나이 때문에 날 떠난다면 나는 가난 때문에 당신에게서 떠나야 합니다. 당신은 나의 변명을 수긍할 수 있겠습니까? 나이나 가난은 껍데기일 뿐입니다. 사랑이란 본질의 만남입니다. 사랑은 어떤 이유로도 어떤 변명으로도 어떤 상처로도 어떤 과거의 흔적으로도 변할 수 없습니다. 그와 같은 조건으로 사랑은 쉽사리 얻을 수도 없습니다. 사랑은 쉬운 것도 어려운 것도 아닙니다. 단지 사랑하는 마음이, 사랑의 본질이 순결하다면 사랑하는데 아무런 장애도 없습니다.

사랑하는 혜린 씨,

당신의 첫인상은 나에게 첫사랑으로 다가왔고 새로운 인생의 시작이었습니다.

수줍어하며 용감하기도 했던 당신의 모습은 내가 찾던 연인의 모습이었습니다.

달밤에, 시냇물 소리에 붕붕 떠다니던 키스의 감미로움은 내가 꿈꾸던 사랑이었습니다.

북한강 가 언덕은 우리에게 에덴의 동산이었습니다.

흐르는 과즙을 빨아서 주던 사과 한 입, 생선 살을 얹은 밥 한술, 그것은 사랑에 굶주린 나의 양식이었습니다.

나는 아무리 살펴봐도 이 세상에는 당신밖에는 사랑할 사람이 없습니다.

그릇이 두 쪽이 나서 한쪽만으로 음식을 담을 수 없고 거울이 두 쪽이 나서 한쪽만이 남는다면 형체를 온전히 비출 수 없습니다. 우리는 두 쪽이 난 그릇의 한쪽, 거울의 한쪽입니다. 나의 잃어버린 한 쪽은 당신입니다. 다른 어떤 반쪽으로도 맞출 수 없는 한 쪽입니다. 그래서 사랑은 유일하며 불변이란 의미를 갖게 되겠지요.

제 짝을 찾지 못한 반쪽은 얼마나 외로울까요? 잘못 만난 반쪽들은 얼마나 불행할까요? 당신이 나에게 그 반쪽이란 것을 알고 난 후에 당신이 떠난다면 나는 외로움 속에 평생을 보낼 것입니다. 당신도 마찬가지일 것입니다.

사랑하는 당신,

나에게 돌아와 주세요. 슬픔과 외로움이 끝나도록 돌아와 주세요.

나의 모성이여, 여기서나 거기서나, 보이거나 보이지 않거나, 영원한 나의 여자여.

-잠 못 이루는 상배가

불붙은 화살이 혜린의 심장에 꽂혔다. 지금까지 잠재워 놓은 가슴에. 혜린은 떨리는 심장을 한 손으로 누르고 읽고 또 읽었다. 이를 어떻게 해, 이를 어떻게 해. 떨어지는 눈물로 편지지의 글자가 번졌다.

혜린은 반나절을 편지에 묻혀 있었다. 편지 한 장이 사람을 그렇게 울리는 건 처음 있는 일이었다. 그만큼의 시간이 다시 흐른 후 답장을 하지 않기로 했다. 이성과 감성의 이전투구 속에서 옳은 쪽은 이성이라 판단했다. 치열한 양쪽의 갈등이 낳은 결론은 두 사람은 다시 만나서는 안 된다는 것이었다. 상배야, 사랑하는 상배야, 너는 너의 길로 가는 것이 행복한 거야. 너는 행복할 자격이 있어. 나의 욕심으로 너의 행복을 빼앗을 수는 없어. 혜린은 에이는 가슴을 부여잡고 떨리는 손으로 편지를 찢었다. 허벅지에 송곳을 꽂는 청상과부의 피눈물로.

상배는 혜린의 답장을 기다렸다. 가능성은 반반이었으나 날이 갈수록 그 반은 반의반이 되고 반의반은 반의반의 반이 되었다. 가능성은 줄어들었으나 그리움은 더욱 깊어만 갔다. 단지 확실한 것은 상배의 사랑은 혜린뿐이란 것이었다. 지금도 그렇고 앞으로도 변하지 않을 것이다. 상배에게 그리움은 무지개로 나타났다가 지옥으로 변했다. 지옥의 벌로 온몸을 떨었다. 보고 싶다. 보고 싶다. 한 번만이라도 보고 싶다. 말을 못하게 해도 손을 못 잡아도 멀찌감치 떨어져 보더라도 보고 싶다. 날 부르는 목소리라도 듣고 싶다. 혜린아, 내 사랑하는 혜린아.

상배는 혜린이 자기의 사랑은 거두었다고 생각했다. 왜 그랬을까? 아마도 성폭행의 충격에서 벗어나지 못한 거야. 이루지 못할 사랑에 대한 절망 때문이었을 거야. 아니야, 육체적 쾌락이 식어가면서 나에 대한 사랑이 가식인 줄 안 거야. 아니야, LA의 일이 바빠서였을 거야. 아니야, 새로운 혼처를 만났을지도 몰라. 상배는 어떠한 이유라도 순순히 받아들일 수 있다고 생각했다. 그녀를 위해서. 그녀의 행복을 위해서. 그래서 한 마디 이유를 알고 싶었다. 목이 마르게 답장을 기다렸다. 기름투성이 작업복으로 일을 하다가도 멍하니 하늘을 쳐다보았다. 집으로 돌아오면 우편함을 먼저 열었고 그럴 때마다 실망은 쌓여만 갔다.

2

영선은 혜린에게서 서울에 온다는 소식을 받았다. 그동안 전화로만 서로 간에 안부를 묻긴 했지만 채 낫기도 전에 도망치듯 가버린 혜린의 뒤 소식도 궁금했고 영선도 관련된 사건의 뒤끝이라 마음의 부담도 털어내지 못하고 있던 참이었다. 혜린이 서울에 오는 것은 퇴원하자마자 미국으로 떠나간 지 2년이 다 돼 갈 때였다. 혜린이 오빠의 아들인 장조카의 결혼식에 참석하기 위해서였다. 영선은 혜린의 불운한 남편 복에 연민을 느끼고 있었다. 명세도 윤 선생도 상배도 착한 그녀에게 어쩌면 그렇게 야멸찬 이별을 안겨주었는지, 영선은 끌탕을 쳤다. 영선은 상배와의 외적 조건은 거리가 멀었지만 그들의 열정만 계속되면 불행한 사건이 가로막은 장애물도 뛰어넘을 수 있다고 생각했다. 혜린에게서 연락이 다시 왔는데 결혼식만 보고 영선과 식사나 하고 LA로 돌아갈 일정이라고 알려 주면서 만날 약속을 했다.

혜린은 서울로 오는 다음날 결혼식에 참석하고 언니들과의 오랜만의 하루를 보냈다. 언니들이 이구동성으로 혜린의 핼쑥한 얼굴을 보고 전만 못하다고 무슨 일이 있느냐고 걱정들을 했다. 혜린은 오랜만에 만난 언니들에 기대어 며칠을 보내고 싶었다.

다음날 혜린이 영선과 만나기 위해서 시내의 커피숍으로 시간을 맞추어 나갔다. 영선은 아직 오지 않았는지 보이지 않았다. 이상한 낌새에 고개를 돌려보니 예상치도 않았던 상배가 혼자서 앉아 있는 것이다! 좀 낯설긴 했지만 다시 보아도 분명 상배였다. 보는 순간 혜린의 심장이 요동치기 시작했다. 상배도 거의 동시에 혜린을 알아보았다. 그들의 머릿속은 급하게 플래시백 되었고 괜스레 뜨거운 것이 목구멍으로 울컥 치솟았다. 그들이 만든 과거의 격동이 이제는 슬픔이 되어 우려낸 충동이었다. 얼굴은 상기되었고 시야는 흐려졌다. 다시는 보지 못할 그 사람이 눈앞에 현실로 나타나자, 애써 지워 버린 아픈 기억이, 인생의 안타까운 장면을 추억으로만 고이 간직하고자 했던 지난 시간들이 앞뒤를 가리지 않고 타래쳤다. 혜린은 눈에 스미는 눈물을 꾹 참고 상배에게로 갔다. 상배도 놀람은 마찬가지인 듯 멍한 눈동자로 자리에서 일어섰다. 상배의 눈도 현실이 믿기지 않은 듯 혜린의 얼굴을 보자 감정의 파도가 일며 눈앞이 흐려졌다. 잠시 그들은 뛰노는 심장 박동을 다스리지 못하고 말을 잊은 채 나란히 서 있었다.

"…."

"…."

혜린이 먼저 말했다.

"여긴 웬일이야?"

"… 영선 누나가 만나자고 해서 나왔는데요. 누난요?"

그제야 뒤늦게 짚이는 게 영선의 배려였다. 영선이 약속만 해놓고 가로샌 것이었다.

"오랜만이네."

"누나, 오랜만이에요. 앉으세요."

두 사람은 예상치 못한 해후에, 끊어진 인연의 반전에, 어떻게 행동을 해야 할지 머릿속은 텅 비고 가슴만 두근거렸다.

"얼굴이 까매졌네."

"카바레는 관두었어요. 지금은 카센터에서 일해요."

상배는 그 전보다 거칠기는 했으나 건강하게 보였다. 그들은 이런저런 그동안의 얘기들을 나누었다. 2년 전 사건의 상처를 피해서. 지난 시절 그들이 사랑했던 흔적들이 돌풍에 먼지일 듯 일어났다.

"누나는 그동안 별일 없었어요? 하시는 일은 잘 돼요?"

"나는 별일 없이 잘 보내고 있어. 하는 일도 그런대로 하고 있고. 카센터에서 일하면 힘들지 않아?"

"괜찮아요. 전에도 공장에서 일했는데요, 뭐."

"…."

"편지는 받았어요?"

"답장을 못 해서 미안해…. 많이 울었어."

그들은 일상적인 얘기가 끝나자마자 화제가 끊기고 말았다. 혜린의 생각은 옛날로 돌아가고 머릿속에는 또다시 혼돈으로 얽히기 시작했다. 이성이 빗어 놓은 삼단 같은 머릿결이 상배가 몰고 온 서울의 바람에 산발로 어지럽게 날렸다. 상배는 상배대로 그리워하던 혜린 누나를 준비도 돼 있지 않은 상태에서 불쑥 만나니 마음만 초조할 뿐 쉽고 편한 말이 막혀 버렸다. 애꿎은 빈 찻잔만 들썩이다가 밖으로 나왔다.

가을바람이 차다. 인파 속을 헤치며 걸었다. 말없이 걷다가 막국숫집 앞에서 상배가 여기서 점심을 먹자고 하여 들어갔다. 정다웠던 시절 밝은 표정으로 음식을 나누어 먹던 막국숫집이었다. 식탁 위의 하얀 사기 컵, 플라스틱 물통, 수저통, 여섯 개의 오래된 나무 식탁, 낙서로 더럽혀진 벽, 어머나, 오랜만이네. 그동안 어디 갔다 왔어요, 하며 반기는 곰살맞은 주인 아줌마. 모든 게 기억 속에 있었다. 상배가 국수를 입에 넣으면서 먹을 때 혜린이 자기 그릇의 국수를 떠주었다. 그것은 잊을 수 없는 추억의 손길이었다.

"누난 안 먹어요?"
"네가 더 먹어."
그 시절의 행동과 대화가 똑같이 재현되었다. 두 사람은 같은 추억을 떠올렸고 같은 감상에 빠졌고 같은 행동과 대화를 했다. 그리고 약속이나 한 듯 서로를 보며 미소 짓고 상배는 젓가락을 놓고 두 손으로 혜린의 손을 잡았다.
"옛날로 돌아가요, 우리."
"상배야…."
막국수의 추억이 그들 사이의 틈새를 메워주는 접착제가 되었다. 서로 간의 시선이 마주쳤다. 무언의 대화가 오갔다. 서로가 같은 순간에 눈가에 물기가 어렸고 채 마르지도 않은 눈으로 웃음 지었다. 웃으며 수축된 눈시울이 눈물방울을 떨어뜨렸다. 밝은 마음을 다시 찾은 그들은 남은 국수를 부지런히 먹었다, 옛날같이.
"상배야, 우리 여행 갈까?"
"갑자기 여행은요. 누나는 늘 마른하늘 번개 같아요."
번갯불에 콩 튀겨 먹듯이 숨어 있던 혜린의 즉흥이 튀어나왔다. 그들은 급속하게 진행된 그들의 담판이 합의에 도달하자마자 여행사에 신혼여행 프로그램을 추천받아 타히티로 가기로 했다. 마침 내일 떠날 팀이 있는데 열 쌍의 티켓 중에서 한 쌍의 티켓이 남아 있다고 한다. 혜린은 타히티행 티켓을 예매하자마자 LA행 비행기 티켓을 취소했다. 상배는 해외여행이 처음이었으므로 여권과 비자가 있어야 했는데 급행료를 써서 급속으로 만들었다.

그들은 비취색의 맑은 바다를 보며 그때까지 가슴 속을 태우던 고뇌를 털어냈다. 아무런 구속도 없이 누구의 눈치도 보지 않고 그들의 사랑을 확인하면서 자유를 만끽했다. 그곳에는 나이도 불륜도 없었다. 오로지 뜨거운 사랑만 있었다. 푸른 바다를 보며 남십자성을 헤아리며 그들의 사랑은 하얀 백사장과 투명한 바닷물같이 순수했다.

그들의 만남을 주선한 영선의 배려에 대한 답례로 혜린은 조개 목걸이를, 상배는 '우리는 어디서 왔는가? 우리는 누구인가? 우리는 어디로 갈 것인가?'라는 고갱의 그림 모사품을 샀다.

김포 공항의 로비로 나오는 그들의 대화에서 '상배야'는 '상배 씨'로, '누나'는 '혜린 씨'로 바뀌어 있었다.

혜린은 상배가 카센터에 근무하면서 창업 자금을 모으고 있는 것을 알았다. 혜린은 카센터의 사업성에 대해서 상배의 설명을 듣고 사업가의 감각으로 가능성 여부를 긍정적으로 보고 상배의 사업을 돕기로 했다.

상배는 목동 신시가지 주변에 20평 남짓한 자리를 구했다. 계약 전에 혜린과 함께 장소를 둘러보고 임대 계약을 했다. 이어서 상배는 필요한 설비, 비품을 구입하고 인테리어도 다시 했다. 조수 한 명만 더한 1인 경영, 2인 작업 체제였다. 다행히 그동안 아르바이트를 하며 기술도 익혔지만 사업 운영에 대한 정보도 쌓아두었기 때문에 큰 문제 없이 진행됐다.

개업식 날 상배네 가족들이 떡과 수육 등으로 손님들을 접대했는데, 혜린은 에인절 투자자로 소개되었다. 혜린은 개업 선물로 커다란 체경을 선물했다. 사무실의 한쪽 벽에 설치되었다. 상배에게 매일 체경 속의 자신을 보고 초심이 변하지 않도록 했다. 많진 않았지만, 친구들, 정비 학원 동기들, 부품 업체 영업 사원들 모두 일부러 축하하러 왔다. 남수와 미영은 부지런히 음식을 나르며 신이 났다. 제일 기뻐한 것은 아버지였다. 아버지는 한쪽에서 친구들을 불러서 한 잔씩 술을 돌리며 사장 아들 뒀다는 말에 어깨가 으쓱했다. 혜린은 상배 아버지와 인사를 나누었다. 상배 아버지는 고마워서 어쩔 줄을 몰랐다. 그냥 회장님이라 부르며 감사하다는 말을 하고 또 했다. 혜린은 상배 아버지를 오빠 같이 생각을 하고 잘 될 테니까 걱정 마시라고 했다.

3

혜린이 다녀간 지 몇 달 지나지 않아서 정성카센터는 문전성시였다. 개업 타이밍이 적절했다. 사업의 관건은 신용과 기술이었다. 마침 성실하면서 기술 있는 이 기사를 채용하였다. 그는 정비 기사 자격증을 갖고 있는 30년 베테랑으로 50대가 되도록 현장 일을 해온 사람이었다. 상배는 후한 임금뿐만 아니라 업계의 선배로서 대우해 주었다. 상호 간에 존경의 태도를 가졌다. 사장 포함 전 직원 4명은 차별 없이 먹고 차별 없이 일하고 차별 없이 쉬었다. 사장이 먼저 출근해서 문을 열고 직원이 퇴근한 후 미영과 서류 정리나 현장 정리를 하고 늦게 퇴근했다. 주문 차량이 넘쳐 혜린이 주차장을 물색해서 지원해 주려고 했는데 상배가 그 일은 자기가 하겠다고 고집을 부려 카센터 200m 거리의 환경 문제로 문 닫은 공장 터를 적은 보증금에 월세로 임차하였다. 거리에 방치해 놓은 대기 차량의 주차 때문에 경찰과 신경전을 벌이는 것에도 해방되었고 넓기도 해서 20대 정도 주차시킬 수 있었다. 목동아파트의 근접지였으므로 아파트 주부들 사이에서 정성카센터가 성실, 정직, 신용, 기술의 업체라고 입소문이 퍼져 그들이 주 고객이 되었다. 우후죽순같이 개업한 카센터들은 고객의 자동차 정비 지식의 무지를 이용해서 갖가지 부정 정비, 바가지 정비를 하고 있었다. 정품 사용을 안 한다든가 아직도 사용할 수 있는 부품이나 소모품을 교체하거나 심지어는 신차의 새 부품을 중고 부품으로 바꿔치기하는 경우도 있었다. 정비비도 들쑥날쑥이었다. 특히 주부 고객들은 봉이었다. 그런 주부 고객들을 맞이하는 카센터는 기술로 차를 고치는 게 아니라 말로 고쳤다. 불신이 키워 놓은 불만으로 주부 고객들은 신용 있는 카센터를 찾고 있었다. 정성카센터는 자사의 능력을 넘어서는 차에 대해서는 1, 2급 정비소를 연결해주었고 부품을 정품으로 썼고 성능의 차이가 없는 유사 제품의 사용은 고객에게 품질과 가격을 제시하고 선택케 하였다. 소비자의 궁금증에 성실히 대답하였고 차의 이력에 대해서는 정비 예정 사항을 사전에 통보해주었다. 상배는 토요일까지 정시 근무를 하였다. 일주일에 두 번 정도 직원들과 회식을 하였으나 그 밖에는 술을 마실 일이 없었다. 회식 후에는 근처 통닭집에서 통닭을 사서 직원들의 손에 들려

주었다. 간혹 부품 업체에서 술 접대를 하겠다고 하였으나 사양하였다.

상배는 직원들보다 1시간 먼저 출근하여 작업복을 갈아입은 후 혜린이 선물한 체경 앞에 서서 자신의 마음가짐이 초심을 지키고 있는지 확인했다. 처음 점포를 여는 날 가슴 벅찬 희망과 알지 못하는 길을 찾아가는 두려움 속에서 어떠한 일이 있더라도 성공해야겠다, 그리고 혜린 누나 외에는 이 세상에 그 누구도 기댈 수 없는 자신의 외로움을 이기고 오로지 자신의 의지만이 해결책이란 초심을 가졌었다. 그리고 매주 성당을 찾을 때는 예전의 상배로 돌아가려는 유혹을 떨치고 현재의 자신을 되돌아보며 게으름과 흔들림에서 자신을 지켜주기를 주님께 기도했다. 상배의 굳은 의지와 솔선수범으로 직원들과 팀워크를 이루어 개업 시 어설프던 정비 업무는 나날이 능률이 오르기 시작했다. 고객들의 컴플레인도 줄었고 하루 정비 건수도 늘었다.

첫 이익이 났던 6개월 전에 비해 매출은 세 배, 이익은 열 배를 넘었다. 그러면서 자산의 증가도 같이 이루어졌다. 인건비 지출은 이 기사 때문에 두 배가 넘었다. 고객 카드철의 두께도 여섯 번째 파일에 접어들었다. 미영도 오빠를 닮아 영리하고 부지런했다. 고객 관리, 자재 관리, 차량 입출고 관리, 회계 관리 등 산더미 같은 사무적인 일을 꼼꼼히 알아서 정리하고 해결했기 때문에 상배는 마음 놓고 구매 업무나 컴플레인 처리 같은 외부 업무와 현장 정비 업무에 몰두할 수 있었다. 미영은 졸업하여 돈을 벌고 있고 작은오빠도 내년에 졸업 예정이다. 아버지에게만 부담을 주었던 가정 경제가 풀리고 큰오빠의 카센터 사업이 순조롭게 잘 되자 미영도 하는 일이 즐겁고 보람되었다. 미영의 일도 무척 바빠졌기 때문에 커피 서비스 대신 커피메이커를 들여놓고 셀프서비스를 하도록 했다. 실용적인 소파도 들여놓았다. 그러나 아무래도 현재의 사업체 용량으로는 주문을 감당할 수 없었다. 상배는 혜린에게 카센터의 성황에 따라 시설 확장의 필요성을 설명했다.

혜린이 LA로 돌아온 후 상배에게서 경영 자료가 왔다. 컴플레인 현황은 양호했다. 기술력이 뒷받침된다는 표시였다. 예상 매출 손익 그래프에는 매출은 지속적으로 늘어나고 손익은 3개월간 손실 발생 후 4개월째 손익분기점을 넘어서는 것으로 되어 있었다. 혜린은 자기 일같이 분석했다. 예상 매출을 수리 차량으로 환산하고 현실성을 검토했다. 단위당 수리비는 종전 매출 자료를 활용했다. 공장 확장, 기술자 증원, 장비 구입을 한꺼번에 하기에는 초기 투자가 일시에 투입되어야 하는 부담과 리스크가 따랐으므로 공장 확장 후 3개월 뒤에 기술자 증원과 장비 확장을 하기로 결정했다. 공장 이전 시 1억 증자, 3개월 후 1억 증자하기로 했다. 상배에게 부채 상환금이 4,000만 원 있었으므로 혜린은 1차로 6,000만 원, 2차로 1억 원을 보내주기로 했다.

4

지은이 대학에 입학했다. 하이스쿨을 현지인들과 잘 적응하여 탈선하지 않고 잘 지냈고 영어 성적은 그들을 따라가지 못했으나 그것의 부족분을 수학으로 보충했다. 최상급은 못 되었으나 중상의 성적을 유지하였고 GPA 2.8을 받아 애너하임에 있는 P대학에 입학했다. 전공은 사회복지학이었다. 지은이 사회생활을 적극적으로 하고 싶었고 선진 사회에서 사회 복지의 활용 분야는 한없이 넓었기 때문이었다. 혜린은 캠퍼스가 애너하임이라 통학용으로 엘란트라를 사주었다. 지은이 독립하려고 기숙사 생활을 원했지만 혜린은 통학용 차를 사줌으로써 품에서 내놓지 않았다. 혜린은 지은이 무탈하게 하이스쿨을 졸업하고 P대학에 진학하여 대학생이 되어 지난날의 힘들었던 과정이 결실을 얻은 듯하여 마음이 뿌듯했다.

승현의 건강 상태는 악화일로였다. 얼굴색은 까맣게 타들어 가고 주럽이 들어 일상생활을 할 수가 없었다. 검사 결과 간경화가 심해졌다. 휘준과 혜린은 그를 병원에 입원시켰다. 그들은 자리를 비우지 않고 병시중을 들었다. 휘준이 자원하여 아버지에게 간 이식 수술을 제의했다.

"아버지, 이식 수술을 하세요. 제가 제공할게요. 요즘은 모두 성공한대요."

"놔둬라. 술 끊고 약 먹으면 나을 수 있어."

"아니에요. 아버지는 지금 상태로는 이식 수술을 해야 된대요."

"윤 선생님, 고집 피우지 마시고 그렇게 하세요. 요즘 그렇게 완치한 환자가 많고 이식 공급한 사람도 오래 안 걸려 회복한대요."

혜린이 휘준을 도와 말을 붙였다.

"내가 잘못해서 얻은 병인데 휘준이에게 짐을 넘길 수 없어. 휘준아, 너는 네 갈 길 걱정이나 해라. 혼자 공부하기도 힘들지? 애비가 널 돕지 못하고 짐이 되어 미안하구나."

병실에 들어오기 전 의사로부터 소견을 듣고 휘준과 혜린은 승현의 이식 수술을 설득시키려고 했던 것이나 승현의 완강한 고집은 벽창호 같았다. 할 말이 막히고 말았다.

승현의 병세는 빠른 속도로 깊어졌는데 간에 종양이 생겼다. 암으로 악화된 것이다. 의사의 권고에 따라 절제 수술을 하고자 했으나 승현은 그것조차 완강히 거부했다. 그는 삶에 대한 미련을 거둔 것 같았다. 종양이 커질수록 승현의 고통은 커갔고 비록 진통제를 쓴다 해도 고통은 참기 힘들었다. 그래도 그의 표정은 다하지 못한 삶에 대한 욕심도, 미련도, 원한도, 후회도 없어 보였다. 그러한 표정은 죽음의 공포까지도 넘어선 듯했다. 간헐적으로 몰려오는 통증은 그의 표정을 일그러뜨렸다.

"윤 선생님. 간호사를 부를게요. 진통제를 맞아야겠어요."

승현이 괜찮아, 라고 대답하더라도 혜린은 환자의 고통을 공유했는지 간호사를 불러 진통제 주사를 맞게 했다.

"혜린이가 나 때문에 고생이 많군."

"아녜요, 병원에서 간병을 다 해주는걸요. 제 생각하지 말고 선생님 건사나 잘하세요. 아프면 아프다 하고 필요한 것 있으면 말씀하세요."

"다른 건 아무것도 걱정이 없는데, 휘준이가 걱정이야. 나 때문에 공부도 제대로 못하고 대학원 갈 준비도 못하고 있으니 갖고 있는 재능이 아까워. 내가 죽으면 혼자서 어떻게 살아갈까."

혜린은 휘준의 친모가 파리에서 화가로서 활동하고 있는데 작년에 프랑스인하고 재혼했다는 말을 들었다. 휘준하고도 연락을 피하고 있었다.

"혜린아, 면목 없는 부탁이지만, 내가 죽고 나서 휘준의 대모가 되어줄 수 있겠니?"

대모는 천주교에서의 종교적 대모가 아니라 고아나 마찬가지인 휘준의 부모 역할을 이른 것이다.

"그렇게 할게요. 그런데 죽는다는 말씀은 하지 마세요. 살 수 있어요. 의사 선생님도 회복 가능성이 있다고 하셔요."

혜린은 귀치레를 하고 승현은 귀치레인 줄 알고 있었다.

"혜린아, 참 인생이 짧구나. 불혹을 넘기고 얼마 되지도 않은데 이렇게 병실에 누워 있으니. 그래도 후회되는 것은 없어. 배고픈 일도 없었고, 죽을 만큼 고통스러운 때도 없었어. 술도 마실 만큼 마셨고… 인생을 아름답게 살려고 했는데 현실은 비껴갔어. 그래도 좋아. 이만큼만 해도 충분하지… 그래도 가장 아름다운 추억은 혜린을 만나서야. 휴—"

승현은 힘이 드는지 말을 끊고 한숨을 쉬었다. 그리고 힘없는 목소리로 계속했다.

“물론 사회적으로는 윤리를 벗어난 불륜이었지. 그러나 나는 아름다운 사랑이라고 생각했어. 다들 손가락질했지만… 우리는 순수하게 사랑했으니까. 죽으려니까 그때의 혜린이 생각이 자주 나더구먼… 김포공항에서 눈물바다가 되었던 당신 얼굴도.”

혜린은 눈시울이 뜨거워졌다. 이루어질 수 없는 사랑. 그때 혜린에게는 승현이 이상의 연인이었다. 때 묻지 않은 고결한 꿈의 왕자님이었다. 그때 혜린의 발목을 잡고 있었던 사람은 명세였다. 명세의 속물주의는 혜린으로 하여금 승현의 이상주의를 더욱 목마르게 했다. 그때도 명세의 속물주의가 싫었다. 그런데 세월이 가고 명세는 재혼을 하고 잘살고 있으며 승현은 부부의 연도 끊어진 채 남들만큼의 수명도 채우지 못하고 생을 마감하려고 한다. 혜린은 만감이 교차했다. 인생이 불공평했다. 승현이 보란 듯이 살았으면 했다. 그런데 이식 수술도 절제 수술도 거부했다. 결과는 죽음인데 그래도 승현은 행복할까?

“나는 살 만큼 살았어… 하느님은 누구에게나 살 만큼의 삶을 주는 거야. 아등바등 살면서 연명하면 무얼 하겠나. 주는 대로 살아야지.… 내 핏줄을 남겨놓고 내 사랑을 곁에 두고 눈을 감는데 이만하면 충분하지. 행복하게 산 거야.”

그리고 그가 써왔던 시의 원고를 맡기면서 죽고 나서 유작으로 펴줄 것을 부탁했다. 혜린은 눈물을 주루룩 흘리며 유언을 지킬 것을 약속하고 이승에서 못다 한 삶을 저승에서 행복한 삶으로 이루어지기를 기원했다.

그러고는 그와의 대화는 더 없었고, 며칠을 더 견디다 눈을 감았다. 눈 감은 얼굴이 평온한 생각을 품고 떠난 것 같았다. 그때 그의 나이 45세였다.

한국 교회에서 장례식을 거행하였고 휘준은 상주였으며 그 외 상제는 없었다. 휘준의 어머니에게 연락을 보냈으나 답신이 없었다.

개관한 관 속의 얼굴이 고인의 삶의 이력을 남기듯 대리석 조상같이 희고 맑았다. 혜린은 평화로운 얼굴을 보고 그의 일생을 더듬어 보았다. 일류 고등학교, 일류 대학교를 졸업한 영재였다. 당시 그의 장래는 청운으로 빛났을 것이다. 사회의 첫걸음을 대기업 샐러리맨으로 시작하였으나 그의 적성에 맞지 않아 그만두고 출판업에 종사하면서 영문학과 관련되는 일을 맡아 하다가 명세의 일을 맡게 되어 혜린과 만났다. 마음이 여린 두 사람이 정상적인 부부 생활에서 소외되어 있던 환경에서 서로 눈이 맞았다. 몰래 훔쳐서 사랑을 하다가 명세의 눈에 띄어 한바탕 소동

끝에 미국으로 몸을 옮겼다. LA에서 승현은 오퍼상을 시작했다. 그러던 중 혜린을 다시 만나게 되고 지금까지 애정에서 우정으로 변한 관계를 이어오고 있었다. 뛰어난 잠재력을 가졌음에도 사회에서의 부적응으로 샐러리맨, 출판업자, 오퍼상을 거치면서 얻은 질병으로 그의 삶마저도 포기함으로써 이 세상의 인연을 놓아버렸다.

혜린에게는 연인으로서의 추억과 LA 생활의 멘토로서의 우정을 함께 가지고 있었다. 그는 끝내 술을 끊지 못하고 병마에 무릎을 꿇었다. 그러나 그에게는 술도 병마도 인생의 반려로서 대했지 물리치지 않았다. 바람이 불면 바람을 맞고 비가 오면 비를 맞았다. 그렇게 인생의 흐름에 순응하며 삶으로써 치열한 인간 세상의 경쟁을 이겨내지 못한 것이다. 휘준의 조부모도 한국에서 고령으로 오지 못하고 큰아버지 한 분이 오셨다. 혜린은 장례식의 뒤치다꺼리를 했다. 그러면서 장례 비용에 대한 정산을 하며 부족분을 보충했다.

혜린에게 승현의 죽음은 큰 의지처의 상실이었다. 늘 편하게 기댈 수 있는 고목 같은 존재였는데, 있던 자리가 비어버리니 마음이 허전했다. 혜린은 그의 유언을 곱씹었다. 휘준의 대모가 되어줄 것과 승현의 원고로 시집을 발간하는 것, 두 가지였다.

혜린은 무심선센터에서 고인의 명복을 빌었다.

극락왕생하소서.

혜린은 선 수행을 하면서 스님이 주신 화두인 '이뭣고'를 대신하여 스스로 '인생'으로 바꾸어 수행 중이었는데, 윤 선생의 죽음을 지켜보며 '인생'이란 화두에 다시 참구하였다.

삶이란 무엇일까? 우리가 가시적 세상에서 아등바등 살아가는 인생이란 도대체 무엇인가? 삶을 끝내고 죽음을 맞이했을 때 지나온 삶이 무엇으로 보일까? 죽음은 무엇일까? 삶의 단절일까, 삶의 연속일까? 승현의 삶을 회고했다. 그의 삶이 안타깝고 불행하였는데 지금 생각하니 꼭 그런 것은 아니었다. 행복과 불행의 잣대도 없어 보였다. 행복하게 인생을 산 사람들은 행복의 상실로 죽음이 불행으로, 또 불행하게 산 사람들은 불행을 벗어남으로 죽음을 행복하게 받아들이지 않을까? 승현은 죽음을 맞이해서 행복을 찾을지도 모를 일이다. 모든 삶들이 죽음이란 소실점을 향해서 모여드는 것이었다. 죽음은 여러 형태의 삶을 하나로 묶었다. 죽음 앞에 모든 삶은 평등하였고, 현실적 가치의 척도는 꿈처럼 사라져 버렸다. 돈도 권력도 명예도 모두가 죽음 앞에서 벗어야 할 헌 옷이었다. 모두가 빈손이었고 벌거숭이로 돌아가는 것이었다. 혜린은 자신의 삶을 회고했다. 자신이 달려왔던 40년,

주마등같이 자기를 스쳐 갔던 얼굴들, 그 사이사이에 사랑과 외로움과 고통과 절망으로 몸부림치던 자신의 모습, 인생의 질곡을 그녀의 용기와 의지로 뛰어넘고 환경의 변화에 적응하며 달려온 이 자리. 이 자리의 가치는 정지 상태를 의미하는 것이 아니라 과정의 의미였다. 열심히 살고 남과 더불어 살고 정직하게 살고 사랑하며 살아온 것에 대한 충만감을 느꼈다. 그리고 그렇게 살 것에 대한 자신감도 같이 생겼다. 인생은 순간의 모임이고 그 순간을 성실하게 사는 것이 인생을 잘 사는 것이라고 생각했다. 그 순간 모든 게 고마웠다. 슬픔도 외로움도 고마움이었다. 주위의 모든 것에 연민을 느끼며 감사했다.

5

승현의 장례를 마치고 한 달이 지난 후 휘준이 혜린에게 전화를 걸고 집으로 찾아왔다. 저택의 위용에 눈이 등잔 만해진 휘준은 혜린의 따뜻한 환대를 받았다. 혜린은 휘준을 보며 승현과 닮은 외모는 찾을 수 없었으나 귀공자 같은 품위와 남을 생각할 줄 아는 따뜻한 성격에서 그와 닮았다는 생각을 했다. 혜린과 휘준은 승현이 입원하기 전에는 서로가 얘기만 듣던 사이였고 승현의 간병으로 얼굴을 보기 시작했던 사이였다. 승현의 유언으로 그들에게 믿음으로 생긴 모자 관계가 이루어진 것이다. 혜린의 입장에서도 외로움을 덜어줄 큰아들로 생각되었고 휘준의 입장에서는 부모의 이혼으로 어릴 적부터 어머니 없이 자란 외로움을 씻어줄 어머니를 필요로 했던 것이다. 혜린의 정은 휘준에 대한 모성이었고 휘준의 예의바름과 총명함은 혜린의 자랑이 되었다.

"휘준아, 어서 와."

"안녕하세요, 어—머—님."

휘준에게 어머님이라는 말이 어렵사리 나왔다. 그 말을 잊은 지 20년이 지났기 때문이다.

"이리와 앉아. 집은 쉽게 찾았니?"

"렌터카로 찾아왔는데 시간이 걸렸어요. 집이 크군요. 사신 지 얼마나 되셨어요?"

"이사한 해가 84년이니까 10년이 넘었네. 처음 이사 올 때는 혼자 살았는데 많이 적적했지. 지금은 지은이랑 같이 살고 있어. 이제 사람 사는 집 같아. 휘준이는 앞으로 계획이 어떻게 돼?"

"저는 내년에 로스쿨에 입학하려 하는데 아무래도 다시 샌프란시스코로 가야 할 것 같아요. 동계(同系) 학교로 가려고 합니다."

"진학하는 데는 별문제 없니?"

"네, 아버지 입원 전에 준비했어요. 등록금도 아버지께서 준비해 놓은 게 있어요."

"휘준아, 아버지 유언 중에 시집 발행을 부탁했는데 너도 알지? 내가 원고를 갖고 있어. 책을 만들어야 하는데 네 생각은 어떠니?"

"저도 아버지께 말씀 들었어요. 그 일은 제가 하는 것이 좋겠어요. 대학원 가기 전에 시간도 있구요."

"그러면 너에게 부탁할게. 예쁘게 만들어."

혜린은 일어나 원고 뭉치를 찾아서 넘겼다. 노트에도 씌어 있고 A4 용지에 인쇄된 것, 메모지에 쓴 것도 있었다. 휘준은 아버지의 유품을 받으면서 아버지에 대한 그리움에 울컥 눈물이 치밀어 올랐다.

휘준에게서 연락이 왔다. 아버지 유작 시집이 나왔다고 했다. 직접 가져다드리지 못해 죄송하다며 시집 50질을 택배로 부친다고 했다. 며칠 뒤 시집이 왔다. 혜린은 시집을 들여다봤다. 한 질이 두 권으로 나누어져 나왔는데 한 권은 원문인 한글로, 다른 한 권은 영역판이었다. 영역은 휘준이 했는데 시의 번역이란 어학과는 또 다른 것이라서 휘준은 아버지의 마음을 기억해 감정이입을 하여 공감대를 갖도록 노력했다. 혜린이 비평할 수는 없었지만 아버지를 닮았으면 잘했을 거라고 생각되었다.

목록을 보니 시 중에는 혜린을 생각하며 쓴 시도 여럿 있었다. '이루어질 수 없는 사랑은', '단 하나의 이름 린아', '하늬바람' 등은 혜린에 대한 애모의 시였다. 혜린은 새삼 옛 생각에 잠겨 시를 읽으며 눈시울을 붉혔다.

〈하늬바람〉

꿈속 웃는 얼굴 못 잊어

바닷가에 서면

하늬바람 실어오는

바다 냄새

갯냄새

눈물 냄새

웃고 있어도 우는 얼굴

수평선엔 까치놀

금싸라기 뿌리는데

내 마음엔 그리움

비를 뿌리네

태평양 건너 두고 온 연인. 꿈에도 잊을 수 없는 그녀의 웃는 모습을 보기 위해 롱비치의 바닷가에 서면, 태평양 건너 임이 있는 서쪽에서 불어오는 바람. 그 하늬바람에 실려 오는 갯냄새는 임의 눈물을 연상케 하고, 웃으며 우는 임의 얼굴을 보고 석양에 서서 같이 울어버리는 시인의 애절한 정조(情調)에 혜린의 가슴이 같이 울었다.

그의 인생이 이루어질 수 없는 삶이 아니었을까? 꿈이란 깨어버리면 그만인 것인데 그는 꿈을 꾸며 살았고 그 꿈에서 깨지 않기를 바랐던 것은 아닐까? 혜린은 승현의 애모의 대상이 되었던 것이 영광스럽고도 부끄러웠다. 현실의 자신과 승현의 이상적 연인으로서의 자신 사이에는 거리가 있음을 알았기 때문에. 그럼에도 한 남자의 순수한 정열을 받은 여자로서 행복했다. 혜린은 주위에 시집을 배부할 대상이 얼마 되지 않았지만 천사의날개사의 직원들에게도 한 부씩 나누어 주기로 했다. 그래서 휘준에게 영문판 300부를 추가 요청했다. 책값은 휘준이 한사코 받지 않았다.

6

혜린은 새벽녘 꿈에서 깨어 눈을 떴다. 꿈속에 상배를 부르다가 깬 꿈인데, 장소는 바닷가 백사장이었고 상배가 바다에 뛰어들어 헤엄쳐 가는데 멀리 나아가는 것이었다. 혜린은 사장에서 상배 씨, 돌아와요, 하면서 부르고 상배는 수평선까지만 갔다가 돌아올게, 하며 검푸른 난바다를 향해 계속 헤어나가는 것이었다. 혜린은 안 돼요 돌아와요, 하면서 상배를 부르다 깼다. 눈 뜬 방안이 바닷가인 줄 알았다. 혜린은 꿈이었기에 다행이다 싶었는데 갑자기 그 바닷가에 가보고 싶었다. 그 바닷가에서 상배를 찾아와야 될 것 같았다.

혜린은 세수도 하는 둥 마는 둥 하고 화장도 하지 않고 입술에 틴트만 바른 채 그랜저에 올랐다. 혼자서 동이 터오는 영동고속도로를 달렸다. 4차선의 도로가 넓게 멀리 뻗어 있다. 새벽이라 차들도 없었다. 제한속도를 넘어 가속 페달을 밟았다. 차가운 공기를 가르고 고속 주행을 했다. 혜린은 상배가 있는 곳과 반대 방향으로 달리면서 상배를 향해 달리는 착각을 했다. 상배를 구하기 위해 페달을 밟고 또 밟았다.

2시간이 채 못 되어 경포대 바닷가에 도착했다. 하늘은 한 점 구름 없이 드맑았다. 아침의 푸른 바다가 가슴 가득히 들어온다. 갈매기는 바람칼을 세우고 창공을 가른다. 아, 좋다. 잘 왔다. 상쾌한 오존 냄새를 맡으며 한껏 심호흡을 했다.

바닷가 사장에 발을 디뎠다. 푸른 동해의 바다가 가득히 시야에 들어왔다. 새벽 꿈에 보였던 바다를 생각하며 상배가 들어간 바다를 바라보았다. 저 수평선까지 상배는 너울을 뚫고 멀기를 넘어 헤엄쳐 갔는데, 눈앞의 수평선은 꿈속보다 더 멀고 아득했다. 물갈기가 겹겹이 해변으로 밀려왔다. 까마득한 수평선. 울트라마린의 바다색은 외경(畏敬)과 신비를 안고 있었다. 저 먼 옛날 저 먼 세상 리스본의 바닷가에서 까마득하게 보이는 대서양의 검푸른 수평선이 콜럼버스를 설레게 하고 마젤란을 유혹했었지. 그래, 그 빛깔 울트라마린은 사나이들에겐 마법이었어. 사나이들에게 수평선 너머로 꿈을 꾸게 하고 결기를 돋우었지. 울트라마린은 미혹의 빛깔이었어. 푸르다 못해 검어진, 닿을 것 같은 곳에 가면 또 한 발짝 멀어지는, 황금색으로 빛나다가도 신기루 같이 사라지는 마법의 색. 혜린은 그 색에서 상배의 눈동자를 찾아냈다. 검다 못해 푸른빛을 띤 그 눈동자는 푸르다 못해 검어진 울트라마린이었다. 혜린 자신을 꼼짝 못하게 만드는 마법의 빛깔이었다. 대망을 품은 사나이들에게 설렘을 가져다주었듯이 혜린의 고요한 마음에 파도를 일으킨 색깔, 울트라마린. 혜린은 수평선 위에서 상배의 눈동자를 보고 상배의 얼굴을 떠올렸다. 아, 그리움. 사무치게 그립다. 온몸에 가시가 돋아나듯 소름이 돋았다. 사지는 마비된 채 전율했다. 그 떨림은 해풍이 가져다준 냉기 때문이 아니라 마법의 눈빛 때문이었다. 상배 씨, 당신을 얼마나 사랑해야 하나요? 이 사랑이 행복인가요 불행인가요? 내 마음이 불안하고 슬픈 것은 당신을 사랑하기 때문이 아닌가요? 당신을 사랑하면서도 내 얼굴에 웃음이 가시고 슬픔이 가득 찬 건 왜인가요? 당신은 여기 있지 않고 왜 수평선 그 먼 곳에 있나요? 당신을 사랑하면 할수록 더 외롭고 당신은 더 멀리 달아나나요? 그래도 당신을 놓치고 싶지 않은 것은 왜인가요? 사랑은 외로움인가요, 슬픔인가요? 울트라마린은 희망인가요 절망인가요? 혜린은 끊임없는 질문을 마음속에 새기며 어느덧 눈시울에 크렁한 눈물을 떨어뜨렸다. 해풍이 혜린의 얇은 스프링코트의 옷자락을 헤집고 있었다. 스프링코트의 옷자락은 상배를 그리워하는 혜린의 안타까움이 되어 해원을 향하여 펄럭이고 있었다.

수평선은 말없이 완만한 곡선으로 누워 있었다. 검푸른 난바다에서 파도가 밀려왔다. 해변까지 와서 하얀 포말로 사라졌다. 그러고는 썰물이 되어 바다로 돌아갔다. 끊임없는 밀물과 썰물. 그 움직임은 얼마나 오래된 것일까? 그것은 지구의 탄생과 같이 하겠지. 그것은 지구의 들숨과 날숨. 지구가 살아 있는 한 밀물과 썰물은 지구의 숨소리로 계속될 것이다.

발밑의 모래를 한 움큼 쥐었다. 모래시계에서 소리도 없이 모래가 흘러내리듯 손샅으로 모래가 흘러 내렸다. 이 모래알은 어디서 왔고 어떻게 이런 작은 입자가 되었을까? 영겁의 세월이 흐르도록 파도는 저렇게 변함없이 포말을 일으키고 이 모래는 저 파도의 끊임없는 움직임으로 부서지고 마모되어 이렇게까지 작고 매끄러워졌구나. 혜린은 자신의 삶은 이 모래알보다 작은 것 같았다. 바위에서 모래알이 되기까지의 억겁의 세월이 모래알에 감추어져 있다고 생각하니 혜린 자신의 수십 년 인생은 한순간 지나버린 소나기 같았다. 모래의 영원한 세월 앞에 혜린의 인생은 초라한 한순간일 뿐이었다. 상배와의 사랑은 순간의 순간이었다. 그 순간에 목이 메여 일희일비하던 그들의 감정과 행동이 티끌 같았다. 그러나 그 순간은 미세했지만 많은 것을 함축하고 있었다. 그 순간에 역사와 우주가 함께하고 있었다. 그 순간에 신묘한 시절인연이 엮여 있었다. 시간이 펼쳐놓은 무시간성의 공간에는 무시무종의 고요만 있을 뿐 순간과 영원의 분별은 사라지고 없었다!

그 순간 혜린은 뒤돌아서서 백사장 언저리에 쌓아 놓은 제방을 향해 달려갔다. 달려가는 혜린의 발목을 모래들이 붙잡았다. 그것도 순간이야 하면서. 제방 위로 올라가 공중전화 부스에 들어갔다. 정성카센터로 전화를 했더니 마침 상배가 받았다.

"여보세요."

"상배 씨, 나야 혜린이."

"집이에요? 아침 일찍, 무슨 일이 있어요?"

"아니. 여기 멀리 있어요. 파도 소리 안 들리죠? 경포대예요. 새벽에 고속도로를 달려왔어요."

"무슨 일 있어요?"

"상배 씨가 그리워서요."

"예? 그러면 이리 오지 않고 그 멀리까지 가서 그래요?"

"연극에 소도구가 필요하듯이 오늘의 그리움에는 바다가 있어야 해요. 그리고 멀리서는 더욱 그리워져요. 상배 씨, 보고 싶어요."

“나도 보고 싶어요, 혜린 씨.”

“사랑해요, 상배 씨. 그런데 나 여기서 깨달은 게 있어요.”

“뭐라구요? 도 닦으러 아침부터 거기 간 거예요?”

“그래요, 순간이에요, 순간. 내가 상배 씨를 사랑하는 것도 순간이에요. 우리는 마음 편하게 넉넉한 시간 속에 있는 것 같지만, 모래알 하나보다 짧은 순간이에요. 얼마나 아까운 시간이에요? 1초라도 아껴야 해요. 사랑해요, 상배 씨.”

“혜린 씨, 도대체 무슨 말을 하는 거예요?”

“사랑해, 상배 씨, 사랑해, 사랑해, 사랑해.”

전화를 끊고 커피숍에 들어가 커피를 마시며 상배를 생각했다. 사랑이란 보고 접촉하는 것에만 존재하는 것은 아닌 것 같았다. 커피를 마시며 절실히 생각하고 가슴 저려 하는 것에도 사랑이 있는 것 같았다. 지금처럼 절실하게. 절실하게. 이 순간처럼. 1초 1초의 순간처럼. 1초의 순간이 소름을 돋우며 지나갔다. 혜린의 온몸이 차가운 냉기가 감싸듯이 싸했다.

7

그날 저녁 늦게 두 사람은 양식당의 창가에서 와인을 사이에 두고 마주 앉아 있었다. 이미 와인의 효과로 서로가 따뜻한 눈빛을 주고받고 있었다.

상배는 불쑥 일어서서 혜린 앞에 무릎을 꿇고 준비했던 장미 꽃다발을 내밀었다.

“혜린 씨, 사랑합니다. 결혼해 주세요.”

혜린은 예상치 못한 상배의 프러포즈에 얼떨떨하였다.

“상배 씨, 그런 말은 하지 말아요. 나는 상배 씨를 사랑하지만, 결혼은 안 돼요.”

“왜 사랑은 인정하면서 결혼은 안 된다고 해요?”

“저도 생각을 많이 해 봤어요. 상상 속에서 내 욕심으로 상배 씨와 결혼한 적도 여러 번 있었어요. 그러나 결혼해서는 안 된다는 두 가지 조건이 분명했어요. 하나는 나의 인생 이력이에요. 이미 결혼을 했고 아이를 낳았고 이혼을 했어요. 아이가 있는 이혼녀예요. 그리고 불륜이란 해서는 안 될 강도 건넜어요. 그리고… 그리고 사랑하는 사람 앞에서 몹쓸 짓을 당한….”

말을 맺지 못하고 눈물이 쏟아졌다. 자신의 인생 이력서는 때 묻고 찢어지고 구겨진 넝마였다. 불운했던 자신의 과거가 원망스러웠다.

"혜린 씨, 울어요. 실컷 우세요."

하며 상배는 손수건을 꺼내 그녀의 손에 쥐어 주었다. 혜린의 오열하는 작은 어깨를 진정시키듯 두 손으로 감쌌다. 혜린의 눈물은 상배의 가슴 속에도 흘렀다. 세상에 이런 가련한 여자가 있는가. 한참을 들썩이던 혜린은 진정이 된 듯 눈물을 닦고 물을 한 모금 마셨다.

"또 하나의 족쇄는 당신은 젊은 남자이고 나는 나이 많은 여자예요. 지금은 서로 좋아할 수 있지만, 앞으로 당신의 욕구는 점점 늘어가고 내 욕망은 점점 줄어들어요. 내게 갱년기가 올 때, 당신은 남자의 전성시대가 와요. 아무리 마음속으로 사랑한다 해도 육체적인 균형이 무너지면 불행이 와요."

혜린은 속에 담아두었던 말을 토파(吐破)했다. 이제나저제나 망설이고 머뭇거렸던 말을 다 털어내 속이 후련했다. 혜린의 생각은 꿈속에서 헤어나지 못해 낙관적으로 판단하면 안 된다며 현실을 냉정히 보아야 된다고 생각했다. 어느새 그녀의 눈가의 물기는 닦아 없어졌으나 두 눈꺼풀은 모기에게라도 물린 듯 퉁퉁 부어 있었다.

그때까지 듣고만 있던 상배가 말문을 열었다.

"혜린 씨, 나도 사고가 있었던 그날 이후로 우리들의 앞날을 곰곰이 생각해 봤어요. 그 사건은 우리 미래의 큰 장애였어요. 그리고 우리 사랑의 시험대였어요. 나는 혜린 씨의 불행 앞에 죄인이었어요. 간접적인 공범이었지요. 그리고 눈앞에서 어떤 저항도 못한 무력감에 끝없는 고통을 받았어요. 나는 혜린 씨 앞에서 아무 말도 할 수 없었어요. 그때 나는 혜린 씨를 떠나야 한다는 결론을 내렸어요. 혜린 씨 앞에서 사라지는 것이 사랑을 포기한다는 것이 아니라 혜린 씨의 과거를 조금이라도 잊게 하고 다른 환경에 익숙케 하는 길이라고 생각했지요. 그러다 보니 내 자신은 비겁자가 된 거예요. 저지른 죄를 두고 책임도 없이 도망가는 비겁자였어요. 나는 그 괴로움을 못 이겨 복수심에 불탔지요. 혜린 씨를 괴롭혔던 폭력배를 찾아 보복 폭행을 했어요. 눈에는 눈, 이에는 이로 대항한 거지요. 그러나 결과는 그렇지 못했습니다. 보복이 불행의 치유로 돌아온 것이 아니라 또 다른 불행을 가져오는 것을 알았어요. 그것은 공포였어요. 그 고통을 참지 못해 방황하다가 성당으로 올라갔고 거기서 예수님의 사랑을 배웠어요. 사랑이란 인간의 모든 고통의 치유제란 걸 알았어요. 나는 예수님의 사랑 안에서 평화를 찾았어요. 나도 혜린 씨의 상처를 평생

책임져야 하는 것이 속죄하는 길이라 생각했어요. 그리고 우리의 행불행의 밑바닥에 흐르고 있는 사랑을 알았어요. 그것은 작은 사랑이지만 작은 사랑으로 생기는 모든 고통을 큰 사랑이 치유해 준 거예요. 작은 사랑은 달콤하기도 하지만 고통스럽기도 하다는 사실을 알았어요. 진실로 사랑한다면 큰 사랑으로 끌어안아야지요. 나는 혜린 씨의 말을 이해하지만 동의하지는 못합니다. 성직자들이 인간의 조건으로, 인간의 욕망으로 사랑합니까? 그들은 무한한 사랑으로 세상 사람들을 사랑합니다. 혜린 씨의 말은 인간의 외양에 대한 말이고 나는 내면의 진실에 대한 말입니다. 혜린 씨, 나의 사랑을 받아주세요. 결혼 요청을 드립니다."

혜린은 또다시 눈물이 왈칵 쏟아졌다. 자신보다 어린 남자가 자신보다 더 큰 사랑을 갖고 있었다. 상배의 가슴에 얼굴을 묻고 자신의 고백 때보다 더 큰 울음으로 울었다. 어깨를 들썩이며 소리 내어 울었다. 그것밖에는 청혼에 대답할 다른 방법이 없었다. 상배는 들썩이는 혜린의 어깨를 감싸 안았다. 자신의 눈에서 흐르는 눈물을 알지도 못한 채.

상배의 진심 어린 청혼을 혜린은 눈물로써 받아들였다.

혜린은 상배의 마음은 받아들인다고 하더라도 넘어야 할 산이

백두산 같이 높았고 백두대간 같이 길었다. 우선 상배 아버님의 허락을 받아야 했다.

상배는 아버지께 먼저 말씀을 드렸다. 아버지는 까무러치듯이 놀랐다. 더군다나 결혼 상대가 상배에게 자금 지원을 하던 회장이란 여자라 생각하니 아버지는 큰아들이 돈에 팔려 가는 것 같아 가슴이 미어졌다.

"안 된다, 안 된다 이놈아. 내 눈에 흙이 들어가기 전에는 안 돼. 그 공장 돌려주고 결혼 취소해."

동생들도 반대했지만 아버지의 거센 반대에 자기들의 의견을 나타낼 수도 없었다. 상배는 진퇴양난에 빠졌다. 아버지의 의도에 거슬리는 첫 번째 일이었다. 평생의 첫 번째 불효였다.

혜린은 LA의 딸에게 전화했다.

"별일 없어?"

"그래, 엄마. 여기는 별일 없는데, 왜 안 와?"

"일이 좀 있어."

"무슨 일인데."

"엄마 결혼해."

"예? 축하해요. 새 아빠는 누구예요?"

"내 연하의 잘생긴 남자."

"좋은 타이틀은 아닌 것 같은데…. 몇 살이고 무슨 일을 해?"

"자동차 정비 업체의 사장인데, 나이는 엄마보다 열 살 아래야."

"농담하지 말고 말해."

"정말이야."

"그 남자 사기꾼이야. 빨리 정리하고 어서 들어와."

"지은아, 네가 보면 너도 찬성할 거야."

"안 돼, 빨리 와, 안 오면 내가 갈 거야. 전화 끊어."

어느 정도 반대는 예상했으나 도저히 이빨조차 들어가지 않았다.

양가의 반대는 생각보다 심했다. 두 사람은 우울했다. 결혼이란 주위 사람들의 축하 속에 이루어져야 하는데 이런 분위기에는 있을 수 없었다. 두 번 세 번의 시도에도 철벽같았다.

두 사람은 결혼식 준비로 예물을 사러 갔다. 상배는 시내의 보석상에서 며칠 전 주문한 신부의 반지를 받아서 혜린의 약지에 끼웠다. 혜린의 손에서 조그마한 다이아몬드의 광채가 맑게 빛났다.

"혜린 씨, 다이아몬드의 의미가 불멸과 사랑이듯이 우리의 사랑은 영원할 거예요."

"상배 씨, 우리 다시 태어나도 사랑할까요?"

"사랑할 거예요. 혜린 씨가 뭐라 해도 나는 혜린 씨를 사랑할 거예요. 그때는 지금과는 다르게 좀 더 편안하게 사랑했으면 해요."

"정말 그렇게 상배 씨를 다시 만났으면 좋겠어요. 이 반지를 끼고서요."

"지금의 사랑이 변함없는 사랑이라면 앞으로의 삶 중에서도 그리고 삶을 넘어서도 사랑하겠지요."

"사랑해요, 상배 씨."

혜린은 반지를 보고 상배를 보았다. 상배의 말이 반지의 반짝임보다 더 소중하게 들렸다. 그들은 그 순간 소외받는 그들의 결혼식에서 벗어나 같은 마음의 미소를 지었다. 외로움이 그들을 괴롭혔지만 그들의 사랑은 더욱 단단해 보였다.

그들은 상배의 시계를 사러 명품 시계 대리점을 찾았다. 들어서니 명품점답게 고급스럽고 차분한 분위기가 감쌌다. 혜린이 쇼케이스 안쪽에 진열되어 있는 시계 중에서 상배에게 어울리는 시계를 지목하고 상배의 의견을 들었다. 상배는 혜린의 의견에 동조했다. 혜린은 갓 피어나는 꽃과 같이 순결하게 반짝이는 시계를 상배의 손목에 채워 보고 상배에게 주는 사랑이라고 생각했다. 명품 시계는 이제야 주인을 찾은 듯 상배의 손목에 잘 어울렸다.

"상배 씨, 삶은 시간이에요. 우리의 사랑이 계속되는 한 이 시계도 멈추지 않을 거예요."

"고마워요. 사랑해요."

"상배 씨는 이제 나에게 손목이 묶인 거예요."

"하하하."

"호호호."

"그래도 좋은걸요."

그들은 예물을 준비하면서 그들의 축복받지 못한 결혼을 자축하고 사랑을 더 견고히 했다. 그러면서 삶과 사랑과 영원을 같이 생각했다.

두 사람의 결혼식을 상배가 다니던 성당에서 하려다가 성당에서 결혼하는 조건이 부부가 가톨릭 신자여야 하고 가톨릭 신자가 되기 위해서는 6개월 동안의 교리 공부를 하고 세례를 받아야 한다는 것이었다. 현실적으로 장애가 있었기 때문에 방향을 절로 바꾸었다. 영선이 봉은사에 다니고 있었기 때문에 봉은사가 결혼식장이 되었다.

절에서의 생소한 화혼식을 하는데 영선이 큰 몫을 했다. 영선의 결혼 때 혜린이 도운 것 이상으로, 그리고 그때보다 초라한 결혼식의 썰렁함을 채워주기 위해서 영선은 제 일같이 도왔다. 정식으로 초청된 사람은 영선 부부밖에 없었다. 그러나 그날 설법을 듣기 위해 모인 불자들이 모두 소외받은 결혼식의 하객들이었고 주지스님도 주례사를 대신해 설법을 하였다. 주지스님의 설법을 들으며 그들의 인연이 전생에서 시작되었음을 믿으며 그들의 결혼으로 영원히 행복할 것을 기원했다. 예물 교환을 했다. 신랑은 신부에게 불멸의 사랑을 기원하며 다이아몬드 반지를, 신부도 신랑에게 이 시계와 함께 우리들의 사랑도 영원하기를 기원했디.

그들의 사랑은 절박했다. 현실의 사정이 각박할수록 그들의 사랑은 더욱 견고했다. 화혼식이 끝나고 절의 경내를 둘러보았다. 강남 제일의 사찰답게 넓은 부지 위에 많은 전각들이 있었다. 그들은 관음전에 들러 삼배를 하고 그들의 기원을 올렸다.

'중생들에게 자비를 베푸소서. 저희의 앞길에 장애 없기를 보살펴 주소서.'

8

신혼여행은 일본 나가노로 정했다. 젊은이들같이 야단스럽게 할 수도 없고 그들만의 쉴 수 있고 사랑을 확인할 수 있는 곳으로 정했다. 그런 곳으로는 일본의 온천이 있는 료칸이 알맞게 보였다. 하객이라고는 영선 부부만으로 치러진 결혼이 주는 부담과 양가에서의 반대로 인한 갈등을 피해서 휴식할 수 있는 공간을 원했기 때문이다. 두 사람은 다른 일정은 두지 않고 료칸의 온천에서 둘만의 시간을 가졌다. 투숙한 방당 하나의 노천탕이 갖추어져 있었다. 두 사람은 현실적인 문제들은 잊어버리고 편안히 쉬었다. 두 사람만의 노천 온천욕, 그리고 료칸 특유의 음식인 카이세키, 다다미방의 방바닥에 펼친 두터운 목화 솜이불, 주인 아주머니가 주축이 된 가족 같은 환대, 그런 것들이 료칸의 존재를 유서 있게 유지해 온 것 같았다. 일본 녹차를 마시면서 대화를 나누었다.

"혜린 씨, 타히티 신혼여행이 생각나네요."

"다시 신혼 놀이 할까요?"

"그럼 그럴까, 혜린아."

"네, 여보."

"나는 우리가 나이가 더 들어도 좋을 것 같아."

"나 미국 가면 보고 싶지 않아요?"

"나는 지금 이대로도 좋아. 혜린이 미국 가면 없는 대로 그리워하고, 오면 오는 대로 반갑고. 처음에는 육체적인 욕망이 앞섰으나 이제는 그런 것 없어도 사랑은 그대로야. 그리고 나머지 시간은 돈 버는 데 올인하고. 부지런한 생활인으로 살아가는 거지."

"참 상배 씨는 이상하다. 예쁘고 탄력 있는 젊은 여자가 좋지 않으세요?"

"나는 그렇지 않아. 사랑은 나이를 초월해 있는 것 같아. 그리고 그 사랑은 변해서는 안 되겠지. 왜냐하면 진실된 사랑은 신앙과 같이 거룩하고 흔들림이 없어야 하거든. 진리가 변치 않듯이."

"무슨 어려운 말을 해요. 나는 좋지만 상배 씨는 손해잖아요."

"자동차 정비 사업에는 손익이 있지만, 사랑에는 손익이 없어요. 사랑은 줄수록 부자가 되니까 사랑하는 마음이 진실하다면 연인이 죽어도 평생 혼자 사는 사람이 많잖아. 그리움을 마음에 품고 말야."

혜린은 동감했다. 그러나 혜린은 그것은 상배의 희생이란 걸 안다. 차라리 혜린 자신이 희생되고 싶었다.

"상배 씨, 사랑해요. 혜린은 너무 행복해요. 그런데 이 행복이 나에게 넘쳐서 나를 괴롭혀요. 차라리 상배 씨가 나를 떠나서 행복해지면 그때 내가 편안해질 것 같아요."

상배는 말없이 혜린을 꼭 껴안았다. 상배와 혜린은 그 순간이 영원이 되기를 기원했다.

낮에는 원숭이 공원이 있는 지고쿠노타니와 일본 국보 본당이 있는 젠코우지를 갔다 왔다.

료칸으로 돌아온 혜린은 상배와 뜨거운 노천탕에 들어갔다. 김이 서린 탕 맞은편에 있는 상배를 바라보았다. 상배는 눈을 감고 있었다. 이제는 혜린과의 사랑의 행로에 큰 장애물을 건넜다는 듯이. 아니면 앞으로 건너야 할 장애물을 건널 생각에 잠긴 듯이. 혜린은 나가노의 료칸에서 이렇게 상배와 함께 온천욕을 하고 있는 것이 꿈을 꾸는 듯했다. 총각과 아이 있는 이혼녀, 가난한 자와 부자, 고졸남과 대졸녀, 열 살 아래의 연하남, 그들 사이는 서울과 LA만큼 멀었다. 춤도 추지 못하면서 친구들에 의해 카바레에 가지 않았다면, 혜린이 이혼녀가 아니었고 상배가 애인이라도 있었다면, 혜린이 다시 찾지 않았다면, 에덴의 동산을 내려오면서 상배가 헤어지자고 했을 때 헤어졌다면, 납치 폭행 사고로 상배와의 모든 것이 끝났다면, 영선의 재회 배려가 없었다면, 상배의 청혼을 끝까지 받아들이지 않았다면 이렇게 욕탕에서 마주 보고 있지 않을 것이다. 그렇게 생각하니 지금 이 자리가 신기할 정도로 귀한 자리였다. 또 다른 경우의 수를 생각하면 골프장에 처음 들어선 골퍼가 홀인원 하는 것보다도, 백사장에서 진주알 찾는 것보다도 귀한 인연이었다. 시절인연이었다. 운명이었다. 김 속에 흐릿한 모습으로 눈 감고 있는 저 사람은 왕자보다 귀한 사람이다. 내 앞의 그가 있음에 감사했다. 이렇게 귀하게 주어진 운명을 감사하며 사랑해야지.

료칸 온천욕을 한 후 유카타를 입고 다다미방에서 두 사람은 녹차를 가운데 두고 마주 앉았다. 혜린은 두 손으로 찻잔을 들고 입에 갖다 대었다. 향긋한 냄새가 목욕 후의 기분 좋은 나른함을 감쌌다. 혜린은 상배의 평화로운 모습을 빤히 쳐다보고 말했다.

"당신은 누구예요?"

"당신의 그림자. 늘 당신과 함께하고 사라졌다가도 빛과 함께 나타나는 그림자. 당신이 사라질 때까지."

"왜 그러는데요?"

"사랑하니까."

"사랑이 뭔데요?"

"음—, 사랑은 불가능을 가능하게 하는 생명력, 혼자서는 이룰 수 없는 것을 이루는 기적."

"그 기적은 뭔데요?"

"2세일 수도 있고, 희망일 수도 있고, 행복일 수도 있겠지요."

"불행일 수도 있고, 고독일 수도 있고, 고통일 수도 있는데요?"

"당연히 그렇겠지요. 빛과 그림자같이."

"참고 견딜 수 있어요?"

"삶을 처음 대할 때와 같이 사랑이란 새로운 세상을 만나는 것이지요. 그래서 사랑은 생명이라고 생각해요. 그 생명을 회피한다면 살아갈 의미도 없어지겠지. 자유에 책임이 따르듯이 사랑은 사랑으로 인한 멍에를 이겨나가야 할 노력이 있어야 되겠지. 그것이 생명이고 삶이겠지요."

"그러면 삶과 사랑은 같은 것이네?"

"그렇다고 볼 수 있지. 내 앞에 혜린이 그지없이 예쁘고 나에게 환희를 주는 것이 그것만으로 끝나는 게 아니에요. 그 뒤에 숨어 있는 외로움과 갈등과 고통을 알아야 돼. 그것을 알지 못하고 이겨나갈 자신이 없다면 사랑을 포기해야지."

"촛불의 광명이 어둠이 있기에 있을 수 있듯이 말이죠? 그리고 그 어둠이 짙을수록 빛이 밝을 수 있다는 얘기죠? 어쩜 내 생각과 똑같네. 나이도 어린 사람이 어떻게 그런 늙은이 같은 말을 해요?"

"놀릴 거예요?"

하며 상배는 혜린의 볼을 쥐었다. 안 아플 만큼, 사랑스럽다는 듯이. 혜린은 볼의 촉감에서 사랑의 실체를 느꼈다. 사랑은 아픈 환희야. 사랑은 단맛만 있는 것이 아니야. 쓴맛, 신맛, 짠맛, 매운맛 모두가 섞여 있는 거야. 그것이 진정한 맛이고 성숙한 사랑이야. 오래된 김치, 오래된 장의 깊은 맛이지.

두 사람의 같은 마음은 상배를 바라보는 혜린의 눈에 눈물을 고이게 했다. 혜린의 눈물이 들고 있는 찻잔에 떨어졌다. 혜린은 늘 나이만큼 자신이 상배를 더 사랑한다고 생각했다. 그런데 상배는 혜린보다 더 깊은 사랑으로 사랑하고 있음을 알고 가슴이 뜨거워졌다. 상배가 감사한 게 아니라 상배를 감싸고 있는 모든 것이, 이 세상 모두가, 우주의 움직임이 감사했다.

"상배 씨, 사랑해요."

"나도 사랑해요."

나가노에서의 사흘은 그들 사랑의 결정이었다.

신혼여행에서 돌아온 혜린과 상배는 청담동 빌라에 신혼살림을 차렸다. 상배는 거기서 목동 카센터로 출퇴근하였고 혜린은 천사의날개사와 국제 전화와 팩스로써 원거리 경영을 하였다. 자고 일어나면 밤새 팩스가 쌓여 있었고 오전 중에 읽고 결재할 건 결재하고 지시 사항은 통화를 하거나 팩스로 다시 보냈다. 혜린은 신혼 살림의 새색시로 남편을 전송하고 마중했다. 그들은 빠짐없이 키스로 헤어졌고 포옹으로 다시 만났다.

혜린은 앞치마를 두르고 집 청소를 하고 된장찌개를 끓였으며 퇴근 시간 즈음에는 마음 모아 기다렸다. 상배도 마찬가지였다. 아침에는 아내와 마주 보고 아침 식사를 했고 아내의 도움으로 옷을 입었고 일하는 중에도 아내 생각을 했고 전화를 했고 퇴근하면 곧장 집으로 향했다.

혜린은 상배와의 결혼에 가장 현실적인 난관은 나이 차에 있다고 생각했다. 차라리 상배가 혜린보다 나이 차만큼 많았으면 좋았을 거라고 생각도 했다. 여자가 남자보다 빨리 늙는다는데 어떻게 저렇게 잘생기고 젊은 남자를 지킬 수 있을까? 지금 상배 스물아홉 살, 혜린 서른아홉 살, 혜린이 50이 되면 상배는 아직 40, 혜린 회갑에 상배는 아직 50. 상배의 나이가 다가오는 만큼 혜린의 나이는 저만큼 달아나 있었다. 어디다 묶어 놓을 수도 없는 혜린의 나이. 혜린은 현기증이 났다. 고개를 흔들었다. 그들의 사랑도 잠자리도 지금만 괜찮은 것 같았다. 고민을 하던 혜린은 어느 날 잠자리에서 상배에게 베갯머리송사를 한다.

"여보, 할 말이 있는데… 나 이쁜이 수술 할까 봐."

"당신 지금도 예쁜데, 왜?"

"아니, 그것 말고…."

부끄러워서 상배의 귀에다 대고 이쁜이 수술의 정체에 대하여 속삭였다.

"여보, 나는 지금 혜린이 제일 좋거든. 그리고 같이 나이 들어가면서 당신의 변하는 그대로가 좋아. 사람은 누구나 다 늙어. 상대의 늙은 외모에 마음이 달라지면 그것은 사랑이 아니야. 나는 섹스가 시들해져도 혜린을 사랑할 거야."

"지금은 그런데 나이가 더 들면 당신 마음도 달라질 거예요."

"아니야. 그렇지 않아요."

"여보…."

상배는 혜린을 끌어안고 혜린은 젊고 탄탄한 상배의 품속에 안겼다.

혜린은 이쁜이 수술을 하지 않았지만, 자신의 몸매와 얼굴에 신경 쓰기 시작했다. 지난 세월 오직 아메리칸 드림의 목표를 바라보고 달려가느라 희생했던 대가였다. 원래 그녀 얼굴의 갸름한 턱과 반듯한 이마가 만드는 고운 얼굴선은 예쁜 이목구비를 담는 보석함이었다. 큰 키는 아니었으나 적당한 키에 아담한 크기의 가슴과 가느다란 허리는 균형 잡힌 몸매를 갖추었다. 그렇지만 눈 밑의 잔주름, 예리했던 얼굴선을 풍화시키는 얼굴 살, 모르는 사이에 치마의 허리둘레를 늘리는 허릿살은 진행형이었다. 혜린은 부지런한 운동과 다이어트 식사, 마사지로 떠나가는 젊음을 애써 잡으려는 눈물겨운 노력을 했다.

그러나 혜린에게 나이 차로 생기는 문제는 젊음의 차이뿐만 아니었다. 정말로 심각한 것은 둘 사이에 부부로 묶어둘 수 있는 임신 문제였다. 나이 차로 생기는 오해와 갈등도 그들 사이의 아이만으로 깨끗이 해결될 수 있는 것이었다.

혜린이 상배와 결혼할 때의 나이가 39세였고 상배는 29세였다. 신랑은 팔팔한 청춘이었으나 혜린은 중년에 접어든 나이였다. 혜린은 상배와의 결혼을 생각할 때부터 임신에 대한 욕망과 의무감이 그림자처럼 따라다녔다. 혜린은 명세와의 결혼 생활에서도 지은의 출산 이후로 아들을 기다리던 명세의 희망과 본인의 다산 욕망에도 불구하고 임신이 되지 않았기 때문에 상배와의 결혼 전부터 이 문제에 고심하였다. 상배와 혜린은 신부의 나이 때문에 내색은 하지 않았지만 속으로는 자식에 대한 욕심이 컸다.

어느 날 혜린의 제의로 두 사람은 산부인과를 찾았다. 의사는 두 사람과 문진을 하고 임신 가능성을 위한 건강검진을 하였다. 의사는 신부가 고령이긴 하나 임신을 하는 데 지장이 없을 정도로 두 사람이 건강하다고 하면서 정기적으로 검진하면서 임신 관리를 하라고 하였다.

서울에서의 반년, 깨가 쏟아지던 신혼 생활이 지난 후 혜린은 혼자서 LA로 돌아왔다. 혜린은 신혼도 신혼이었지만, LA의 현실을 마냥 내버려 둘 수는 없었다. 하루가 다르게 변하는 세상에 자신이 경영하는 기업체를 먼발치에서 보고만 있다는 것은 물가에 아이를 내놓는 것만 같았다. 또 하나는 LA의 딸아이에 대한 그리움이었다. 인연이란 이렇게 사람들을 어쩔 수 없게 묶어 놓는 그물이었다.

상배는 정성카센터의 바쁜 일을 감당해야 했다. 남수에게 다니던 직장을 그만두게 하고 카센터의 일을 가르쳤다. 우선 정비학원을 보내 자격증을 따게 하고 병행해서 카센터에서 기술 연수도 했다. 남수가 자격증을 따고서는 상배 자신의 업무를 가르쳤다. 내년쯤 남수에게 공장을 인계할 계획으로.

상배는 남수에게 인계가 끝나는 대로 LA로 가서 혜린과 합류하기로 했다.

길고도 추웠던 겨울이 지나고 봄이 왔다. 정성카센터는 큰 몸집에도 바쁘게 돌아갔다. 공장은 빈틈없으면서도 효율적으로 많은 물량을 해치웠다. 큰돈이 들어와 혜린의 투자금을 갚았다. 사업의 안정과 함께 상배네도 형편이 펴서 넉 달이 지나서는 신월동 연립 주택에서 목동 아파트 단지로 이사했다. 상배네에게 궁핍하던 신월동 시대가 막을 내리고 희망찬 목동 시대가 열렸다. 상배는 결혼으로 인하여 아버지의 가슴을 아프게 한 불효를 반이나마 갚은 것 같았다.

혜린이 지은에게 결혼 소식을 전화로 알린 이후 상배와의 결혼에 대해 싸늘한 시선의 원망 섞인 질문을 받고 혜린의 진심을 알려주었다. 그러나 지은은 10살 연하의 총각이 10살 연상의 혹 달린 이혼녀를 선택하는 것은 불순한 목적을 갖기 전에는 있을 수 없는 일로 간주했다. 그 목적이란 엄마의 재산이었다. 더구나 그 남자는 대학 근처도 가보지 않은 가난뱅이라고 하지 않았던가. 지은은 젊은 남자의 유혹에 빠진 엄마가 답답하고 불쌍해 가슴 아팠다. 이걸 어떻게 하지. 엄마, 제발 정신 좀 차려. 세상이 어떤 세상인데 그런 어리석은 짓을 해. 지은은 불행하게 살아온 엄마에 대한 번민이 컸다. 아버지와의 애정 없는 결혼생활과 미국에서의 고생, 그리고 지은 자신에 대한 애정 때문에 속으로는 앞으로 엄마와 같이 살면서 엄마의 힘들었던 인생을 보상해 주어야겠다고 생각했는데 엄마가 서울로 들락거리다가 가장 나쁜 경우에 걸려든 것 때문에 속이 상해 죽을 것 같았다. 지은은 이 결혼을 어쨌든 무효로 몰고 가려고 마음먹었다. 그것이 엄마를 구렁텅이에서 구하는 길이라고 생각했다. 그러나 지은의 간절한 회유와 혜린의 진심 어린 해명이 저마다 엇갈린 길로 갔다. 두 사람의 대화는 점점 더 불화로 달려갔고 이제는 화해할 수 없는 지경에 이르렀다.

• 5 •

삶과 죽음

1

상배는 남수에게 정성카센터의 운영을 맡기고 미국을 향해 떠났는데 혜린과 지은 사이의 자신으로 인한 갈등은 모르고 있었다. 공항에는 혜린이 마중 나와 있었다. 석 달 만에 보는 아내가 예쁘고 반가웠다. 포옹을 하고 이마에 키스를 했다. 혜린의 빨간 무개 벤츠를 타고 달렸다. 벤츠의 속도로 생긴 바람이 두 사람의 머리카락을 휘날리게 하자 상배는 자신이 뿌리 없는 노마드가 되었음을 알았다. 낯선 산하. 낯선 건물과 도로. 여기가 미국인가. 서울의 한 모퉁이 카센터와 지금의 시야에 들어온 세상은 다른 세상이었다. 상상 밖의 세상은 말 그대로 지구의 반대편이었다. 이 넓은 대지에 유일한 인연은 선글라스를 쓰고 빨간 벤츠를 운전하는 혜린뿐이었다. 혜린은 이 낯선 세상에도 잘 어울렸다. 혜린이 낯설어 보이고 대단해 보이기도 했다. 두 사람을 태운 벤츠는 곧바로 혜린의 드림하우스로 향했다. 상배는 비행기 속에서도 미국에서의 생활이 부담되기도 했지만 가슴 속에 무언가 무겁게 도사리고 있는 예감을 떨쳐낼 수 없었다. 혜린과 만났을 때도 반가워하는 혜린 얼굴 뒤의 깊은 수심을 읽을 수 있었다.

"오랜 시간 비행기 타고 오느라 힘들었죠?"

"그렇진 않은데 처음 오는 미국이라 긴장이 되어 잠도 자지 못했어요."

"서울 일은 도련님에게 잘 인계했어요?"

"잘했어요. 그런데 당신 얼굴이 편치 않아 보이는데 몸이라도 아파요?"

"아네요. 그런 걱정 말아요."

잠시 뜸을 들이다 혜린이 말을 꺼냈다.

"사실은, 당신 지은이 얘기 들었어요?"

"무슨 얘기?"

"걔가 엄마 재혼에 아직 마음이 편치 않은가 봐요."

"왜? 엄마가 결혼하는 게 싫은 모양이지? 놔둬요. 젊은 마음에 불만도 있겠죠. 엄마를 독차지했다가 빼앗기는 것 같으니까."

“당신 마음이 어떨까 늘 걱정됐어요. 앞으로 같은 집에서 살아야 할 텐데.”

“몇 학년이죠?”

“작년에 대학에 들어갔어요.”

“아직 예민할 때네. 당신은 신경 쓰지 말고 놔둬요. 같이 생활하면 차츰 나아지겠죠. 나도 그러도록 노력할게요.”

그러면서 지은의 화제를 지우려고 서울 소식을 알리고 미국 생활을 물어가며 관심을 다른 데로 돌렸다.

패서디나의 드림하우스에 도착한 상배는 혜린의 집에 들어서며 예상 밖의 너른 저택의 모습을 보고 딴 세상에 온 것 같았다. 게이트에 들어서니 탁 트인 시야에 여러 가구가 살 듯한 이층 양옥과 풀장, 잔디밭 넘어 숲이 있고 한쪽에서 개들이 컹컹대고 있어 영화에서나 볼 듯한 저택이었다. 현관에서 널찍한 거실로 들어서니 통유리로 된 거실 창에 들어오는 패서디나의 평화로운 도시가 스크린같이 펼쳐졌다. 이 집을 눈에 익히기에도 시간이 걸릴 것 같았다. 혜린의 안내로 짐을 풀고 샤워를 하고 침실과 2층 등 실내 구경을 하고 거실에서 소파에 몸을 기댔다.

저녁은 혜린이 준비했고 지은에게 같이 식사하자고 했기 때문에 기다렸으나 늦게 온다고 전화가 와서 두 사람만 먹었다. 밤늦게 11시가 넘어 지은이 귀가했다. 그때까지 거실에서 지은을 기다리던 상배가 지은에게 아는 척을 하려 하자 지은은 흘깃 쳐다만 보고 2층으로 올라갔다. 혜린이 민망하여 지은을 불렀으나 대답도 하지 않았다. 혜린은 따라 올라가 방문을 두드리고 지은을 불렀으나 헛수고만 하고 내려왔다. 혜린이 소파에 털썩 주저앉으며 펑펑 울었다.

"여보, 울지 말아요. 무언가 오해를 한 것 같으니까 시간이 지나면 차츰 좋아질 거예요."

"어엉 어엉 엉, 재가 왜 저렇게 비뚤어졌는지 모르겠어요. 당신 볼 면목이 없어요."

"내 걱정은 말아요. 다 잘 될 거예요. 나도 지은이랑 친해지도록 노력할게요."

그러면서 혜린을 감싸 안고 달래주었다.

지은의 행동은 날이 가도 변함이 없었다. 의붓아버지와의 인사는 물론 시선도 주지 않았다. 침묵의 반항으로 두 사람 사이를 떼어 놓으려는 것 같았다. 아침 등교 시에는 혼자서 토스트를 구워 먹거나 굶은 채로 학교에 갔고 저녁에도 늦게 와 밥을 먹었는지 굶는 건지 말도 않고 2층으로 직행했다. 따라 올라간 엄마가 문을 두드려도 문을 닫은 채 엄마마저도 피했다.

지은이 등교를 늦게 하던 날 혜린이 회사에 가고 둘만이 집에 있을 때 거실에서 상배와 지은이 마주쳤다. 지은은 인사도 않고 지나치다가 상배를 낯선 사람같이 불렀다.

"아저씨, 나하고 얘기 좀 할래요?"

"그럴까?"

그들은 소파에 마주 앉았다. 그들 사이에 마실 것도 없이 지은이 말문을 열었다.

"아저씨는 언제까지 이 집에 있을 거예요?"

"지은아, 엄마와 나는 결혼한 사이야. 부부는 같이 살아야지."

"아저씨는 이 결혼이 정상적인 결혼이라 생각해요? 아저씨는 엄마하고의 나이 차보다 나하고 나이 차가 적어요. 이상하지 않으세요? 주변에서 나 말고도 이상하다고 하지 않아요? 솔직히 말하는데 나는 다른 목적이 없으면 이런 결혼은 있을 수 없다고 봐요. 엄마는 눈꺼풀에 콩깍지가 껴서 정신을 못 차리는데 그러면 아저씨라도 양심적으로 행동해야죠. 다들 의도가 있는 결혼이라 생각하고 앞으로 문제가 될 거라고 생각해요. 다시 한번 말하겠는데 아저씨가 알아서 나가 주세요. 그러지 않으면 내가 나가겠어요."

지은이 빚쟁이가 통고하듯이 거친 말을 쏟아내고 벌떡 일어나

휑하니 나가버렸다. 지은의 모난 성격이 된서리가 내리듯 나타났다. 상배는 대답할 틈도 없이 닭 쫓던 개 신세가 돼 버렸다.

지은이 나가고 혼자서 소파에 앉아 있다 보니 이때까지 참고 있었던 울화가 치밀었다. 내가 지금 무얼 하고 있나? 이렇게 오해받고 냉대받기 위해 여길 왔나? 하루하루가 가시밭길 걷는 듯하다. 내가 그 아이에게 무슨 잘못을 했길래 하루하루를 참고 살아야 하나? 그렇다고 오해가 풀리고 화해가 이루어질 가능성도 없어 보였다. 혜린 때문에 참고 또 참고 있는데 이제는 더 이상 인내할 수 없었다. 상배는 자리에서 일어나 와인 셀터에 있는 와인을 가져왔다. 잔도 없이 병째 들이켰다. 혜린을 만나기 전 과거를 생각했다. 생각은 마음껏 생활하던 시절로 돌아갔다. 의욕대로 살던 그 시절 무쇠 같은 주먹을 휘두르며 주위를 복종시키고 하고 싶은 대로 하던 그 시절이 그리웠다. 그 야성의 시절로 돌아가고 싶었다. 입 주위에 흘린 와인을 손등으로 닦고 현관문을 나섰다. 집을 돌아 산으로 올라갔다. 뛰었다. 입으로는 짐승같이 고함을 질렀다. 개들이 따라 짖었다. 어느덧 숨이 차서 자리에 섰는데 땀이 쏟아졌다. 주위에 곡괭이 자루만 한 강대 줄기가 눈에 들어왔고 상배는 그 나무를 집어 올렸다. 두 손으로 그 나무를 움켜쥐고 근처에 있는 키 큰 나무의 둥치에 휘둘렀다. 죽으라고 소리 지르며 미친 듯이 휘둘렀다. 나무는 쿵쿵하며 울었다. 낙엽 진 바늘잎들이 우수수 떨어졌다. 상배의 상의가 비를 맞은 듯 젖었다. 한참을 휘두르다 지친 상배는 그 자리에 털썩 주저앉았다. 가쁜 숨을 몰아쉬다 땀이 식는 차가움을 느낄 때야 비로소 분이 풀리는 듯 울분이 가라앉았다.

그러나 드림하우스의 가정생활은 살얼음을 걷는 것 같았다. 밝고 아름답던 집이 갑자기 무너질 것 같은 위기감이 돌았다. 특히나 지은이 다닐 때가 더 그랬다. 혜린도 상배도 말을 걸기가 무서웠다.

지은과 상배의 갈등은 오래도록 해소되지 않았다. 상배는 지난번 거실에서의 지은과의 만남에서 들은 험한 말을 혼자서 삭이기로 했다. 지은의 생각이 분명한 오해이기 때문에 언젠가는 풀어지리라 생각했다. 그때까지는 변명도 해명도 필요 없고 단지 인내만이 해결해 주리라 믿었다. 지은은 상배가 엄마의 재산이 탐나서 결혼한 것으로 확신했다. 지은과 상배의 나이 차이는 아홉 살밖에 나지 않았고 혜린과 상배의 나이 차이는 열 살이나 되었으니 정상적인 남자라면 결혼이 불가능한 일이었다. 더구나 지은은 아홉 살 위의 오빠 같은 남자를 아버지로 부른다는 것은 생각조차 하기 싫었다. 친아버지와의 스물여덟 살 나이 차를 생각하면 더더구나 말도 되지 않았다. 상배가 엄마 집으로 들어온 지 4개월이 지났지만 서로가 피하기만 할 뿐 인사조차 하지 않고 밥도 같이 먹지 않았다. 생활 공간도 1층과 2층으로 단절되었다. 상배는 자신의 생활에 몰두하고 지은은 집안일에는 손을 끊고 있었다. 그 사이에서 혜린이 곤혹스러웠다. 혜린도 아무리 딸 자식이지만 자신의 처신에 약점이 있기 때문에 어쩔 수 없었다.

2

혜린이 출근하고 나면 상배는 산책을 하거나 책을 읽기도 했다. 달마티안 네 마리가 친구가 될 듯하여 가까이 갔으나 얼굴이 낯선 상배에게는 적의를 나타내고 으르릉거리고 짖어댔다. 혜린이 네 마리의 달마티안을 달래 가며 상배를 가까이하게 했다. 달마티안은 사냥개의 피를 받아서였는지 주인에 대한 충성심은 목숨을 내놓을 정도지만 낯선 사람에게는 적의를 강하게 나타낸다. 상배는 시간 날 때마다 개들과 얼굴을 익혔다. 외로운 타향생활에 마음 붙일 곳이 없었는데 가까이 있는 운이와 복이가 빈자리를 메워 줄 수 있을 것 같았다. 상배는 가정부가 하던 개밥

당번을 자청했다. 이렇게 얼굴을 익힌 후에는 산책의 단골 동행자가 되어 혜린보다 더 가깝게 지내게 되었다. 상배가 개집으로 다가가면 놈들은 펄쩍펄쩍 뛰며 짖어댔다. 사냥개의 본능과 상배의 잠재된 야성을 해소하는 데는 드림하우스의 뒷산이 안성맞춤이었다. 드림하우스 내에서는 개 줄을 사용하지 않았는데 활동 시간 외에는 울타리를 쳐 놓은 개집에 넣어 두었다. 상배에게도 드림하우스의 넓은 공간이 하루 종일 육체적인 일로 바쁘던 서울 생활에서의 습관으로 몸이 근질근질하던 차에 물고기가 물을 만난 격이었다. 맑은 공기 속에 숲속으로 때로는 운이와 복이를, 때로는 피스와 러블리를 데리고 달리다 보면 속에 응집되어 있던 응어리가 날아가는 기분이었다. 조깅도 하고 공을 멀리 산속으로 던져 찾아오게 하기도 했다. 그렇게 보내는 시간은 상배가 기다리는 시간이기도 해서 하루의 고정 스케줄이 되었다.

상배는 미국 올 때 묵주를 빠뜨리지 않고 갖고 왔다. 서울에서 다니던 성당의 신부님께 미국으로 이민 간다고 인사드렸더니 신부님이 상배에게 LA에 있는 한국어 미사를 봉헌하는 성아그네스 성당과 주임 신부를 소개시켜 주었다. 찾아간 성당은 크진 않았으나 지은 지 20년은 더 되어 보였다. 사무실에서 입교 의사를 밝히고 그 주부터 미사에 참석하였다. 대부분 신도와 사제들이 한국 교민들이었으므로 서울의 성당과 별 차이가 없었다. 같은 예수님이었고 같은 성모 마리아였고 같은 얼굴색의 사제였다. 상배는 기도를 올리며 지은과의 화해와 혜린과의 영원한 사랑과 온 세계의 평화를 예수님의 사랑으로 이루어지기를 기원하였다.

혜린이 다니는 무심선센터에 상배도 같이 다녔다. 상배는 성당 미사도 빠짐없이 나갔으나 참선 수행은 상배에게 또 다른 면에서 도움을 주었다. 지은과의 갈등으로 흔들리는 마음을 바로잡아 주었을 뿐만 아니라 정신 수양은 공부에 집중할 수 있게 도와주었다. 선센터에는 불교 외 타종교의 신자들도 많이 참석하였는데 그들 미국인들은 선센터를 신을 믿는 종교로서보다는 깨달음이란 수행과정을 익히는 수행처로 여겼다. 동양인들은 소수였고 백인들이 많았는데 LA 주변 도시에서 오는 사람들도 많았다. 목사와 신부, 수녀도 있었다. 그들은 영성의 세계를 깨달음을 통해 얻고자 했다.

대학에 입학한 후 처음에는 10년 이상 차가 나는 젊은이들에게 이질감을 느꼈으나 차츰 적극적인 대인 관계로 그들과 가깝게 지내려고 노력했다. 다행히 미국에서는 나이 차의 구분을 한국에서와 같이 하지 않았다. 존댓말도 없었고 나이에 따른 예절의 차이도 별로 있어 보이지 않았다. 그들과의 차이는 나이보다 인종 차이여서 나이 많은 한국인은 그들을 쉽고 친숙하게 하는 존재는 아니었다.

상배에게는 캠퍼스 생활과 혜린과 달마티안과 같이 하는 드림하우스의 일상과 매주 성당 미사와 무심선센터에서의 정신 수련 그것만이었다. 그 세계 안에서의 바쁨과 느림뿐이었다. 아내의 회사에 대해서는 관심이 없었고 본인이 누리는 현재의 평온 속에 자족했다. 반복되는 생활에서도 권태를 못 느꼈다. 변화 없는 생활 속에서 변화를 느꼈고 작은 차이를 놓치지 않았고 그 차이에 새로움을 느꼈다. 그 새로움에 침잠하기도 했다.

3

남수에게서 아버지 회갑인데 어떻게 할 거냐고 전화가 왔다. 상배와 혜린은 결혼을 하고 이태가 지나가도록 아버지와 화해를 못 하고 있었다. 상배는 아버지의 회갑을 멀리서 보고만 있을 수 없었다. 상배가 어린 시절 어머니를 여의고 나서부터 재혼도 하지 않고 찢어지게 가난한 살림살이를 꾸리며 삼 남매를 키워오느라 얼굴 펼 날 없이 살아온 한뉘였다. 길고 긴 희생의 길이었다. 좋은 일 한번 없이 허리 펼 날 없이 보낸 60년을 회고하면 얼마나 한이 될까. 상배는 효도를 해야 할 때 다시 결혼으로 불효를 하고 멀리 떨어져 얼굴도 못 뵙는 자신이 가슴 아팠다. 아버지의 인생을 더듬어 보다가 상배의 가슴이 짠해 왔다. 그래, 가자. 이번에 아버지의 인생이 보람이었다는 것을 어떻게든 알려드리자. 남수에게 서울에 갈 것과 아버지의 회갑연을 남부럽지 않게 준비하고 아버지 아시는 분 모두에게 빠짐없이 초청장을 보내라고 말해두었다.

현차돌의 회갑연 며칠 전 혜린과 상배는 공항에서 곧장 목동 집을 찾았다. 아버지에게는 남수가 형의 방문을 미리 말해 두었다. 두근거리는 가슴으로 현관문을 열고 들어섰다. 남수와 미영이 맞이했고 아버지는 안방에 앉아 계셨다. 상배와 혜린이 들어섰으나 아버지는 반쯤 돌아앉아 있었다. 아버지, 상배가 왔습니다. 절 받으세요, 하며 혜린과 함께 결혼식 때 못 드린 큰절을 하였다. 상배는 절 끝에 무릎걸음으로 아버지에게 다가가 아버지의 무릎 위에 얼굴을 묻으며 아버지, 아버지, 하며 울음을 터뜨리자 그때야 돌아앉은 아버지도 동시에 상배 어깨를 싸안으며 이놈아, 이 못난 놈아. 벌써 왔어야지. 지금에야 오느냐, 하며 오열을 터뜨렸다. 혜린은 한 발 떨어져 같이 울었고 남수와 미영도 눈물을 지었다. 다섯 사람이 쏟아낸 눈물로 다섯 사람이 화해했고 한 가족이 옛날의 정을 다시 찾았다. 현차돌은 며느리에게 밤과 대추 대신에 손을 잡아 주었다.

"아버님, 죄송합니다."

"아가야, 미안하다."

어려워하며 젖은 눈으로 시선을 맞추었다. 아버지의 언 마음을 녹이는 데 2년이 넘게 걸렸다. 모르긴 하지만 아버지의 마음속엔 1년도 못 가 마음을 풀고 며느리를 받아들일 준비가 되어 있었는지도 모른다. 다시는 메울 수 없을 것 같던 아버지와의 갈라진 틈을 한순간 메워버렸다.

저녁은 오빠 부부가 온다고 미영이 준비해 놓은 것들로 음식 준비하기 바빴다. 혜린은 시누이의 평상복으로 갈아입고 부엌일을 도왔다. 미영은 갈비찜도 하고 생선구이도 하며 오빠 부부를 환영하는 메뉴를 푸짐하게 준비했다. 다갈색 교자상에 올케 시누이가 만든 음식을 올려놓고 남수가 가져온 와인으로 건배를 하며 가족의 상처를 치유했다.

식사를 끝내고 가족 모두 과일과 커피를 마시며 담소를 나누었다.

"남수야, 카센터 일은 어떻게 돼 가고 있어?"

"이 기사가 회사를 그만두었어. 나이가 들어 힘들다고 하면서 그만두었는데 다른 이유가 있는지 몰라. 대신 젊은 기사로 충원했고 나도 같이 일해. 인턴은 3명이야. 자동차 정비업은 시장 상황이 작년보다 못해. 매출은 정체되고 수익은 점차 감소하고 있어. 재무 상태는 아직 적자는 아니고 부채는 없어. 충당금은 정체지. 주변 시황을 보면 경쟁력이 없는 카센터부터 문을 닫고 있어. 형도 알고 있지? H 카센터와 B 카센터. 둘 다 문 닫았어. 원인은 요즘 차들이 거의 전자화 되어 있어 잔고장이 거의 나지 않고 카센터에서 수리 못 하는 것이 많이 생겨 메이커의 A/S 센터에 많이 가. 이런 문제들 때문에 앞으로 카센터 사업이 위기를 맞을 것 같아."

남수가 카센터의 불황에 대해 장황하게 늘어놓았다.

"음, 문제가 심각하네. 다음에 현장에서 좀 더 깊이 얘기해보자."

"상배 너는 미국에서 공부를 더 한다며?"

"예, 대학에 다니고 있어요. 초급 대학인데 졸업하면 4년제 대학에 편입하려고 해요."

"애기는 하는 일이 잘 되는가?"

"네, 아버님. 그럭저럭하고 있어요. 미국도 수입 의류 때문에 국내 산업은 많이 위축돼 있어요."

"아버지는 하시는 일이 힘들지 않으세요? 이제 좀 쉬시죠?"

상배가 아버지에게 말씀드렸다.

"나는 쉬면 병난다. 적당히 일해야 밥맛도 있고 건강도 유지돼. 지금은 조수가 있어 힘든 일은 피하고 있어. 요즘은 고급 주택 현장에서 일하는데 회사에서는 기술 좋다고 대우를 잘 해줘."

밤늦도록 남자는 남자끼리 여자는 여자끼리 묵혔던 그간의 일로 담소했다. 잠자리도 그렇게 만들었다. 빈방이 있었으나 상배의 요청으로 안방에서 삼부자가 자고 미영이 방에서 올케 시누이가 같이 잤다. 상배는 오랜만에 아버지의 체취를 맡으며 잠들었고, 혜린은 시집에서의 밤을 긴장감을 풀고 잠들었다. 2년 동안 쌓였던 오해와 서운함과 그리움이 하룻밤 사이에 눈 녹듯이 녹았다.

회갑연은 대형 한식점의 연회장 겸용의 식당 홀을 사용했다. 사회자, 가수, 악사를 불러 분위기를 한껏 띄웠다. 연회의 분위기는 부산하게 무르익고 있었다. 그때 상배가 마이크를 들고 아버지가 취했을 때나 혼자 있을 때 간혹 부르던 '고향 생각'이란 노래를 불렀다.

해는 져서 어두운데

찾아오는 사람 없어

밝은 달만 쳐다보니

외롭기 한이 없다

내 동무 어디 두고

이 홀로 앉아서

이 일 저 일을 생각하니

눈물만 흐른다

-〈고향생각〉 중에서(작사: 현제명)

연회장의 분위기가 삽시간에 싸늘하게 식었다. 앉아 있던 현차돌의 눈이 젖었다. 현차돌의 사춘기는 6.25 동란 중에 지나갔다. 피난하면서 부모와 헤어진 후 부모의 생사도 모르고 살아온 45년, 원산 명사십리 고향 생각은 잊혀지지 않고 있건만 인연은 모두가 떨어져 나가고 새로 이은 아내의 인연마저 끊어진 지난 세월이었다. 옆에 있던 남수가 손수건을 주었고 눈물을 닦던 현차돌은 상배에게로 가서 노래를 같이 불렀고 한 곡이 끝나자 재창을 했다. 남수도 아버지 친구들도 마이크 쪽으로 걸어 나가 서로 어깨를 겯고 노래를 불렀다. 노래를 아는 하객들은 자리에 앉아서도 노래를 불렀다. 연회장의 분위기는 다시 살아났다. 슬픔이 한이 되고 한에 빠졌다가 다시 신명이 되는 한국인의 타고난 기질은 그 장소에서도 어김없이 나타났다. 한국인은 그런 과정을 거쳐야 카타르시스를 한다. 현차돌의 60년 인생을 돌아봐야 한밖에 더 있겠는가. 상배에게도 말하지 않았지만 현차돌은 어떤 즐거움보다도 속 시원하게 60년의 한을 털어내는 회갑연을 보냈다.

4

아버지 회갑을 지내고 계절이 바뀌는 사이에 남수에게서 미영이 결혼한다고 연락이 왔다. 미영의 결혼 상대는 자동차 부품 회사의 영업 사원인데 업무차 카센터를 들락거리다가 친해졌다고 한다. 남수 얘기론 책임감은 있어 보인다고 한다. 혜린과 동행하기로 했다.

상배는 결혼 참석차 서울로 오는 비행기 내에서 혜린에게 성미 남매 얘기를 했다.

"그런 좋은 일을 나에게 얘기도 없이 그랬어요?"

"내가 개들을 처음 만날 때는 당신과 헤어져 있을 때였어요.

결혼하고 나서는 이런 얘기가 당신이 잊고 있던 악몽을 건드릴까 봐 두려웠기 때문이었죠. 지금은 괜찮아요?"

"괜찮아요. 나도 오랫동안 나쁜 기억 때문에 괴로워했지만 지금은 악몽을 떨쳐냈어요. 괜찮아요."

"다행이네. 이번 서울 가는 김에 다시 그 아이들을 찾아가려고 그래요."

"나도 같이 가요."

미영의 결혼식을 앞두고 두 사람은 요한나보육원을 찾았다. 그곳에서 혜린은 성미, 성철을 보게 되고 그들이 상배를 보자 상배의 품속으로 뛰어드는 것을 보고 상배의 깊은 마음을 느꼈다. 아이들은 상배의 소개로 혜린에게 인사했다. 그들은 함께 63빌딩으로 놀러 갔다. 혜린은 그들과 어울리면서 그들에게 가장 필요한 것은 사랑이란 것을 알았다.

혜린이 미국에 온 후 성미에게서 편지가 왔다.

아저씨, 아주머니와 함께 행복하게 잘 계시겠지요?

저와 성철이는 오늘도 아저씨 얘기를 하며 잘 지내고 있어요. 저는 중학생이니까 이제 어른이 무언지 좀 알 것 같아요.

중학생이 되어서 책임감이란 것을 느껴요. 저에게는 성철이를 잘 키울 책임이 있어야겠다고 생각해요. 그렇다고 돌아가신 부모님이 책임감이 없었다고 탓하는 것은 아니에요. 엄마 아빠를 생각하면 지금도 눈물이 나와요. 그렇지만 울지 않기로 했어요. 마음이 약하면 인생을 책임질 수 없잖아요? 제가 책임진다는 것은 공부부터 열심히 하는 것이라고 생각해요. 그리고 친구들과 사이좋게 지내야 한다는 것두요. 그런데 저는 성격이 소심해서 하고 싶은 말을 잘못하는데 앞으로는 용기를 내어서 친구들에게 할 말을 하겠어요. 그래야 친구들이 많아질 것 같아요.

성철이도 이제는 개구쟁이같이 활발해요. 친구들에게 아저씨와 같이 간 자연농원에서 바이킹 탔다고 뻐기기도 해요. 63빌딩 꼭대기도 가봤다고도 하면서요. 간혹 소풍 갈 때나 공개 수업할 때 다른 아이들의 부모님을 보고 울적해지기도 하지만 여기 수녀 선생님들이 부모님 대신 많이 돌봐 주세요.

성철이와 저는 성당에서 미사 올릴 때마다 돌아가신 부모님과 아저씨 아주머니를 위해 기도드립니다.

아저씨, 언제 또 오세요? 자연농원 안 가셔도 괜찮으니까 얼른 오세요. 수호천사 같은 아저씨.

-이성미 올림

5

휘준의 법학전문대학원 졸업식에 혜린 부부와 지은이 참석했다. LA 공항에서 샌프란시스코 공항까지 비행기로 왔고 샌프란시스코 공항에서 버스로 1시간 정도 걸려 스탠퍼드대학 캠퍼스에 도착했다. 상배는 방학 때 대모를 찾아온 휘준을 만난 뒤로 서로 잘 아는 사이였고 휘준은 혜린을 어머님이라 불렀고 상배를 대부님으로 불렀다.

졸업식을 끝내고 휘준이 걸 프렌드를 데리고 와서 인사시켰다. 이름은 도로시라고 했고 동 학년 졸업생이었으며 휘준과는 두 살 아래였다. 두 사람은 결혼할 예정이라고 하며 둘 다 변호사 자격증을 취득해 있었다.

혜린은 휘준의 기쁜 소식을 듣고 휘준과 눈물 어린 포옹을 했다. 윤 선생님, 휘준이 스탠퍼드대 로스쿨을 졸업하고 변호사가 됐어요. 이리 와 보세요. 여기 참한 며느리도 있어요. 어서 와서 인사받으세요. 혜린의 안타까움이 눈물로 쏟아졌다. 보고 있던 상배가 손수건을 내어 닦아주었다. 두 사람의 젊은이에게 열린 밝은 미래를 보는 기쁨과 감사의 눈물이었다. 제일 가까운 자리, 꼭 있어야 할 사람이 없는 것에 대한 안타까움의 눈물이었다. 기뿜이 클수록 안타까움이 컸다.

휘준은 한 달 뒤에 도로시와 함께 LA의 아버지 묘소를 찾았다. LA에서 아버지 유산 처리를 하였고 샌프란시스코로 돌아가서 로펌에 취업하였고 도로시도 다른 로펌에 취업하였다.

두 젊은이는 샌프란시스코의 도로시의 부모가 다니는 교회에서 결혼식을 올렸는데 신부 쪽에 쏠린 듯했지만 성대하고 성스럽게 진행되었다. 도로시의 집안은 오래된 영국계였는데 정통적인 WASP였다. 사돈댁에서는 백인 사위를 희망했으나 딸의 선택을 기꺼이 받아들였고 예의 바른 청년 휘준을 보고 마음에 들어 하였다. 혜린과 상배는 신랑의 대모 대부로 소개되었다. 혜린은 어제 밤 꿈대로 신랑 신부가 파랑새가 되어 훨훨 날기를 기원했다.

지은은 기특하게도 교회는 잘 나갔다. 일요일은 빠짐없이 코리아타운에 있는 한인 교회에 다녔다. 혜린이 다니다가 그만둔 곳이었다. 졸업반이 되었을 때 지은이 엄마에게 사귀는 남자친구를 소개시켰다. 지은 친구의 오빠인데 사귄 지 석 달째라고 했다. 부모는 이민 1세로 LA에 살고 있고 남자 친구는 한국어보다 영어를 잘하는 이민 2세가 되는데 이름은 헨리 킴이라고 했다. UCLA 대학교를 졸업하고 M 컨설팅 회사에 다닌다고 했다. 나이는 지은이보다 두 살 위였고 부모는 혜린이보다 20년 먼저 이민 와서 지금은 세탁소를 하며 형제는 여동생 하나가 있다고 했다. 혜린이 한번 집으로 데려오라고 했다.

혜린은 지은이 데리고 온 지은의 남자 친구의 인사를 받았다. 헨리는 미남은 아니었으나 통통하고 흰 얼굴이라서 좋은 인상을 남겼다. 부모는 60년대 뉴욕으로 이민 왔다가 LA 교민 사회로 옮겨 왔다. 혜린은 속으로 지은의 결혼에 큰 고민을 하고 있었던 터였다. 교민 사회에서의 큰 고민거리는 자식들의 결혼 문제였다. 부모들은 자식들이 한국어를 쓰고 한국의 전통대로 한국의 예의를 지키고 풍습을 유지해 줄 것을 원했지만 자식들은 의식이 이미 미국화되었기 때문에 간혹 한국에서 배우자를 구한다고 하더라도 언어나 생활에서 오해와 갈등이 생기는 경우가 많았다. 같은 얼굴인데도 불구하고. 혜린은 지은이가 예쁘고 헨리가 고마웠다. 가능하면 빨리 결혼을 시키고 싶었다. 혜린은 헨리를 만날 때마다 정답게 대했다.

상배는 CC에서 62학점을 이수하고 B 평점을 받았다. 상배는 초급대학을 졸업하고 4년제 대학에 편입할 계획이었으나 다시 진로를 누고 고민하였다. 4년제 대학에 진학함으로써 경영학에 대한 학문적 탐구를 더 깊게 하게 되겠지만 상배의 앞날에 교수로 남을 계획도 가능성도 없었고 나이로 봐서도 미국 사회에서의 취업보다는 조그만 사업이라도 할 생각이었고 그러면 굳이 경영학이란 학문을 더 깊게 할 필요가 없었다. 차라리 그 시간에 현장에서의 경험이 더 필요할 것 같았다. 경영이란 의사나 엔지니어나 과학자가 전공하는 것과는 다른 것이었다. 쉽게 보아서 4년제 대학이나 대학원이 이공계열에서는 필수 과정이었으나 사업을 경영하는 데는 필수가 아니었다. 공부를 계속하는 것이 나이가 부담되기도 했다.

상배는 혜린과 상의했다. 한국과 같이 학벌이 필요한 사회가 아닌 이상 실용적인 코스를 밟는 게 옳은 판단이었다. 혜린은 미련도 있었지만 속으로는 상배가 자신의 회사를 같이 경영하기를 바랐기 때문에 상배의 의견에 동의했다. 그리고 상배에게 천사의날개사에서 실습하기를 권유했다.

상배는 졸업 기념 여행을 다녀온 후 혜린의 제안에 의해 천사의날개사에서 업무 연수를 했다. 업무부에 소속되어 업무 파악도 하며 경영 실습도 받았다. 업무부에는 총무과, 기획과, 인사과, 기술지원과, 경리과가 있었는데 각 과에 2개월씩 소속되어 일을 배웠다. 나이는 30대 중년이었고 사장의 남편이었으나 계급장을 떼고 신입 인턴의 자세로 일했다.

업무 연수를 마치고 업무부 섹션치프로 인사과를 맡았다. 인사 노무를 겸하고 있었는데 학교에서 배운 이론과 실제는 어름이 컸고 더구나 인사란 인간능력의 활용과 인간관계의 원활한 대책이었기 때문에 상호 간 접촉의 실무가 필요했다. 각 부서마다 업무의 중요성과 전문성이 있었지만 인사란 만사의 중심이란 신념으로 업무에 임했다.

지은이 졸업반이 되자 혜린이 그녀에게 디자인 공부를 시켰다. 학교 공부 외로 디자인 스쿨에 다니게 하면서 디자인 공부를 시켰는데 엄마를 닮았는지 처음 하는 공부에 적성이 맞는 듯 열심히 했다. 혜린은 본인이 갖고 있는 지식을 가르쳐 주었으며 의상쇼에도 데리고 다녔다. 디자인에 대한 관심으로 모녀는 벌어졌던 사이를 좁힐 수가 있었다.

6

혜린의 나이가 마흔 살이 지나가자 차츰 임신 불능의 기미를 느끼게 되었다. 두 사람은 각자 기도를 하며 2세를 갈망했다. 그러던 중 상배가 혜린에게 입양이 어떠냐고 제의를 했다. 혜린은 그렇게까지 얘기하는 상배가 한편으론 고마웠다. 혜린도 지나가는 아이를 볼 때마다 그 생각을 하였으나 상배에게 실망을 줄 것 같아서 목구멍까지 말이 올라왔다가도 도로 삼키곤 했다. 두 사람은 입양에 합의했다. 두 사람은 양육 대상을 한국에서 구하기로 하고 서울 갈 때 양육기관을 찾아가기로 했다.

혜린은 있어야 할 생리가 없어서 회사의 일로 과로한 탓에 그런가 보다, 라고 생각하고 있었는데 그것이 계속되고 몸에서 오는 신호도 평상과 달라 산부인과를 찾았다. 진단한 결과 놀랍게도 임신이라고 했다! 두 사람은 날 듯이 기뻤다. 의사는 임신을 축하한다면서 단지 부인의 나이가 임신하기에는 고령이므로 여러 가지로 조심해야 된다고 하였다. 위험을 줄이기 위해서 병원 진료 계획과 생활 방침을 설명해 주었다.

혜린은 상배의 아이를 가짐으로써 연상 아내의 책임을 다하는 것 같아 기쁨과 고마움이 앞섰고 상배는 아내의 고령의 임신으로 일어날 위험성에 걱정이 앞섰다. 상배는 아내의 건강을 걱정하며 혜린에게 모든 일을 제쳐두고 모자의 건강 관리에 집중하기를 바랐고 자신은 그것을 위하여 할 수 있는 일들을 다 하였다.

혜린은 회사의 일을 줄이고 임원들에게 위임하였다.

혜린이 5개월째에 들어서자 혈압이 높게 측정되었다. 혹시나 했던 고령 임신 장애가 임신중독증으로 나타났다. 혜린 부부는 애가 타들어 갔다. 제발 이 아이만 건강하게 낳게 해 주십시오. 그들은 시간이 날 때마다 기도를 했다. 할 수 있는 것은 그것뿐이었다.

임신 7개월째에 들어서자 의사는 산모의 생명을 살리기 위하여 태아를 포기하라고 청천벽력과 같은 권고를 했다. 상배와 혜린은 앞이 캄캄하였다. 가까스로 얻었던 조물주의 복이 오히려 화가 되어 돌아오다니. 운명의 가혹함이 야속했다. 그들의 희망은 절망이 되었다. 그들의 의지와 노력은 현실을 극복하는 데 아무 도움이 되지 않았다. 상배는 절망에만 빠져있어서는 안 된다고 정신을 차리고 당연히 혜린만이라도 살려야 한다고 생각했다.

"여보, 너무 상심하지 마. 기회는 다시 올 거예요. 안타깝지만 이번 아기는 포기합시다. 당신이 건강해야 다음 아기도 기대할 수 있어요."

"…."

혜린은 침상에 누운 채 대답 없이 눈물만 흘리고 있었다. 두 줄기 눈물은 관자놀이를 타고 양쪽 귀로 흘러내렸다.

"여보, 힘내요. 그리고 다시 시작해요."

"안 돼요. 그럴 수 없어요. 이 아이를 살릴 거예요."

"여보, 이럴 때는 감정적으로 말하면 안 돼요. 의사 선생님은 가장 현실적인 말을 하는 거예요. 그 말을 믿어야 해요."

"당신은 어떻게 그렇게 말할 수 있어요? 그렇게 쉽게 내 배 속에 있는 생명을, 우리들의 아이를 없앨 수 있다고 생각해요?"

"당신의 생명이 위험해요. 나에게도 아이가 중요하지. 그러나 그보다 당신이 먼저 살아야 해요."

"아무리 그래도 나는 이 아이를 살릴 거예요. 내가 죽더라도 이 아이의 생명을 살릴 거예요."

혜린은 한 손으로 산 같이 솟은 배를 만지면서 상배의 반대쪽으로 돌아누웠다. 상배는 시트를 어깨까지 덮어주며 어깨를 쓰다듬었다. 이 부드러운 어깨도 죽음이 교차하는 선상에 서 있다니 가슴이 저려왔다. 여기서 아무리 자신의 생각이 옳다 하여도 산부와의 언쟁은 산부의 생각을 돌릴 수도 없으면서 건강만 해칠 뿐이었다.

상배에겐 하루하루가 고문의 나날이었다. 매일 혜린의 곁에 있었다. 혈압은 내리지 않았고 소변에서 단백질까지 검출되었다. 혜린은 점점 더 피로를 느꼈고 숨길도 가빠졌다. 산소 포화

도도 94%로 떨어졌다. 그럴 때마다 상배는 앉은 자리가 가시방석이었다. 상배는 의사를 만나 이대로 놔둘 수 없지 않느냐고 항의했다.

32주가 되던 날 의사는 유도 분만을 실시하기로 했다. 기다리는 상배의 가슴을 다 태운 후 혜린은 팔삭둥이를 낳았다. 팔삭둥이는 엄마의 품에도 안기지 못한 채 인큐베이터로 들어갔다. 가느다란 숨을 인공 생명 튜브를 통해 이어갔다. 혜린은 한나절이 지난 후 사경에서 벗어났다. 혈압이 차츰 떨어졌다. 상배의 밝은 얼굴을 보고 그리고 어렵게 얻은 아이는 인큐베이터에서 숨을 쉬고 살아있다는 말을 듣고 가느다랗게 미소를 흘리며 힘없는 손으로 상배의 손을 찾았다.

"여보, 수고했소. 당신 소원대로 아이의 생명도 구했고 당신도 회복만 하면 된대요. 하느님이 우리를 건져주었소."

"여보, 아이가 보고 싶어요."

"아이는 인큐베이터 안에 있어서 우리가 가서 봐야 된대요. 당신이 걸을 수 있어야 되니까 어서 회복해요."

다음 날 혜린은 간호사의 만류에도 고집으로 휠체어에 아픈 몸을 싣고 인큐베이터가 있는 미숙아 치료실까지 갔다. 통유리 너머 병실 안에서 한 간호사가 줄지어 있는 인큐베이터 중 하나를 손가락으로 가리켰다. 아기는 잘 보이지도 않았지만 생명 튜브로 연결되어 움직이는 것 같았다. 혜린의 눈에서 눈물이 흘렀다. 멀고 먼 상봉, 이 상봉을 위해서 그 먼 여정을 거쳐 왔구나. 생명과 죽음의 줄타기를 하고 이렇게 부모 자식의 연줄을 이었구나. 감사합니다. 대자대비 관세음보살.

혜린이 회복되어 가던 날, 상배와 함께 다시 인큐베이터로 안내되었다. 핏덩어리였지만 이목구비가 선명했고 몸 곳곳에 생명줄을 달고 있는 것이 애처로웠다.

"아가야, 반갑고 고마워. 사랑해. 건강하게 자라줘."

"저것 봐. 팔다리를 움직이네. 눈을 감고 있어도 엄마 아빠는 알아보네."

상배 부부에게 그 아이는 기적이었고 그 아이와의 대면은 감격이었다. 상배는 새삼 어머니의 사랑은 의사의 의료 지식을 앞선다는 것을 느꼈다. 혜린의 고집은 지식 넘어 있었다. 사랑이 생명을 만드는 것은 기적 말고는 있을 수 없었다. 그 기적을 내려주신 조물주에게 두 사람은 감사의 기도를 드렸다.

그 아이는 딸아이였고 상배는 스칼렛이란 이름을 지어주었다. 스칼렛은 『바람과 함께 사라지다』라는 소설의 주인공 이름에서 따왔다. 그 소설에서 스칼렛은 예쁘면서도 밝은 성격에 강인함을 갖고 있었다. 그런 성격이 혜린과 닮았고 이목구비가 혜린을 빼닮은 딸아이가 속마음도 엄마를 닮기를 바라는 생각에서 지은 이름이었다. 아빠의 성을 따라 스칼렛 현이 되었다. 스칼렛은 비록 미숙아로 태어났지만 그 역경을 뚫고 태어났음인지 미달이었던 몸무게도 차츰 정상을 따라갔고 약하지만 큰 병 없이 자랐다. 그 아이는 상배 부부의 보물이었다. 상배에게는 연상 아내에게서 얻은 귀한 자식이었고 혜린에게는 지은을 낳은 지 23년 만에 얻은 막내였기 때문이다. 상배 부부는 드림하우스 캐슬의 왕과 왕비였으나 스칼렛에게는 한낱 백성이었다. 스칼렛은 두 부부에게 희망의 공주이자 웃음의 전도사가 되었다.

혜린이 임신을 하자 지은의 태도가 달라졌다. 지은이 보기에도 상배가 엄마에게 해를 끼치지는 않을 것 같았다. 임신까지 하게 되니 두 사람 사이를 떨어질 수 없는 부부로 인정해주지 않을 수 없었다. 그렇다고 오해가 완전히 풀린 것은 아니었다. 언젠가는 엄마의 재산을 빼앗을 위험성이 있었으며 그것은 자신의 몫을 빼앗기는 것이었다.

엄마의 고령 출산에 지은은 걱정이 많았으나 조기 출산이었지만 보니까 무사했으므로 정말로 다행스럽게 여겼다. 그해는 스칼렛의 출생과 지은의 졸업과 취직, 헨리와의 결혼으로 눈코 뜰 새 없이 바빴다. 혜린은 자신의 몸풀기가 무섭게 지은에게 매달렸다. 졸업 축하를 하는 둥 마는 둥 천사의날개사에 입사시켰다. 그리고 디자인실에 배속시켰다. 브라운 전무가 관심을 두고 일도 시키고 가르침도 해 주었다. 디자인이란 업무도 하루아침에 완성되는 것이 아니었다. 타고난 예술 감각에 숱하게 많은 경험이 축적되어 하나의 작품이 나오기 때문이다. 지은은 좋은 환경에서 디자이너의 길을 걷게 되었다. 한 편으로는 혜린에겐 큰딸의 결혼 전에 작은딸을 낳은 것이 다행이었다.

어느 날 드림하우스로 지은이 헨리를 데리고 왔다. 그 자리에서 상배는 혜린과 같이 인사를 받았다. 지은도 이제는 현실을 받아들였는지 자신의 미래에 의붓아버지가 필요했는지 표정도 부드러워졌고 상배의 말에 대답도 했다. 두 젊은이는 간혹 드림하우스로 왔고 같이 2층으로 올라가서 놀다 내려오기도 했다.

지은과 헨리의 결혼은 그들이 다니던 교회에서 했다. 신혼 부부는 하객 모두가 입을 모아 칭찬할 만큼 어울리는 한 쌍이었다. 신랑은 좋은 학교를 졸업하고 좋은 직장을 가졌고 신부는 예쁜 얼굴에 재능이 있었고 부자 어머니의 든든한 배경을 갖고 있었다. 지은이 졸업하고 몇 달 안 돼 양가 상견례를 했는데 신랑의 부모는 경제적으로 넉넉하지는 않았지만 파란 없는 한국의 보수적인 집안이었고 신부 부모는 새로 짜 맞춘 파트너같이 눈에 설었다. 그러나 사돈 된 입장에서 내색할 수도 없었고 상배가 생부가 아니라 재혼한 아빠라는 것을 헨리를 통해서 미리 알려 둔 바 있어 그나마 다행이었다. 상견례를 마치자 일사천리로 한 달 만에 결혼식을 올렸다. 신부 손을 상배가 잡아 주었는데 마치 신랑이 동반 입장하는 줄 착각할 만했다. 신혼여행은 카리브해를 다녀왔고 돌아온 후 한인 타운에 신접살림을 차렸다.

신혼여행에서 돌아온 지 달포가 지나서 부모님 얘기를 하던 중에 지은 부부는 상배에 대한 얘기를 하게 되었다.

"나는 엄마가 저런 놈팡이를 데리고 온 게 도저히 이해가 안 돼. 아무리 결혼할 남자가 없어도 저런 제비 같은 남자를 만날 수 있어?"

"아무래도 그 일만큼은 장모님이 판단을 잘못하셨어. 장모님이 너무 외로우셨던 것 같아."

"그래도 그렇지. 당신하고 몇 살 차이도 나지 않은 사람을 남편이라고 데려왔으니 동네 남세스러워서. 어머님 아버님도 이상스럽게 보는 것 같아서 얼굴이 화끈거려 혼났네. 사위 보기가 부끄럽지도 않나?"

"시간이 지나면 차츰 나아질 거야."

"당신은 남 일 같이 말하고 있어. 이건 우리들에게도 관련된 문제야. 젊은 총각이 목적이 없으면 늙은 이혼모를 좋아할 리 있겠어?"

지은은 젊은 새아버지가 자기 어머니의 재산을 탐내고 있다고 단정한 마음을 변치 않고 경계하고 있었다.

결혼한 지 몇 달이 되지 않아 지은이 입덧을 하였다. 그것도 남다르게 심했고 혜린은 본인의 난산을 기억하고 스칼렛에게 젖을 먹이면서 헨리 부부를 드림하우스로 불러들였다. 임신 5개월이 되자 회사 일도 손 놓게 하고 통원하는 것 외에는 드림하우스에서 운동하고 쉬게 하였다. 병원에서는 임부의 상태가 양호하다고 했다.

결혼한 지 1년도 안 돼 해산을 한 허니문 베이비였다. 아들이었고 산모와 아기 모두 건강하였다. 스칼렛과는 18개월 차이니 형제로 치면 연년생이었다. 촌수로 치면 이모 조카다. 드림하우스는 아이들 울음소리로 시끄러워졌다. 아이들의 울음소리는 세 가지 복 중에 하나라고 어른들은 말했다. 아들의 이름을 올리버라고 했다.

혜린에게는 손주가 그렇게 예쁠 수가 없었다. 혜린은 스칼렛 보랴 올리버 보랴 정신이 없었으나 그런 육체적 피로는 오히려 혜린의 행복이었다.

시간이 흘러 올리버가 돌을 맞이했다. 아이 부모들은 집안 식구들만으로 조촐하게 지내길 원했으나 할머니의 고집으로 호텔의 한 공간을 얻어 지인들을 초청했다. 혜린은 손주가 더없이 자랑스러웠다. 사돈들도 귀여워했지만 직접 키운 혜린의 정은 따라올 수 없었다.

지은은 또 배가 불러왔다. 그래 지은아, 김 서방, 마음껏 손주만 낳아. 이 할미가 다 키워줄 테니.

이듬해 딸을 얻었는데 2살 터울이었고 이름을 엘리자베스로 지었고 리자라고 불렀다.

7

결혼식의 모양이나 결혼서약서의 형식은 서로 대차 없으나 결혼 생활은 천차만별이다. 신혼여행에서 돌아오자 이혼하는 쌍이 있는가 하면 시선도 안 맞추고 선보다가 졸속 결혼한 쌍이 잉꼬 부부가 되는 경우도 있다. 그런 면에서 결혼은 연애의 끝이 아니라 새로운 인생의 시작이다.

휘준 부부는 허니문의 달콤한 환상에서부터 서로의 차이가 부각되었다. 결혼이란 생판 모르는 두 남녀 간의 결합이고 생활이고 인생이다. 결혼이란 한 남자의 이런 혈연의 부모를 두고 수십 년간 이런 환경에서 자라면서 이루어진 인격과, 한 여자의 저런 혈연의 부모를 두고 수십 년의 저런 환경에서 교육받고 자란 인격의 화합이다. 이러한 화합을 마찰 없이 가능하게 하는 것은 사랑이란 묘약이 있기 때문인데 그 묘약도 효력의 한계가 있기 마련이었다.

휘준 부부의 결혼도 그런 경우였다. 한국이란 작은 나라에서 이혼한 부부의 환경 속에 우수한 두뇌로서 미국의 명문 대학에서 공부하고 변호사 자격증을 딴 남자와, 미국이란 거대한 사회에서 WASP란 상류사회의 외동딸의 공동생활에는 많은 이질감을 가질 수밖에 없었다. 유럽을 다녀온 신혼여행에서도 그들은 동상이몽이었는데 그중 이태리에서도 휘준의 관심은 고대 로마 문화와 이태리 사람들의 현실 생활이었다. 도로시는 최고급 호텔에 최고급 식사에 가장 편한 이동 수단을 선호하였고 가장 큰 관심은 밀라노의 명품 쇼핑이었다. 자연히 도로시는 관광 중의 길거리 음식에는 관심이 없었고 휘준은 도로시가 활기를 찾는 명품점에서 하품이 나왔다.

휘준과 도로시 사이에는 큰 강이 있었다. 현실적으로 미국에서 WASP와 코리언과의 이질성은 극과 극의 차이였다. 그 둘은 단지 아주 작은 일부분 즉 법학이란 공동 학문, 그리고 변호사란 공동 목표, 그리고 상아탑이란 포용성 있는 분위기에서 그들의 공통 대화로 그들이 사랑한다고 믿고 미래란 무지개를 그렸다. 그러나 각각의 무지개는 다른 모양이었다. 하나의 무지개는 백인 상류사회란 환경에서 몸에 밴 습관에서 변호사로서의 꿈과 능력으로 사회의 지도층이 되어 자신의 활달한 성격대로 인생을 화려하게 살고자 하는 것이고, 다른 하나는 한국이란 동양 질서에 몸이 굳은 사람이 부모의 이혼으로 엄마 없이 자란 환경에서 아버지마저 죽은 외로운 사람의 화목한 가정에 대한 무지개였다. 그들은 그 사이가 너무 멀었다. 휘준은 아내가 가정적이고 정이 많은 여자이기를 기대했으나 도로시는 출세 지향적이고 개인주의자였다. 휘준은 혼자 살기 힘든 성격이었으나 도로시는 같이 묶여 살기 힘든 성격이었다. 결이 바른 성격의 휘준은 로펌 업무에서 약자에게 대한 동정으로 의뢰자에게 실망을 주는 일이 많았다. 자연히 실적은 떨어졌고 그는 로펌에서 일하기가 힘들었고 로펌도 그를 계속 고용하기를 원치 않아서 휘준은 개인 사무실을 냈다. 거기서도 가난한 약자들의 변호를 싫다 않고 도맡았고, 이혼 소송은 가능한 화해로, 경제적인 민사소송은 조정으로 해결해 주려고 노력했다. 자연히 수입은 떨어졌다. 도로시는 반대였다. 이혼 소송은 악착같이 이혼 목표를 달성할 수 있도록, 민사소송은 필승을 목표로 한 건이 해결될 때까지 밤낮없이 매달렸다. 도덕률보다는 법의 힘에 의한 승부였다. 자연히 승소율도 높아졌고 수임 실적도 따라 올랐다. 로펌에서도 좋은 대우를 받았다.

휘준은 아이를 원했다. 도로시는 아이 없는 인생을 원했는데 자신을 속박하는 어떤 일도 기꺼워하지 않았다. 휘준은 주말이면 더욱 외로워졌다. 외로움은 휘준의 것이었고 사교나 여행이나 골프는 도로시의 것이었다.

휘준은 외로운 마음을 위로받기 위해 패서디나의 드림하우스로 대모를 자주 찾았다. 혜린은 휘준을 쌍수를 들고 맞아들였다. 처음에는 왜 혼자 오냐고 묻기도 했지만 사정을 알고는 혼자 오는 것을 당연한 것으로 받아들였다. 휘준은 주로 주말에 와서 대모의 애정 어린 청에 의해 하루를 묵고 갔는데 휘준이 올 때는 온 집안 식구의 파티가 혜린의 집에서 이루어졌다. 사전 연락을 받고 지은에게도 다른 약속 없으면 오라고 해서 혜린의 집에서 파티를 열었다. 전체 인원은 7명이었다. 이제 걸음마를 배운 스칼렛도 신이 났다. 모처럼 이모 삼촌 같은 언니 형부 오빠를 보게 되었으니까.

휘준은 여기서야말로 궁근 가슴에 따뜻한 정을 한껏 채웠다. 이 자리에서는 외로움을 떨칠 수도 있었고 혜린의 어머니 같은 정도 느꼈다. 아직도 봄기운이 모자라 소소리바람이 살 속으로 스며들 때 양지바른 곳의 따뜻한 햇볕은 어머니의 사랑과 다름없었다. 변함없는 따사로움, 그것은 변함없는 어머니의 사랑이었다. 모처럼 한국 음식도 실컷 먹었다. 불고기며 된장찌개며 김치며 쌀밥을. 행복을 보았고 행복에 합류했다. 그리고 드림하우스를 나설 때는 다음 만날 때까지 드림하우스의 가족들과의 행복과 이별했다. 돌아오는 차 안에서 부러움과 허전함을 항상 느끼곤 했다. 그러면서도 다시 만날 수 있는 기대감이 희망으로 남아 있었다.

휘준은 대모인 혜린에게서 외로움을 포함한 정신적 불안감을 해소하는 방법으로 또 멀리는 인생에 대한 답을 구하는 통로로서 참선 수행에 대해서 설명을 듣고 그것을 곁에 두고 살아가는 법을 배웠다. 여유 있는 날을 잡아서 혜린은 상배와 함께 휘준과 무심선센터에 가서 참선 수행을 경험했다. 휘준은 참선의 본질이 뭔지는 잘 모르겠으나 본인이 존경하는 소로우의 인생관하고도 흡사하여 관심이 생겼는데, 거주지에서 가까운 샌프란시스코의 일본 젠센터를 찾게 되었고 거기를 다니며 심신을 닦았다. 그곳은 스티브 잡스의 결혼식 주례를 맡았던 오토가와 고분이 주지로 있었고 그곳에서 수양을 했던 스티브 잡스는 병중이라 보지 못했다.

휘준과 도로시는 결혼 3년을 못 넘기고 이혼했다. 도로시의 요청이었지만 휘준도 동의한 합의 이혼이었다. 휘준에게 이혼이란 부모가 겪은 고통이라 피하고 싶었지만 휘준의 이성적 판단으로도 도로시와의 가치관의 차는 극복할 수 없다고 생각했다. 결혼생활의 의미가 없었고 서로 간에는 공유할 수 있는 공간이 없었으며 앞으로도 개선될 가능성조차 없었다. 그들 부부는 변호사란 공통점 외에는 한 곳도 같은 곳이 없었다. 돌아서는 자리에서 되돌아보니 결혼식 외에는 남는 추억이 없었다. 그것은 무지개의 꿈이었고 무지개는 다다를 수 없는 허공이었다. 남아 있는 건 메울 수 없는 서로 간의 거리, 그리고 타인을 만나듯 대하는 얼굴뿐이었다.

휘준은 이혼과 함께 새로운 출발을 하기 위해서 삶의 터를 대모가 있는 LA로 옮겼다. 한인 타운의 오피스텔에 자리를 잡고 그곳에 사무실을 냈다. 그곳은 아버지가 생전에 생활하던 곳이기도 했다. 휘준은 개인 사무실을 열고 일반인들의 분쟁을 화해를 통한 해결을 시도했을 뿐 아니라 사회적 약자들—한국인을 비롯한 소수 민족의 가난한 자들의 법적 보호자로서 활동하기도 했다. 자연히 명상할 장소도 혜린이 다니는 LA의 무심선센터로 옮겼다.

8

부모의 애간장을 태우며 팔삭둥이로 태어난 스칼렛은 고맙게도 도담도담 잘 자랐다. 나이 들어 얻은 막내가 사랑을 독점하듯 스칼렛도 그랬다. 혜린은 자신이 막내로 어린 시절에 사랑을 듬뿍 받고 자랐던 것이 생각났다. 돌아가신 아버지가 혜린을 그렇게 귀여워해 주셨는데…. 스칼렛의 보채기에 상념을 떨치고 그 아이를 안았다.

혜린의 일과는 스칼렛과의 생활에 매여져 있었다. 걷기 시작하자 어린이 놀이터에 가서 놀기도 하고 친구를 만들기도 했다. 한

편으로는 양치질하기, 세수하기, 배변하기도 가르쳤고 한 가지씩 몸에 익히는 게 예쁘게만 보였다. 3살이 되자 어린이집에 다녔는데 혜린이 어린이집까지 보내주고 4시간 지나서는 데리러 갔다. 그러고는 놀이터에 다시 와서 놀고 친구도 사귀었다. 혜린은 스칼렛과의 하루를 보내는 것이 즐거웠다. 스칼렛은 엄마의 마스코트이자 공주였다. 키는 컸지만 약한 몸매를 가져 늘 건강에 신경이 쓰였으나 크게 아프지는 않았다. 육체적으로나 정신적으로 한 단계씩 성장하는 모습에 즐거움과 고마움을 동시에 느끼기도 했고 어린이집에 맡기고 나올 때 엄마를 보고 손 흔드는 모습, 그리고 끝내고 나올 때의 반가워 뛰어오는 모습에 혜린의 마음속이 따뜻해지기도 했다. 주말이 되면 상배와 함께 스칼렛이 가고 싶은 곳으로 다니며 하루를 즐겁게 보냈다.

스칼렛은 행동 하나하나가 귀염이었는데 누구에게서 배웠는지 앙감질로 뛰거나 까치걸음으로 뛰는 것을 보고 언제 왜 어른들에게는 잊혀진 동작이 되었는지 새삼 되새겨졌다. 나도 예전에는 그렇게 뛰곤 했지. 어릴 때의 습관이나 버릇이 어른이 되어 잊어버리면서 그때의 천진난만함도 같이 사라져 버린다. 혜린은 스칼렛의 뒤에 서서 앙감질을 따라 했다. 보고 있던 상배도 아빠도 어서 와, 하는 스칼렛의 명령에 따라 혜린의 뒤를 따라서 앙감질을 했다. 세 사람은 기차놀이 하듯이 줄을 지어 뛰었다. 상배가 먼저 넘어지고 혜린도 지쳐서 주저앉았다. 이번에는 스칼렛이 앞장서서 까치걸음을 뛰고 엄마 아빠를 따라 하게 했다. 얼마 따라 하지 못하고 어른들은 잔디밭에 드러누웠다. 그것뿐만 아니라 매암을 돌자고 하면 돌아야 했고 술래잡기를 하자면 해야 했다. 그럴 때는 스칼렛이 떼쟁이가 되었다. 그렇지만 사십 대 엄마는 물론이고 아빠까지도 스칼렛의 세상에서 복잡한 어른 세상을 잊고 행복에 빠졌다. 때로는 스칼렛이 자신를 닮았다고 서로 다투기도 했는데 남들이 있든 없든 그들의 애정 표현은 끝이 없었다.

"엄마, 이게 모야?"

"꽃이야, 민들레꽃. 예쁘지?"

"엄마 이게 모야?"

"피스, 서래 친구, 멍멍이. 멍멍이 개야."

스칼렛이 어린이집에서는 스칼렛이었지만 집에서는 서래라고 불렀다.

피스가 다가와도 무서워하지 않았다. 피스와 러블리도 스칼렛의 재롱에 같은 재롱으로 친구가 됐다. 엄마는 스칼렛이 다칠세라 얼른 품에 안았다.

"엄마 이게 뭐야?"

"집이야, 집. 우리가 사는 집. 드림하우스."

스칼렛의 궁금증은 끝이 없었다. 혜린은 스칼렛이 백 번을 물어도 싫증나지 않았다. 누군들 세상에 태어났을 때 처음 보는 세상 만물이 궁금하지 않았을까? 얼마나 신기했을까? 맑은 눈동자에는 사물이 있는 그대로 보였을 것이다. 의문도 때 묻지 않았을 것이다. 스칼렛 같은 눈으로 이 세상을 톺아볼 수는 없을까? 살면서 굳어진 분별과 편견의 더께를 벗기 위해서, 혜린은 스칼렛의 눈높이에 맞추면서 세상을 보려고 했다.

엄마 아빠가 스칼렛을 데리러 어린이집으로 간 날이었다. 차 안에서 얘기를 나누었다.

"오늘 어린이집에서 재미있었어?"

"응."

"뭐 했는데?"

"노래도 배우고 집짓기도 하고 술래잡기도 했어."

"친구들과는 잘 놀았어?"

"응, 걔들하고 놀면 재미있어."

"누구하고 친하게 놀아?"

"제인과 태미가 내 친구야."

"누가 제일 좋아?"

"둘 다 좋은데 태미가 더 좋아. 날 도와주니까."

"태미랑 결혼할 거야?"

"안 해. 아빠랑 결혼할 거야."

"하하하"

"호호호"

듣고 있던 상배가 웃었다. 그리고 물었다.

"그럼 엄마는 어떻게 해?"

"엄마도 같이 살아. 엄마 아빠 서래 셋이서 살면 돼."

"하하하."

"호호호."

아이들은 천사의 성품을 가졌다. 스칼렛의 천사 모습으로 현씨 가족은 행복의 무지개를 탔다. 스칼렛의 사랑은 혜린 가족 행복의 구심점이었다. 조금의 흔들림도 약간의 균열도 스칼렛의 재롱에 소리 없이 아물었다.

혜린은 스칼렛을 키우면서 자신의 일상을 희생했다. 회사 일도 골프도. 다만 일주일에 한 번 무심선센터에서의 수행과 매일 새벽의 명상은 지켰다. 산책길 중에 삼나무가 조밀하게 난 곳에 한 사람이 앉을 만한 평상을 만들어 놓고 추운 겨울이나 비가 오는 날을 피해서 거기서도 명상을 했다. 숲의 그늘 아래에서 자연의 소리를 들으며 명상을 하기에는 더없이 좋은 자리였다. 스칼렛 가족의 반복되는 일상은 큰 변화가 없었고 스칼렛도 마른 몸매였지만 건강하게 자라면서 끊임없이 엄마 아빠를 즐겁게 했다. 혜린은 여염집 여자로 돌아와 있었다. 아침이면 남편과 식사를 하고 출근시키고 스칼렛을 어린이집에 맡기고는 독서를 하거나 음악을 들었고 어린이집이 마치면 스칼렛과 시간을 보내고 저녁이면 퇴근한 남편의 옷을 받아주고 저녁 식사를 같이하며 하루의 일들에 대한 얘기를 나누고 TV 앞에서 휴식을 취했다.

혜린은 이렇게 늦게 찾아온 행복에 만족했다. 혜린은 스칼렛이 새근새근 숨을 쉬며 귀여운 얼굴로 나비잠을 자고 있는 것을 보고 입가에 미소를 지었다. 혜린은 오래전에 잊었던, 그리고 다시 찾아보고 싶었던 사랑하는 남편과 화목한 가정을 이루고 일상의 생활 속에서의 행복이 바로 지금이라고 생각하니 관세음보살에게 감사의 마음이 저절로 일어나 자세를 바로잡고 합장을 했다.

9

90년대의 한국은 혼란은 수습되었으나 언제나 터질 수 있는 위험은 잠재되어 있었는데 94년 개인당 GNP가 10,000불을 달성하고 96년에는 OECD에 가입하였으나 97년에 닥친 IMF 외환위기로 온 국민이 고난을 맞게 되었다. 그러나 금모으기운동을 비롯한 전국민적 노력으로 2년 만에 IMF체제를 벗어났다.

한편으로는 서해 해전과 남북 회담을 거치면서 살얼음을 밟으며 화해의 기틀을 마련하기도 했다.

1997년에 이르러 한국이동통신에서 PCS서비스를 시작하자 기존의 삐삐(무선호출기)나 시티폰(수신전용 폰)이 사라지면서 바야흐로 휴대폰이 일반화되었다.

세상은 이렇게 전화기에서부터 급변했다. 무거운 유선 전화기가 사라졌고 오렌지색의 전화기가 걸려 있던 공중전화 부스가 없어지면서 아날로그 시대는 추억으로만 남았다.

대한민국은 일찌감치 디지털 시대의 물결을 탔다. 삼성, LG, SK 등의 재벌 기업에서 기업의 운명을 걸고 IT 사업에 뛰어들었고 대한민국은 휴대폰 수가 인구수를 넘어서는 최초의 국가가 됨으로써 일약 디지털 시대의 기수가 되었다. 그런 변화가 있는

97년을 기점으로 사회적 변화가 무척 빨라졌는데 생활 양식도 사고도 가치 기준도 바뀌게 되었다.

그해 가을에 남수가 결혼을 했다.

상배는 결혼식에 참석하는 김에 남수가 경영하는 카센터에 들렀다. 오랜만에 찾아온 카센터는 옛날의 북적대던 시절의 카센터가 아니었다. 정비하는 차들도 세 대밖에 없었고 기사들도 여유 있게 일하고 있었다. 그중에 상배와 같이 일했던 사람이 상배를 반갑게 맞이했다. 사무실에서 남수와 미영을 만났다.

"카센터가 많이 변했네. 어쩐지 썰렁하다."

"많이 변했어. 이 일도 사양길이야."

"대기 차량은 얼마나 돼?"

"없어. 이게 전부야. 형 있을 때 쓰던 주차장은 주차할 차가 줄어서 임대 끝냈어. 이 공장도 어떻게 할까 고민 중이야. 임대료는 하늘 높은 줄 모르고 오르지, 인건비 오르지, 일감이 떨어지니 정비 단가는 제자리지, 사면초가야. 부근에 문 닫는 정비 업체가 많아. 기사도 한 사람 줄여야겠어."

"재무상태는 어때?"

남수는 전년도 재무제표를 내보였다.

“계속 적자가 나다 보니까 잉여금도 바닥이야. 아직 은행 신세는 안 지고 있어. 형이 일구어 놓은 사업장을 제대로 간수 못 해서 미안해.”

“너무 그렇게 실망하지 마라. 사업 운이라는 것이 있어서 사람이 어떻게 할 도리가 없을 때가 있어. 하늘이 무너져도 솟아날 구멍이 있다고, 살아날 궁리를 잘 해봐. 앞으로 어떻게 할 것인지 생각해 둔 게 있어?”

“이런저런 생각을 하는데 자동차 관련 사업 외는 잘 아는 것도 없고, 생각해 본 게 중고 자동차 매매업과 윤활유 대리점이야. 중고 자동차 매매업은 속임수도 써야 하는 난장판인 것 같아 못 할 것 같고 윤활유 대리점은 정비업을 하면서 영업사원 하나 두고 하면 어떨까 생각해.”

“윤활유 업체에서 왔어?”

“형 눈치 빠르네. 형 앞에서는 거짓말 못 하겠네.”

“그러면 이미 어려운 정비업체들은 모두 검토하고 있을 거야. 단순히 좁은 시장 나누어 먹는 영업 싸움인데 싸우다 보면 판매가가 떨어지고 윤활유를 쓰는 곳이 대부분 정비 업소인데 부도날 우려도 있고…. 별 좋은 방안은 아닌 것 같다.”

“형에게는 좋은 생각 있어?”

"이런 때는 몸을 움츠리는 것도 한 방법이야. 짐승들도 먹을 것 구하기 힘든 겨울에는 동면을 하면서 에너지 사용을 줄이고 봄을 기다리잖아. 내 생각은 이 정비소도 규모를 줄이고 최소 인원으로 남아 있는 고객 관리에 정성을 다해야지. 주인부터 솔선수범하고 비용 관리를 최소화해야 해. 고객들이 줄어드니까 신문도 끊어. 할 일 없다고 주인이 신문이나 보고 있을 수 없잖아. 이건 내 생각인데 자전거 관련 사업도 생각해봐. 자동차 이전에 사용하던 것이지만 다시 자전거 시대가 올지도 몰라. 미국에서도 집집마다 차들이 있으면서 자전거를 타거든. 건강을 위해서 조깅을 하고 조깅화가 팔리듯이 말야. 실제로 자전거 정비업을 하면서 돈을 번 교민도 있어."

"형 말대로 할게."

"큰오빠 말이 맞아."

그때까지 듣고만 있던 미영이 한 마디 했다. 그들 형제간에는 성격은 서로 달랐지만 우애는 진했다. 이렇게 사업이란 마음대로 되는 게 아니다. 바람 부는 날이 있으면 따뜻한 날도 있고 비 오는 날이 있으면 갤 날도 있다. 비 온다고 절망만 해도 안 되고 갠다고 기뻐할 수만도 없다. 상배에게 그런 일을 하는 사람들의 인생도 그런 것 같이 보였다.

남수는 긴축 경영에 들어갔다. 정비소는 자리를 옮겨 사용 면적을 줄였다. 장비도 반으로 줄였다. 인원도 남수와 미영 외에는 기사와 조수 한 명씩만 두었다. 사무실 일은 미영 혼자 다 처리했고 남수는 온몸에 기름을 묻히고 일했다. 경영 목표는 적자를 면하는 것이었다. 미영은 남편을 통해 자동차 업계의 돌아가는 사정에 귀 기울이고 필요한 정보는 남수에게 전했다. 처남 매제 간에 술자리도 종종 가졌다.

운이가 노환으로 죽었다. 태어난 지 16년이 되었으니 사람의 나이로는 90세는 되었다. 혜린이 드림하우스로 오던 다음 해부터 줄곧 이 집을 지켜온 충견이었다. 혜린은 외로울 때나 힘들 때 그 짐을 운이와 복이가 나누어 가졌고 운이와 복이도 혜린과 상배 때문에 파란 없이 살았다. 죽음이 갈라놓은 그들 사이에 슬픔이란 구름이 가득 깔렸다. 개든 사람이든 이렇게 이별을 하고 멀어져 간다. 운이의 주검은 뒷산 늘 다니던 산책로 근처 큰 삼나무 곁에 묻었다. 잘 자게, 운이야.

운이를 보낸 복이는 먹는 것을 포기했다. 한 달 뒤에 노환으로 움직임이 없던 복이도 운이를 따라갔다. 개들 간에도 사람 같이 부부애를 갖는 경우도 있는가. 피스와 러블리도 낑낑대는 것이 부모와의 이별이 가슴 아팠나 보다. 복이의 무덤도 운이 곁에 두었다. 잘 자라, 복이야.

천사의날개사는 탄탄하게 발전했다. 종업원도 300명을 넘었다. 매출도 순익도 중견 업체로서 우량이었다. 회사의 신제품은 유행을 리드했고 천사의날개표 제품은 시장에서 호평을 받으며 입지를 굳혀갔다. 그러나 빛이 있으면 그림자가 있는 법. 회사는 외형적인 번영에도 불구하고 내부적으로는 보이지 않게 현상유지만 하면 된다는 무사안일주의가 스며들었다. 자연히 숫자 맞추기, 복지부동, 변화에 대한 저항이 회사의 분위기로 정착했다.

혜린은 상배를 관리담당 디렉터에 보임했다. 상배는 카센터를 운영할 때를 생각하니 격세지감이 있었다. 카센터에서는 정열적으로 노력했지만, 천사의날개사는 정열만으로는 될 회사가 아니었다. 경영학 이론을 기본으로 한 케이스 스터디의 전문성과 합리성을 도입하여 현실 조건을 과학적 자세로 임할 필요가 있었다. 때로는 경험에서 나오는 직감도 시장예측을 하는 데 필요했다. 상배는 내부적으로는 천사의날개사의 조직 활동과 부가가치의 움직임을 익히며 외부의 눈으로 들여다보기 시작했다.

상배네는 성미의 대학 입학식에 맞추어 서울에 왔다. 성미는 아저씨에게 말한 대로 H 간호전문학교에 진학했다. 그리고 성년이 됐으므로 보육원도 졸업하게 되었다. 성미는 간호전문학교의 기숙사로 삶의 터를 옮겼다. 상배는 성철이가 대학생이 될 때 아이들 아버지의 죽음에 대한 사실을 밝히고 그들의 용서를 구할 생각을 했다.

10

2000년 1월 1일. 신세기의 새날 새벽, 평소와 마찬가지로 꼭두새벽에 일어난 혜린은 패딩점퍼를 걸치고 선당을 향했다. LA의 기후는 지중해성 기후이기 때문에 겨울에도 영하로 내려가는 날이 드물다. 날이 흐린 듯 별들은 보이지 않고 잠포록한 날이었다. 외등이 비추는 산길은 이제 눈을 감고도 걸을 만큼 발씨가 익었다.

선방에 들어서서 삼배를 하고 가부좌를 틀고 선정에 들었다. 명상 중에 작년 여름 선센터의 무상스님으로부터 읽어보라고 주신 법정 스님의 '무소유'란 수필집이 떠올랐다.

혜린은 그 무소유 사상에 빠져들었다. 인간의 욕심과 집착으로 스스로 짐을 지고 아귀다툼으로 속세를 살아가는 중생들의 측은한 모습에 대한 밝은 가르침이었다. 혜린은 스스로 검소한 생활을 해오고 있었지만, 사업 번성을 위해 밤낮 고심하고 노력해온 자신을 돌아보았다. 내가 얻고 쌓아 올린 부에 대해서는 그동안 고생에 따르는 정당한 대가이고 자신의 남성편력과 현재의 상배와의 결혼도 운명적이었고 순수한 사랑이었다고 언제든지 당당하게 말할 수 있다고 생각해왔다. 그러나 차분히 무소유 정신으로 다시 자신의 지난 생활을 비추어 보았다. 내가 패서디나의 이 저택을 구입한 것은 욕심이 아니었던가. 내가 이룬 성공에 대하여 남들에게 보여주고 싶었던 자만심 때문이 아니었던가. 상배와 결혼한 것도 어쩔 수 없는 운명이나 순수한 사랑이 아니라 그의 매력에 빠진 나이 많은 여자의 애욕이 아니었던가. 혜린은 자신에 내재돼 있는 성취욕을 남들이 잘 모르게 위장돼 있지만 스스로는 잘 알고 있었다. 어릴 때부터 어떤 목표가 세워지면 그 목표가 이루어질 때까지 집착해온 자신을 잘 안다. 주위의 시선에는 부드러운 말과 미소로 감추었지만 자신만은 속일 수 없는 당길심이었다. 인형 옷 모으기, 대학 입학과 유부녀로서의 복학과 졸업, 패션 디자인 사업의 성취, 상배와의 결혼. 그것들은 혜린의 인생 하나하나의 목표 설정이었지만 그 모든 것이 노출되지 않은 채 혜린의 성취욕을 달성했던 것들이었다. 그것만이 혜린 인생의 전부였다. 그것들은 그녀의 성취욕을 충족하는 성공 가도였음에도 불구하고 타인들은 그녀의 성실성과 검소함과 순수함에 신뢰와 존경심을 가졌다. 그녀의 숨겨진 사실인 그녀의 인생 성공의 추동력은 집착이었다. 한 번 물면 놓지 않는 개 같은 지독한 집념이 있었다. 어쩌면 스칼렛의 출생도 그녀의 물러설 줄 모르는 집념의 결과인지 모른다. 아마도 그녀의 목표 중 한 번의 실패만 있었어도 그녀의 위선이 탄로 나고 인생은 와르르 무너졌으리라.

법정 스님의 『무소유』를 읽고서 혜린은 폐부를 찌르는 고통을 느꼈다. 자신의 비장의 과오가 스님의 부드러운 사상에 샅샅이 속살을 보인 것이다. 아무도 눈치채지 못한 자신의 실패하지 않았던 위장의 위기였다. 그나마 혜린의 마음속에 양심이 꿈틀거리고 있었다. 스님의 말씀에 무소유의 결과 얻는 과실을 자유라고 하였다. 나는 그동안 자유로웠는가? 혜린 자신의 인생을 뒤돌아보았다. 마음먹었던 인형 옷을 구하기 위해 어린 생각에 얼마나 마음 졸였던가? 미국에 와서 홀몸으로 성공하기 위해서 잠도 덜 자고 제대로 먹지도 못하면서 얼마나 고생했던가? 상배와의 결혼을 위해서 고난의 행로를 거쳐오며 얼마나 고달팠던가? 그 사이사이에 있었던 인간적인 갈등으로 또 얼마나 속상해했던가? 혜린이 자신이 경험했던 인생의 자유를 생각해 보니 거의 자신이 욕망과 집착이 만들어 놓은 고통으로 다 빼앗겨버리고, LA에서의 성공 후 처음으로 한국으로 가서 상배와 사랑을 나누었던 얼마간, 불안 속이었지만 상배와의 허니문, 트라우마에서 벗어났을 때의 얼마간, 새벽 명상, 그것뿐이었다. 자유를 얻은 시간은 45년이란 인생에 며칠이나 되었을까? 긴 인생에 1%도 되지 않는 시간이었다.

혜린은 자신의 인생을 되돌아보며 후회했다. 후회가 많은 인생은 잘못 산 것이다. 그녀는 그 원인이 자신의 욕심과 집착인 것을 알았다. 욕심과 집착은 자신에게 자유를 허용하지 않았다. 이 상태로 인생을 계속한다면 평생 불안과 공포와 고통과 비탄 속에 살 것 같았다. 자유를, 그 신선한 자유를 맛보고 싶었다. 그러기 위해서는 욕심과 집착에서 벗어나야 한다고 생각했다. 비록 법정 스님과 같은 완전한 무소유가 아니더라도 마음의 무소유를 늘 실행해야 한다고 생각하였다. 그리하여 남은 생애를 진정한 자유의 공기를 마시며 살고 싶었다.

명상에서 깨어나 눈을 뜨니 새천년의 여명이 동창을 밝히고 있었다. 혜린은 부처님께 감사의 삼배를 올렸다. 또한 법정 스님과 무상 스님께도 감사의 기도를 하였다. 혜린은 스스로 새천년의 첫날부터 거듭나는 사람으로 살기를 결심했다.

혜린은 속으로 회사의 장래에 대해서 한 달여를 고민했다. 혜린은 지금까지 천사의날개사를 개인회사로 운영했는데 주식회사로 바꾸기로 했다. 곧 회계사에 의뢰해 회사의 형태를 주식회사로 바꾸고 'AW 어패럴주식회사'로 개명했다. AW는 'Angel's Wings'의 약자였다. 브랜드 마크는 펼쳐진 날개로 했다. 나머지 빈자리는 고객의 자리였고 이 옷을 입은 고객은 천사가 된다.

천사의날개사는 개인회사였으므로 주식회사로 되면서 주주들을 구성해야 했다. 회사의 자산을 주식회사의 자본금으로 하고 혜린만이 100% 소유를 할 수 없기 때문에 분배를 하여 주주를 만들어야 했다. 혜린은 고심했다. 누구에게 얼마나 분배할까? 처음 생각에 들어온 사람들은 가족들이었다. 상배, 지은, 혜린 자신. 그리고 유상증자로 일반주주를 모집한다? 고심 끝에 현재 회사의 자금 수요가 급한 것도 없고 증설이나 사업 확장의 계획도 부채도 없으므로 가족 내부에서 분배하기로 하면서 반은 자신의 몫, 상배와 지은에게는 일 대 일로 하기로 했다가 지은 몫을 헨리에게 일부 나누기로 하였다. 혜린 50%, 상배 25%, 지은

15%, 헨리 10%로 결정하였다. 그때 새해 첫날 명상을 하며 결심했던 무소유의 정신이 번개같이 떠올랐다. 그러면 안 되지. 소유에 집착하면 안 돼. 천사의날개사는 나만의 것이 아니야. 지금의 회사가 되기까지의 고생한 회사원의 몫도 있어. 욕심과 집착을 버려야 돼. 그들에게도 권리가 있고 그만큼 보상해야 돼. 혜린은 주식 분배를 우리 사주를 50%로 하여 전 직원에게 무상분배하기로 결정했다. 혜린 20%, 상배 15%, 지은 10%, 헨리 5%, 그리고 50%는 우리 사주였다. 우리 사주의 분배 원칙은 직위를 따르지 않고 근속 연수에 따라 했다.

지은은 사실상 엄마의 유산 상속을 새아버지 상배의 나타남으로 포기하고 있었는데, 또 그것 때문에 상배와 갈등을 계속 빚어왔는데, 어머니의 결정이 놀랍고도 고마웠다. 더구나 남편인 헨리에게도 5%를 분배하는 어머니의 배려에 감사했다. 헨리의 생각도 마찬가지였다. 딸에게만 갈 유산이 생각지도 않게 자기에게도 왔으니 장모님의 사랑을 다시 느꼈다. 상배는 본인 스스로 아내의 재산에 대한 욕심은 애당초 없었다. 그것 때문에 지은과의 갈등이 힘들었고 그녀의 오해에 더욱 힘들었다. 상배는 자기에게의 증여분에도 고마웠지만 지은의 오해를 풀어주게 되어 더 다행스럽게 여겼다. 혜린의 분배는 절묘한 황금 분할이었다. 그녀의 몫 20%는 유보적 성격이 강했다. 그것조차 언젠가는 분배되어야 할 것이었고 그것을 그녀가 보유하고 있음으로써 남편인 상배의 보이지 않는 후견인 역할을 할 수 있었다. 속으로는 자신보다 10살 더 젊은 상배에게 기회를 주고 싶었다. 혜린의 판단은 이상적이었고 지혜로웠다. 혜린은 자신을 비우면서 자신이 존경받는 방법을 알고 있었다. 그녀는 회사를 이렇게 일으킨 것은 본인의 힘뿐만 아니라 전 직원들의 힘으로 이루어졌다고 생각했고 직원들의 주인 의식과 그녀에 대한 존경심은 애사심을 불러일으켰다. 'AW 어패럴주식회사'는 난공불락의 요새로서 어떠한 불황과 환경 변화에도 흔들리지 않는 체질을 구축했다. 이러한 체질 강화는 회사의 실적을 올렸고 늘어난 실적은 회사의 주식 시세와 자산 가치를 올렸을 뿐만 아니라 직원들은 새로 받는 배당으로 더욱 회사에 대한 애착심을 가졌다. 제1회 주주 총회에서 상배는 대표 이사로 지명되고 통과되었다. 며칠 전 아내로부터 귀띔을 듣고 한사코 거절했으나 아내의 간절한 부탁을 받아들이지 않을 수 없었다. 아내는 대주주 이사로 대표이사의 뒷배가 돼 주기로 했다. 주주 총회에서 임시 의장인 최혜린 사장으로부터 의사봉을 인계받은 현상배는 대표이사 수임 연설로 투명한 경영과 업계의 리딩 회사가 될 것을 약속했다. 그렇게 되기 위해서 우리 사주인 주주 여러분들의 적극적 동참을 호소했다. 주주 총회는 미래의 꿈을 시현하고자 하는 전 직원의 단합 대회가 되었다.

혜린은 이제야 법정 스님이 가르치신 무소유의 정신을 체험하는 것 같았다. 어깨 위의 짐을 내려놓은 것같이 홀가분하였다. 상배에게 회사의 경영권도 이양하고 주식도 20% 외에는 전부 분배했으니 자신의 짐의 대부분이 사라졌다. 상배의 표정에서도 지은 부부의 감동스러운 감사의 말에도 회사원들의 눈빛에서도 신뢰하고 존경하는 마음을 교감했다. 그것이 자유였다. 짐을 벗은 자유, 함께 감사하는 자유. 지난 인생에서 느끼지 못하던 싱그러운 자유의 공기를 마셨다. 그러자 어떤 질문에 당착하였다. 지금부터는 무엇을 해야 하나? 그 뒤 혜린이 명상을 통해 구한 해답은 자비의 실천이었다.

상배가 AW사에 대표 이사로 취임한 후 회사의 틀을 바꾸고자 했다. 상배는 본인의 카센터 경영 경험과 대학 과정에서의 경영학 이론과 천사의날개사에서의 경험을 적용하여 회사의 변화를 꾀했다. AW사의 외형적 경영 형태는 총직원 수 385명, 전년도 매출 5,200만 달러, 경상이익 830만 달러였지만 근년 5년간 정체 상태에 있었고 이익도 완만한 감소세를 드러내 보였다. 조직은 관리부, 영업부, 생산부, 디자인실로 돼 있었는데 각 부서는 3~5개 과로 이루어져 있었다. 회사의 분위기는 안정적이었지만 진취성이 없었다. 상배가 회사의 내부 사정을 들여다본 결과 외형적인 경영 수치는 우수하였으나 변화하는 환경에 대처할 기업으로서의 체질이 미흡하다고 생각되었다. 다시 말하면 지금까지 혜린이 운영해온 경영 방침은 인적 유대를 바탕으로 한 조직이었다면 이것을 현대 기업, 대기업이 되기 위해서는 보다 합리적이고 효율적인 체계로 바꾸어야 된다는 결론을 내렸다. 그래서 우선 이때까지 없었던 사규를 제정했다. 회사의 모든 작업을 표준화시키고, 개인 간의 경쟁 체제를 만들고, 신상필벌의 엄격한 상벌제도를 수립하여 공사를 분명히 구분하게 하였다. 이러한 업무의 추진을 위해서 조직도 변경하였는데 전체 조직은 1실 5부 15과였다. 전체 T/O는 380명에서 320명으로 축소 조정했다. 전체적으로 보면 생산부에서의 작업 효율화로 인원을 축소하고, 관리부서의 역량을 보강하고 특히 감사과를 두어 비효율적인 부분을 개선하고자 했으며 디자인실의 독자적인 체계를 기획 부서에서 견제하게 하고 품질 혁신을 강화했다.

상배는 이러한 개혁안을 혜린과 상의하였다. 혜린은 속으로 급진적인 개혁에 대해서 반대했으나 현대 기업이 되기 위해서는 필요한 성장통이라고 생각했고 무엇보다 상배에게 일임한 경영권에 간섭하지 않으려고 했다. 상배도 경영 책임자로서 사심 없이 최선을 다하려고 했다.

AW사는 상배의 개혁 경영이 혜린의 온정적 경영과 배치되었으므로 부작용이 생기기 시작했다. 노동조합이 결성되는 등 가시적인 저항이 일어났다. 상배는 급격한 변화가 예상외의 반발을 일으키자 경영의 방향을 수정했다. AW사의 사내 파동은 반년 만에 수습 단계에 들어섰으나 수년 만에 적자로 돌아섰다. 회사에 찾아온 평화는 완전한 평화 협정에 의해서가 아닌 상호의 견제 속에 균형을 유지하는 불안한 평화였다. 그러나 상배는 기업의 미래를 보장받기에는 회사의 체질 개선이 필수적임을 알고 단지 현실을 감안하는 방법으로 점진적 개혁을 추진하기로 하였다. 개인회사에서 주식회사로 탈바꿈한 이상, 그리고 가속되는 기업 환경 변화에 경쟁력을 갖추기 위해 인적 조직을 체계적·조직으로, 온정적 평가에서 합리적 평가로 바뀌어야 한다고 생각했다. 그것이 당장이 아니라 먼 장래에도 전 직원들에게 분배의 만족을 약속할 수 있기 때문이었다.

다음 해 주총이 전년도 회계 재무제표로 회사의 내부 진통을 반영하여 감소된 매출, 마이너스 경상이익이 보고되었고 상배는 대표이사에 유임되었으나 우리 사주의 일부는 반대표를 던졌다. 상배는 유임 인사를 통해 회사의 조직은 선진화되어야 한다고 하며 협조를 요청하였다. 종업원 수는 3% 줄고 노동생산성은 5% 늘었다. 맞춤시스템과의 12명 충원을 감안하면 조직의 슬림화 목표는 어느 정도 충족되었다.

상배는 어릴 적 한국에서 조그만 맞춤집에서 옷을 맞추어 입던 기억을 하고 그것을 사업에 응용하는 방법을 고안했다. 본인의 새로운 아이디어와 브라운 전무의 조언을 얻어 맞춤 시스템을 도입했다. 맞춤복이란 소규모 양장점에서 개인의 취향과 체형에 맞추어 옷을 만드는 것인데, 개성이 강하거나 특수한 체형의 소비자가 의외로 많고 그런 수요가 시대의 발전에 따라 급속도로 늘어나고 있다는 현실을 감안하였다. 따라서 양장점과 기성복 메이커의 장점을 딴 조직을 별도로 만들고 각 지점을 새로 배치하고 지점에서는 그런 고객들의 취향에 맞추어 다양한 샘플을 두었다. 전문 패션 코디네이터의 상담을 거쳐 추천받고 선택된 의상에 대해서는 본사 특수복 제조팀에서 제작상의 공통점을 최대한 활용하여 생산효율을 높이고 신속하게 제작 공급하는 시스템이었다. 거기에 주요한 역할을 하는 코디네이터와 디자이너는 한국인 여자들을 채용했다. 한국 여성들의 전통적인 기질—꼼꼼

하고 섬세하고 미적인 데다 모성이 깃든—이 적합할 것 같아서였다. 전담 조직을 맞춤시스템과라 하여 디자인실에 두었다.

그 후로 맞춤 부서의 정착화는 회사의 새로운 블루 오션으로 등장하였다. 수요는 예상외로 늘어났고 소비자의 요청에 의해 LA 외에 샌프란시스코에도 지사를 두게 되었고 인력 양성에 사력을 집중했다.

AW사는 자바시장과 불가분의 관계가 있었는데 자바시장의 경기가 차츰 줄어들기 시작했다. 중국을 비롯한 동남아, 인도, 방글라데시 등 저개발국가의 제품이 쏟아져 들어와 수입 물량이 80%를 상회했다. 그동안 중남미와 자바시장 자체 공급량이 아시아 지역의 제품으로 대체되기 시작했다. 그뿐만 아니라 아마존을 필두로 한 온라인업체들이 유통시장을 잠식했다. 자바시장의 유통업과 제조업은 이런저런 악재가 겹쳤지만 AW사는 자바시장의 축소를 온라인시장에서 확보하는 것이 관건이었다. 영업부는 발품보다는 컴퓨터가 더 가까워져야 했다. 영업부장은 온라인업체들을 찾아 장거리 출장 판촉을 갈 일이 많아졌다.

AW사는 상대적으로 피해가 적은 편이었는데 중상품의 제품이었기 때문에 대량 대중 수입품에 영향을 적게 받았고 맞춤복 부문은 중상품의 품질을 유지할 수 있었고 온라인 업체에도 영향을 받지 않는 틈새의 안전지대였다.

세상은 마치 큰 유기체같이 움직였다. 그 유기체 속의 인간들은 유기체의 의도를 알 수 없었다. 그 의도를 예측할 수 있는 자만이 시장을 지배할 수 있었다.

//

혜린의 46회 생일을 맞이해서 식구들이 모였다. 우리 나이로 치면 마흔일곱 살 생일이었다. 스칼렛은 어린이집에 다니고 있었다. 지은 부부와 남편인 상배가 자리를 같이했다. 휘준도 와서 대모의 생신 축하연에 참석했다. 모두들 혜린에게 생일 축하 인사를 올렸다. 올리버와 리자가 카네이션 한 송이씩 드리면서 할머니, 생일 축하해, 라고 하며 할머니 볼에 뽀뽀를 했다. 스칼렛도 꽃다발을 혜린에게 주며 엄마 사랑해요, 라고 하며 볼에 대고 뽀뽀를 했다. 혜린은 자신의 핏줄들이 끊어질 듯하던 고비를 넘기며 눈앞에서 재롱을 부리는 걸 보고 감동스럽고 고마웠다. 이 생명들을 주셔서 감사합니다.

지은도 김 서방도 휘준도 축하 인사와 선물을 내놓았다. 상배가 서울서 온 축전을 읽었다. 시누이 미영, 혜린의 친구 영선, 대학생이 된 성미의 축전이었다.

축전 낭독이 끝나자 지은이 상배를 보며 말했다.

"아빠, 지금까지 아빠를 오해하고 못되게 굴어서 미안해요. 지금부터 엄마만큼 사랑할게요."

하면서 후회의 눈물을 흘렸다. 지은의 갑작스러운 행동에 전체 분위기가 가라앉았고 모든 시선이 지은을 향했다. 지은의 눈물은 주식 분배를 받고 자신의 오해가 터무니없이 상배를 괴롭힌 데 대한 사과와 반성의 눈물이었다. 지은의 말끝에 혜린도 눈물이 어렸다.

"그리고 아빠가 엄마를 진실로 사랑하는 것을 알았어요. 아빠가 너무 고맙고 자랑스러워요."

상배는 예상치 못한 말을 듣고 가슴이 먹먹해졌다.

"지은아, 고맙다. 사랑한다."

할 말이 많을 것 같은데 더 할 말이 나오지 않았다.

"아버님, 저의 잘못도 용서해 주세요."

헨리도 한마디 했다.

"김 서방, 용서할 것이 무엇이 있겠나. 내가 고맙네."

상배는 잠깐의 뜸을 들인 후 말꼭지를 떼었다.

"나는 너희들 어머니를 처음 만나서는 사모님이라 불렀어. 정이 들자 누나가 되었고 혜린 씨가 되었어. 카센터에서는 회장님이라 불렀고 결혼 후에는 여보가 되었어. 사람의 호칭은 인간관계의 필요에 따라 수시로 바뀌지만, 이 사람의 실체는 똑같은 최혜린이야. 정확히는 최혜린 이전의 어떤 것이겠지. 나는 이 사람을 사모님이라 부를 때부터 지금 여보라 부를 때까지 사랑했는데 호칭은 변했지만 사랑하는 마음은 변치 않았어. 사랑을 방해하는 숱한 유혹과 압박이 따라다녔지만 그 마음은 변치 않았어. 오로지 사랑하는 마음으로 결혼을 했고 주위의 냉소도, 장애도, 편견도, 관습도 우리의 사랑만으로 헤쳐나가려고 했지. 그리고 힘들게 헤쳐 나왔지. 이러한 난관은 우리들의 사랑을 더욱 단단하게 만들어 주었어. 그래서 우리들 간의 어울리지 않게 들리는 여러 가지 호칭도 진실한 마음으로 건너뛸 수 있다고 생각해. 나는 이 분을 사랑하듯이 너희들을 사랑해. 그 사랑하는 마음에도 변함이 없어."

사위인 헨리가 먼저 박수를 쳤다. 지은과 휘준이 따라 하고 아이들도 멋모르고 따라서 박수를 쳤다.

"아버님은 큰바위얼굴이십니다."

헨리는 진심으로 장인을 치켜세웠다.

“내가 아니라 어머니가 그렇지 않을까? 존경받는 사람이 걷는 길이 가시밭길이듯이 내 아내가 걸어온 길도 험난했지. 여자로서는 감당하기 힘든 외로움과 공포와 파멸 속에서 불사조같이 일어섰어. 힘이 아니라 인내와 사랑으로서. 오늘 46회 생신을 맞이했지만 고난의 무게로는 보통 사람들의 100세 200세의 무게와 다름없을 거야. 스칼렛에 대한 얘기를 좀 더 할게. 나는 최혜린 여사와 〈바람과 함께 사라지다〉란 영화에 나오는 스칼렛 오하라가 어딘지 비슷하다고 생각했어. 그것은 미모를 갖추고 정열적으로 사랑을 찾아 헤매고, 폐허로 변한 타라농장을 일으켜 세우는 강인함을 보여주는 스칼렛 오하라와 여자 혼자의 힘으로 아메리칸 드림을 이루고 누구도 인정하지 않는 사랑을 끝까지 놓치지 않고 비난과 외면 속에 결혼한 의지는 같은 것이었네. 한 손엔 사랑, 한 손엔 성공. 그래서 최혜린 여사에게 또 하나의 이름 스칼렛을 드리려고 그러네. 스칼렛 초이는 스칼렛 오하라와 피를 나누진 않았지만 DNA는 같은 것이야. 그 DNA는 우리 공주 스칼렛에게도 이어지리라 믿어.”

또다시 박수가 터져 나왔다.

“아버님은 목사님 하셔도 되겠습니다.”

“아빠 최고예요. 엄마 존경해요.”

"대부님, 존경합니다. 어머님도 존경합니다."

혜린은 아무 말도 못 했다. 두 눈에 흥건히 담고 있던 눈물이 방울져 떨어졌다. 혜린은 젊은 시절의 고난을 떠올렸다. 그 단심의 청년은 중년이 되었어도 나를 여신으로 숭모하고 있다. 나에겐 그럴 자격이 없음에도 불구하고. 아니 차라리 자리바꿈이 순서임에도 불구하고…. 그렇다, 그의 도저한 언행이야말로 내가 따라갈 수 없다. 그야말로 나의 신이다. 여보, 당신은 나의 신입니다.

혜린의 46회 생일은 흩어졌던 8명의 가족을 하나로 뭉치게 한 감동의 자리가 되었다. 상배의 발언은 8명의 운명을 한데 모으는 이유가 되었고 각자가 갖고 있던 모든 의혹과 미움의 씨앗을 토해내고 사랑과 믿음의 생기를 함께 들이키는 계기가 되었다. 모두가 상배의 말과 함께 사랑으로 승화되었다. 가족의 근본을 찾았다.

12

전날 내리던 비가 밤새 개고 아침 햇살이 눈부시게 비추던 일요일이었다. 혜린은 선센터를 다녀오고 상배는 성당을 다녀오고 서래는 지은 언니 집에 조카들과 놀기 위해서 가버린 날 오후, 모처럼 맞이한 한가함이 드림하우스에 평화와 자유를 풀어놓았다.

따가운 햇볕을 건들바람이 식혀주는 풀장 가의 선베드에 혜린과 상배가 나란히 누워서 선탠을 즐기고 있었다. 상배는 잠이 들었는지 조용하다.

혜린은 푸른 하늘을 배경으로 단풍이 든 잎사귀를 보고 있었다. 그 중 간당간당하던 나뭇잎 하나가 가을바람에 떨어졌다. 사춘기를 지나기가 무섭게 전화 통화로 만난 배명세와의 불장난과 임신과 결혼과 육아를 연이어 겪으면서 순식간에 보내버린 청춘. 낙엽의 낙하 속도와 혜린의 생각이 같이했다.

또 하나의 잎이 떨어졌다. 잃어버린 청춘을 보상받으려는 발버둥으로 만난 윤승현. 스쳐 가는 라일락 향기같이 사라져 버린 사람.

한 차례 바람이 일자 이번에는 우수수 여러 잎이 떨어졌다. 자기를 납치하고 강간한 이름도 모르는 폭력배들. 욕망과 파멸 사이에서 삶이 무엇인지도 모르고 타인의 고통도 외면하고 본능에 목숨을 걸고 살던 사람들. 그들의 세계엔 내일도 희망도 없었다.

그들이 무섭기보다는 연민이 앞섰다. 그들을 용서하고 싶었다. 그들을 향한 증오심이 사라지면서 두려움도 사라졌다.

남아 있는 이파리는 아직 단풍 물도 들지 않은 채 나뭇가지에 달려 있었다. 살아 있음을 알리는 듯 바람에 흔들리며 반짝이고 있었다. 도시의 독버섯으로 자랐다가 진흙에서 영롱하게 피어난 연꽃 같은 상배. 해결할 수 없는 절망 속에서 고귀한 사랑을 꽃피우고 변치 않을 순정을 간직하여 감동을 주었던 상배. 그와 함께한 현실과의 투쟁은 멀고도 험했다. 그는 카바레의 제비가 아니었다. 그의 순정은 춘향의 지조보다 붉었다. 혜린에게 그는 운명이었다. 그는 수많은 여자 중에서 혜린만이 사랑이라고 생각했다. 그는 사랑만을 찾아 지구에 내려온 '어린 왕자'였다. 그가 없었다면 혜린은 피지 못하고 져버리는 꽃이 되었을 것이다. 그들의 만남은 우주의 조화였다.

하늘에는 흰 구름이 떠 있었다. 여기저기 파란 하늘을 배경으로 청과 백의 대비가 아름다웠다. 구름이 흩어졌다 모였다 하며 흘러갔다. 화두가 떠올랐다. 인생이란 화두가. 그래, 인생은 구름이지! 아름답기도 어두워지기도 비를 뿌리기도 하며 늘 변하지. 그리고 덧없이 흘러가지. 그래, 인생은 구름같이 변화하면서 흘러가는 거야. 있다가도 없어지고 없다가도 나타나지.

하늘은 거울

나는 구름

구름이 흘러가듯 나도 흘러간다

혜린은 하늘에 비친 제 모습의 흐름을 통찰의 눈으로 바라보았다. 있었다가 없어지고 이리저리 모양을 바꾸는 구름에서 자신의 삶을 본다. 밝았다 어두웠다 커졌다 사라지는 것이 생주이멸(生住異滅)하는 세상의 움직임과 같았다.

옆에 남편이 눈을 감고 누워 있었다.

"여보."

"응."

"안 자고 있었어요?"

"응."

"그럼 무슨 생각을 하고 있었어요?"

"구름을 보고 인생 같다고 생각했지요."

상배는 하늘에 시선을 둔 채 대답했다. 혜린은 내밀한 속을 들킨 것 같아 깜짝 놀랐다.

"언제 내 마음속에 들어왔어요?"

"당신 마음속엔 늘 들락거리지요."

혜린은 상배의 손을 찾아 잡았다. 그의 손바닥 온기가 그녀의 손을 통해 전달되었다. 혜린은 상배와 자기가 일심동체임을 느꼈다. 이것이 경계의 허물어짐인가. 마음속이 행복감으로 채워졌다. 마음속에 가득 찬 행복.

하늘에도 혜린의 행복같이 여름에나 나타나던 뭉게구름이 뭉게뭉게 피어오르고 있었다.

13

혜린은 다섯 시면 일어난다. 아직 꿈속에 있는 남편의 이불을 챙겨서 덮어주고 간단한 세면과 양치질을 하고 잠옷을 갈아입고 현관을 나섰다. 개들이 컹컹댔다. 외등이 비추는 오솔길을 따라 참선하는 자리에 갔다. 동지가 아직 한참 남았는데도 어둠은 오랫동안 밤을 지키고 있었다. 가부좌를 틀고 두 손을 모아 선정에 들어갔다. 천천히 호흡을 하며 화두에 정신을 모았다.

혜린이 참선을 끝내고 내려올 무렵 상배는 일어나 주섬주섬 옷을 갈아입고 임무를 교대하듯 굿모닝을 주고받고 바깥으로 나와 짖고 있는 피스와 러블리를 풀어서 산속 산책을 떠난다. 상배가 돌아올 때쯤 혜린이 준비한 식탁에서 아빠를 기다리는 스칼렛을 껴안고 볼에 입을 맞춘다. 따뜻한 김이 서리는 식탁은 상배 가족의 행복의 표상이다.

상배는 가족의 배웅을 받고 회사로 떠나고 곧이어 혜린은 스칼렛을 유치원 통학차량에 태워준다.

저녁 시간의 루틴은 큰 변함이 없다. 식탁에 단란하게 세 사람이 모이고 검소하면서 따뜻한 밥을 먹으며, 스칼렛이 그날 유치원에서 있었던 일들을 얘기한다. 윌리는 까불다가 선생님께 벌을 받았고, 스칼렛은 노래시간에 노래를 잘 불러 선생님의 칭찬을 받았고, 다니엘이 새로 들어온 줄리에게 친절하게 해주어 심통이 났다고 한다. 엄마와 아빠는 큰일이나 났다는 표정으로 스칼렛의 한 마디 한 마디에 경청하고 화답했다.

저녁 식탁을 정리하고 상배가 커피를 준비해 소파 탁자에 가져왔다. 텔레비전에서는 홈 드라마를 하고 있었는데 반은 웃음거리였다. 세 가족은 스칼렛을 중심으로 대화와 웃음을 나누다가 9시가 넘어 스칼렛의 눈꺼풀이 무거워질 때 상배가 스칼렛을 제 방에다 데려다 눕혀 주었다.

두 부부는 서로의 하루 일로 대화를 나누었다. 혜린은 스칼렛을 유치원에 보내고 지은의 집을 찾았던 일, 상배는 회사에서 일어났던 일상의 화제를 나누었다.

부부의 대화 중 텔레비전은 뉴스를 하고 있었다. 이라크 전황, 조지 부시 대통령의 재선 전, 여배우와 상원 의원의 스캔들, 교통사고와 함께 캘리포니아의 산불 소식도 따랐다.

상배는 오랜만에 와인 셀터에서 캘리포니아산 와인과 두 개의 와인잔을 가져왔다.

"오늘따라 웬일이세요?"

"오늘 주말이잖아요. 회사도 잘 되어가고 스칼렛도 건강하게 잘 자라고 당신도 오늘따라 예뻐 보이네."

잔을 마주치며 말했다.

"회사 일이나 우리 주위의 일이나 정말 감사할 일이에요."

"그렇지. 나는 더 이상 바랄 게 없어요."

그러면서 혜린을 바라보며 말했다.

"사랑해요."

"사랑해요. 얼마나?"

"영원히…. 역경도 많았지만 우리가 여기까지 온 걸 생각하면 꿈같아요. 잠깐만."

하면서 상배는 텔레비전을 끄고 오디오에 CD판을 넣었다.

브루스 스프링스틴의 〈Save the last dance for me〉가 흘러

나왔다. 상배는 혜린에게로 가서 허리를 굽히고 오른손을 내밀었다. 혜린은 갑작스러운 상배의 행동에 당황했지만 모처럼의 분위기에 기꺼이 일어섰다. 혜린에게 그때 그 시절 카바레가 떠올랐다.

“여보, 당신 처음 보던 날이 생각나요. 그때 제비 같던 당신도 이제 중년이 되었네요.”

“나는 중년이 되었지만 당신은 늘 그대로야.”

“당신 그런 거짓말 다른 여자에게는 하지 마세요.”

두 사람은 옛날 생각에 잠기면서 가볍게 몸을 움직였다. 노래는 블루스가 아니었지만 거실 바닥이 그들만을 위한 플로어가 되었다. 곡이 흘러가자 자연히 두 사람은 껴안았고 노래 가락에 몸을 맡겼다. 노래가 끝나자 상배는 혜린의 입술에 키스했다. 그리고 두 손으로 혜린의 몸을 번쩍 들고 침실로 향했다. 두 사람이 잠에 든 것은 한참이나 지나서 2시가 넘어서였다.

캘리포니아는 지중해성 기후의 혜택을 받는 복된 지역이다. 연간 기온 차가 작고 맑은 날이 많아 사람들이 활동하기에는 좋은 기후다. 그러나 좋은 면이 있으면 나쁜 것도 있는 법, 지진과 산불은 이 지역의 불가항력적인 사변이다. 환태평양 화산대에 걸쳐 있어 심심찮게 땅이 흔들리고 여름철이 지나 가을에 접어들면 동쪽에서 LA로 불어오는 샌타애나 바람은 메마르고 뜨겁고 강해서 산불을 동반하고 쉽사리 진화하기도 힘들다. 그해에도 빠짐없이 샌타애나 바람이 불었고 소방 당국은 산불 주의 방송을 했다. 드림하우스는 숲 경계의 안쪽에 있었는데 그 숲의 혜택으로 안락한 생활을 해오던 터였다. 무엇이 동티가 되었는지 재앙이 덮쳤다.

혜린 가족은 전날 저녁 캘리포니아 지역의 산불 뉴스를 보고 잠들었다. 산불이 난 곳은 100마일 너머에 있었다. 밤새 강풍은 속도를 더해 시속 80마일에 달했다. 부부는 금요일 밤을 즐기다 늦게 잠들었다.

상배는 꿈을 꾸었다. 꿈속에서 혜린을 찾아 헤맸는데 겨우 찾아서 서로가 다가서는데 달려가도 서로의 거리를 좁히지 못하고 있었다. 한참 애를 먹던 중 혜린의 얼굴이 다른 여자의 얼굴이 되어 상배를 불렀다.

"상배야, 이리 와. 아가야 얼른 와."

하면서 팔을 벌리고 상배를 품듯이 불렀다. 얼굴을 다시 보니 어머니의 얼굴이었다. 엎어지듯 엄마의 품에 다가가서 안기는 순간 매캐한 냄새와 함께 개 짖는 소리가 들렸다. 화들짝 놀라 깨어난 상배는 꿈결 속에 맡은 냄새가 현실의 냄새인 줄 알고는 벌떡 일어났다. 커튼을 걷고 창밖을 보니 대낮같이 훤한 불빛이 넘실대고 있었다. 피스와 러블리가 짖고 있었다. 그러던 중 혜린도 일어났고 집 밖에서 심상치 않은 일이 일어나고 있음을 알았다.

"불이야!"

상배와 혜린은 잠옷 차림으로 뛰쳐나갔다. 상배가 외쳤다.

"당신 먼저 나가, 어서. 스칼렛 데리고 갈게."

혜린이 현관문을 여니 근처에 불길이 다다른 듯 밝은 오렌지색으로 일렁이는 불빛과 검은 연기와 숨이 막히는 듯한 매캐한 냄새와 뜨거운 화기가 얼굴을 덮쳐 왔다. 혜린은 울타리를 넘어와 주인과 불을 번갈아 보며 컹컹대며 펄쩍펄쩍 뛰는 피스와 러블리를 보았다. 혜린은 게이트를 향해 뛰었고 그제야 상배가 스칼렛을 안고 나왔다. 개들도 뒤따랐는데 혜린이 게이트를 통과하자 소방대원이 혜린을 안고 화염을 벗어났다. 뒤따라오는 상배 앞에 불붙은 나무 둥치가 넘어졌고 화염 속에 그들은 갇혀 버렸다. 혜린을 따르던 러블리가 불 속을 뚫고 상배에게로 달려갔다. 혜린은 상배를 부르며 불 속으로 뛰어들려다가 소방대원의 제지로 외마디 소리만 불 속으로 빨려들었다.

다른 소방대원들이 소화를 하며 다시 상배에게로 접근해서 한

대원이 상배를 업고 나왔고 또 다른 대원이 스칼렛을 안고 나왔다. 상배는 스칼렛을 품에 안고 화염 속에 엎드려 있었던 듯 온 등짝이 검붉게 타 있었고 스칼렛은 아빠의 품에서 소방관의 품으로 옮겨져 놀란 눈에 눈물도 말라 있었다. 두 마리 개는 주인을 지키다 불 속에서 사라져 흔적을 찾을 수 없었다.

"여보오—."

까맣게 탄 상배의 모습을 보고 한 마디 절규를 남기고 혜린은 실신하였다. 세 사람은 병원으로 이송되었다.

실신 상태에서 눈을 뜬 혜린의 시야에는 병실의 하얀 천장과 침상을 둘러싼 흰 장막만 보였다. 옆에서 수액 조절을 하고 있는 간호사에게 가족들의 행방을 물었다. 간호사는 두 사람 다 응급처치 중이라고 하고 혜린도 안정을 해야 한다고 하였다. 혜린은 가족들을 봐야 한다며 링거 바늘을 뽑고 가족들을 찾았다. 간호사는 가족이 있는 병실을 알려 주었는데 스칼렛은 바로 옆자리에 있었다. 왼팔과 왼쪽 다리에 2도 화상과 이마에 찰과상을 입었다고 한다. 흡입화상으로 인한 호흡기 손상은 경과를 보아야 된다고 하였다. 치명적인 화상은 피했기 때문에 그것만 해도 다행이었다. 스칼렛은 지쳤는지 잠을 자다 엄마 소리에 깨어났다.

"엄마아—"

엄마를 부르며 울음을 터뜨렸다.

"그래, 서래야 엄마 여기 있어. 얼마나 놀랐니?"

하면서 끌어안았다.

"서래야, 이제 아무 일도 없으니까 안심해. 이제는 괜찮아."

"아빠는?"

"…."

혜린이 목구멍이 메어서 말이 막혔다.

"아빠는 어딨어?"

"그래, 아빠도 조금 다쳐서 치료받고 있어."

그때 한 간호사가 급하게 달려와 혜린을 찾았다. 혜린은 스칼렛을 간호사에게 맡겨 놓고 상배가 있는 중환자실로 달려갔다. 의사들이 상배 침대를 둘러싸고 있었는데 혜린을 보고 그중 한 사람이 환자가 중화상으로 위급한 상태에 패혈증 합병증세를 보인다며 오늘 하루가 고비라고 환자의 상태를 설명해 주었다. 혜린은 둔기로 얻어맞은 듯 머리가 하얗게 비고 온몸에 힘이 빠져 그 자리에 털썩 주저앉았다. 침상의 상배는 본인을 알아볼 수 없을 만큼 온몸을 붕대로 감고 누워 있었다. 환자는 혼수상태였다. 의사들은 자리를 뜨고 간호사는 고열을 살피느라 연신 들락거리며 체온 체크를 하고 있었다. 옆에 앉은 혜린은 붕대 감은 상배의 손을 잡고 상배의 생명을 살리기 위해 자신이 어떤 것도 할 수 없는 상황에 절망으로 빠져들었다. 두 손을 합장하고 속으로 기도만 했다. '관세음보살, 이 사람 생명만 살려 주세요. 이 사람 살려주시면 어떤 벌도 달게 받겠습니다. 그도 안 된다면 저의 생명을 바치겠습니다. 대자대비 관세음보살.'

기도를 하는 도중 환자의 신음 소리와 함께 가늘게 사람을 부르는 소리를 들었다. 그것은 '스칼렛'과 '혜린'과 '어머니'였다. 그러고는 마지막 숨을 거두었다. 달려온 의사가 임종을 알렸다.

"여보오—, 죽으면 안돼애, 여보오—."

혜린의 애끊는 절규가 중환자실의 무거운 적막을 찢어 내렸다. 온몸이 껍질만 남도록 오열을 토해내었다.

"여보오—. 당신 죽으면 안돼—. 죽으면 안돼. 어억 꺼억꺽."

하며 다시 실신하였다. 그때 또 다른 사람의 새된 비명이 들렸다.

"아빠아—, 아빠 죽으면 안 돼요. 아빠 없으면 우리는 어떡해요. 아빠아—."

어느새 왔는지 지은이 아빠의 주검에 몸을 던져 울었다. 꺼이꺼이 통곡을 했다. 헨리도 지은의 등을 붙들고 눈물을 쏟았다.

드림하우스는 주변과 함께 잿더미로 변했고 꿈과 같이 사라졌다. 피스도, 러블리도, 스패니시풍의 멋진 저택도, 빨간 컨버터블 벤츠도, 드넓은 언덕의 키 큰 교목들도, 혜린이 정성 들여 명상을 하던 참선 자리도, 풀장의 선베드도, 상배도, 상배와의 사랑도 모두가 꿈속의 이야기가 돼 버렸다.

상배는 39세라는 짧은 생애를 마감했다. 혜린과 만난 15년간은 보통 사람의 일생을 압축한 삶이었다. 비록 시간적 길이는 짧았지만 천국과 지옥을 누빈 삶이었고 모든 고난을 극복하고 악동에서 성인으로 거듭난 삶이었다.

며칠이 지나 산불이 거의 진화되었다. 경찰은 이번 산불로 LA 근처 2만 2,000헥타르가 소실됐고 사망자 12명, 실종자 83명, 주택 3,500동 이상 소진됐으며 5,500명이나 되는 난민이 피난소나 호텔에서 생활을 한다고 발표했다.

그 후 원무과에서 고인의 유품이라고 상배의 손목에 차 있던 시계를 혜린에게 전해 주었다. 그 시계는 그을음으로 더럽혀 있었지만 숫자판 위의 초침은 영생의 맥박과 같이 멈추지 않고 가고 있었다.